KB069808

밤의
반만이라도

밤의
반만이라도

이선진

소
설

자음과모음

차
례

부나, 나　　　007

나니나기　　　047

보금의 자리　　　081

망종　　　117

무관한 겨울　　　153

밤의 반만이라도　　　185

고독기(孤讀期)　　　231

생사람들　　　267

해설 | 수치의 유산과 살아 있는 반전(半全)의 밤_전청림　　　304

작가의 말　　　323

부나, 나

———
도서관 사서에 대한 자료는 『아무도 알려주지 않은 도서관 사서 실무』(강민선, 임시제본소, 2018)를 참고. 또한 소설에서 묘사된 부평도서관은 실제와 무관함.

눈사람은 매일같이 부서진다. 어떤 날은 머리부터 어떤 날은 몸통부터, 3단 눈사람일 때에는 허리부터 가차 없이. 관장은 대체 누가 도서관 앞에 그딴 걸 세워두는 거냐고, 싸그리 몰살시켜버리라고 했지만 나는 도무지 눈덩이보다 차갑고 경도가 센 삽으로 그걸 내리칠 수가 없어서 푹푹 겉담배만 피워댈 뿐이었다. 꽃으로도 때리지 말라는데 삽으로는 말할 것도 없으니까.

한번은 부나의 후임으로 들어온 종합 자료실 김윤이나가 "쌤, 도대체 누구 짓일까요?" 하고 물었는데 대답은 안 했어도 떠오르는 얼굴이 하나 있긴 했다. 그것도 아주 선명히. 엄청난 답정너인 김윤이나는 내가 원하는 답을 들려주기는커녕 아무런 반응도 보이지 않자 "제가 이딴 제설 작업이나 하려고 문정과 나온 줄 아세요?" 하면서 애꿎은 내게 화를 내다가 종내에는 진짜 이럴 수는 없다고, 다 같이 노동청에 신고라도 해보자며 씩씩댔다. 자기 지금 완전 궁서체라면서.

김윤이나는 부나와 다르게 감정 표현에 솔직했고 어떻게 하면 자신에게 유리한 쪽으로 상황이 돌아갈지 본능적으로 알았다. 데스크톱 바탕화면에 포토샵으로 떡칠한 셀카를 당당하게 설정해놓을 용기와(오렌지주스는 오렌지가 3퍼센트만 들어 있어도 오렌지주스는데 저는 왜 안 돼요?) 그 어떤 핀잔에도 주눅 들지 않고 꿋꿋이 텀블러에 떡볶이를 담아 먹는 뻔뻔함도 있었다(죽고 싶지만 다 먹고살자고 하는 일이니까 떡볶이는 꼭 먹어야겠어요!). 나는 대답을 기다리는 김윤이나에게 그럴 수는 없다고, 눈덩이처럼 불어가는 카드 이자를 봐서라도 절대로 그럴 순 없다고 고백하는 대신 이렇게 말할 뿐이었다.

"괜찮아요, 김윤이나 씨. 적어도 김윤이나 씨는 아직 방아쇠수지증후군이 오지 않았으니까요. 언제든 유턴해서 되돌아갈 수 있으니까요."

그건 1년 전 연이은 취업 낙방 끝에 부평도서관 계약직 사서로 막 출근했을 무렵 부나가 내게 건넨 말이기도 했다. 이름만 부평도서관이지 도서관은 부평역보다 백운역에서 더 가까웠고 백운역에서 도서관 정문까지는 걸어서 18분, 부평역에서는 25분이 걸렸다. 그러나 어떤 역에서 내리든 도서관까지 이어지는 가파른 언덕을 마을버스도 없이 올라야 한다는 사실은 사시사철 한결같았다. 당시 나는 게시판에 붙일 권장 도서 목록 작성이나 독서 클럽 포스터 제작같이 자질구레하지만 누군가는 꼭 해야만 하는 업무의 연속으로 고통받고 있었는데 그 고통은 정규직이든 비정규직이든 대상을 가리는 법이 없었다. 부나는 서가에서 책을 빼내고 꽂고 정리하는게 일상이다 보니 꼭 방아쇠를 당기는 것처럼 엄지와 검지 사이가 저리다고 했다. 그래서 언젠가 정말로 방아쇠를 당겨야 할 순간에 그러지 못할까 봐 두렵다고.

나는 사람보다 책이 좋아서, 책 속에 묻혀 있으면 만사가 형통할 것 같다는 고상하고 속 편한 믿음 하나로 도서관에 입성한 풋내기 사서였을 뿐 그때까지만 해도 내가 부나에게 마음을 쓰게 될 거라고는 상상도 하지 못했다. 마음을 준다기보다 마음을 썼다는 표현이 적합한데, 왜냐하면 양쪽 다 그 열과 성을 다했던 마음이 더 이상 남아 있지 않다는 점에서는 같지만 부나는 단 한 번도 내 마음을 제대로 전해 받은 적이 없으니까. 나는 언제나 한 발짝 떨어진 채로 주저하고 방관하고 머뭇거릴 따름이었으니까.

부나는 나보다 키도 손발도 가슴도 컸지만 그렇다고 딱히 눈에 띄는 스타일은 아니었고, 가끔 엑셀이나 디자인 툴 다루는 법을 알려줄 때 부나의 가슴이 내 등에 닿기는 했어도 그건 동료끼리의 신체적 접촉 이상의 어떠한 연쇄 작용도 불러일으키지 않았다. 오히려 그 순간 내 머릿속을 스친 건 어쩌면 부나가 브래지어를 착용하지 않았을 수도 있다는 사실이었다. 그게 나로 하여금 공공장소에서 이래도 되는 건가, 하는 우려와 반감을 불러일으킴과 동시에 부나에게 더 큰 관심을 갖게 했음은 분명했다. 그래서 꼭 서부영화의 총잡이처럼 엄지와 검지로 총을 만들어 후—바람을 불던 부나에게 나는 은근슬쩍 이렇게 말했다.

"쌤, 무슨 꼭 총 쏴본 사람처럼 말씀하시네요."

부나의 첫인상을 말하자면 정말 나와 모든 게 다르구나 싶을 정도로 취향이랄까 아주 작고 사소한 부분까지 맞지 않았다. 예컨대 부나는 도수도 없는 안경을 패션으로 고수했고 몸에선 러쉬 더티 스프레이 향이 났으며 책을 빌려 읽지 않고 굳이 꼭 사 읽었다. 자고로 독서란 밑줄을 치고 그림을 그리고 귀퉁이를 잔뜩 접고 손때로 종이가 우글우글해진 뒤에야 비로소 완성되는 거라면서. 소신이 있달까 고집이 있달까.

한번은 이용객이 책을 찾아달라며 부탁했는데 부나는 끝끝내 그 책을 찾지 못했음에도 분실 도서로 처리하지 않았다. 물론 엉뚱한 서가에 잘못 꽂혀 있는 경우가 열에 아홉이긴 했지만 그렇다 할지언정 부나의 확신에는 좀 과한 구석이 있었다. "이지 씨, 시간이 지나면 다시 돌아오게 돼 있어. 나만 믿으라니까." 대체 어디서 나온 자신감인지 부나는 그렇게 말할 뿐이었다.

유일하게 같은 걸 꼽자면 집에 가는 방향 정도였다. 같은 방향이라고 해봤자 부평역에서 지하철을 탄 뒤 머지않아 각자의 노선으로 환승을 거쳐야 했지만 어쨌거나 우린 아주 잠깐이나마 같은 방향으로, 같은 속도로 함께할 수 있었다. 퇴근 후 곧장 집에 가기 아쉬울 땐 부평역 근처 맛집을 탐방하기도 하면서. 책 먼지로 인한 만성 비염을 달고 살던 부나는 매운 걸로 위를 미리 적셔줘야 예방이 된다며 내게 마라탕이나 떡볶이를 사주곤 했다. 지하상가 규모가 규모이다 보니 출구를 제대로 찾지 못하는 일도 부지기수였는데 어느 날엔 물은 한 방울도 흐르지 않는 지하 분수대 앞에 멈춰 선 부나가 이렇게 말했다.

"그거 알아요? 여기 기네스북에도 오른 거."

"아, 정말요?"

"이래 봬도 세상에서 젤루 큰 지하상가래요. 완전 멋지죠."

"멋진 건가요?"

"멋지죠. 만약에 여기가 무너지면 우리는 세상에서 제일 큰 지하상가에 깔려 죽은 사람 중 하나가 되는 거니까."

그러나 함께 부평을 쏘다닌 1년여의 시간 동안 몇 번의 리모델링 공사가 있었을 뿐 상가가 주저앉고 무너지는 일은 없었다.

돌이켜보면 딱히 호감형도 아닌 부나에게 그렇게 쉽게 마음을 열게 된 이유가 몇 있었는데, 첫째는 어쩌다 내가 아빠가 아닌 엄마 성을 따라 쓴다는 말을 꺼냈을 때 값싼 호기심을 내보이며 그 이유를 캐묻지 않았다는 점이고 둘째는 부나가 그렇게 나오니까 괜히 안달이 나서 "사실 가정의 불화라든가 편모가정이라든가 그런 말 못 할 사정이 있는 게 아니라 엄마아빠의 오랜 가위바위보 승부 끝에 엄마 쪽이 오판삼승으로 이겨서 그래요, 웃기죠?" 하고 그 별것 아니면서도 어쩌면 별거인 일화를 고백했을 때 부나가 보인 반응 때문이었다.

"와, 그거 진짜 멋지네. 웃기다기보단 멋지네. 이지 씨 엄마가 가위가 아니라 바위를 냈으면 이지 씨는 안이지가 아니라 오이지가 됐을 수도 있었던 거네. 그쪽도 멋졌겠지만 이쪽도 참 멋지네. 이래서 내가 가위를 좋아하잖아. 쉽지 않으니까. 안 이지니까. 보는 싫어. 가위가 최고야."

그러면서 부나는 엄지와 검지를 쫙 빼 들었고 그건 가위이면서 부나가 언젠가는 일발 장전할 필요가 있을지도 모를 총 같기도 했다.

하루는 도서관 홈페이지 고객의 소리함에 부나를 저격하는 글이 올라온 적도 있었다. 천장과 바닥을 모두 다 뜯어내야 하는 대공사를 앞두고 서가의 책들을 창고로 옮기느라 팔이 남아나질 않던 때였다. 겨울을 대비해 도토리를 숨겨놓는 다람쥐마냥 책을 책장 틈새에 숨기고 있던 사람을 목격한 부나가 이러시면 안 된다고 주의를 줬는데, 앞에서는 얼굴이 빨개져서 아무런 발뺌도 않던 그가 집에 돌아가서는 키보드워리어로 돌변해 장문의 글을 올린 것이었다. 사서도 일종의 서비스직이고 거기엔 언제나 진상이 따라붙는 법이니 이용객 응대에 관한 컴플레인은 그러려니 하고 넘어갔을 수도 있겠지만 익명의 글쓴이가 문제 삼고 있던 건 명색이 구립도서관 사서라는 작자가 "브래지어를 착용하지 않았을 수도 있을 것 같다는 것"—그 완전한 긍정도 부정도 아닌 문장이 관내에 더 큰 파장을 일으킨 건 분명했다—이었다. 사실 그건 일전의 터치를 통해 어렴풋이 짐작하고 있던 터라 무척 새롭고 쇼킹한 일은 아니었지만 어쨌거나 글의 요지는 이랬다. 노브라가 있는 도서관이 가당키나 하냐며 그런 가당찮은 노브라한테 자신의 피 같은 세금이 돌아간다는 건 말도 안 되며 이건 정말 지역 망신이자 국가 망신이자 수치이며 나랏밥 먹는 사서라는 인간부터가 이 모양이니 우리나라에 노벨문학상 수상자가 나오지 않는다는 거였다. 물론 글쓴이가 정말로 그렇게 적은 것은 아니었다. 속에 적의를 숨기고 있는 게 너무 티가 나서 문제지 맞춤법도 잘 지켰고 비문도 없었고 문체에는 호소력도 있었다. 무엇보다 그는 어떻게 하면 정중한 제스처를 취하면서도 교묘하게 의중을 드러낼 수 있는지에 대해 꽤나 빠삭한 것 같았다. 규정대로라면 게시판에 답을 다는 일에도 관장과 이사장의 결재를 필요로 했지만 부나는 그 모든 과정을 생략한 채 이렇게 답을 달았다.

안녕하세요. 종합 자료실 팀장 김부나입니다. 저는 노브라가 아니라 김부나입니다. 감사합니다.

그건 분명 주변의 동료들에게 귀감이 되는 일은 아니었지만 같은 직종에 종사하는 여자 사람으로서 내밀한 희열을 불러일으키는 점이 있었고, 그렇다 해서 모든 동료들이 부나의 돌발적인 행동을 기껍게 바라본 것도 아니었다. 대개는 철저히 그 사건에 대해 언급하지 않으려 애쓰는 식으로 실은 그걸 말하지 못해 안달인 속마음을 들키곤 했다. 나는 이도 저도 아닌 중도파였다. 듣기로는 윗선에서 논의에 논의를 거듭한 끝에 부나가 품행을 단정히 하며 더 이상 '경거망동'하지 않는다는 내용의 반성문―시말서가 아니라―을 제출하는 것으로 사태는 일단락됐다. 하긴 공식적으로 문제 삼기에도 노브라니 유두니 하는 단어들이 썩 있어 보이지는 않았을 테니까. 원체 부나가 처세에 능하다거나 수완이 좋은 타입은 아니었고, 굳이 빗대자면 장아찌를 담근 항아리 위에 올려놓는 누름돌같이 존재감은 없지만 묵묵하게 제 할 일만 하는 느낌이었다면 노브라 소동 이후로 부나가 관내에서 커다란 걸림돌이 된 건 분명해 보였다.

부나가 앞으로는 꼭 속옷을 착용하겠습니다, 라는 글의 요지를 몇십 배 분량으로 뻥튀기한 반성문을 제출한 날에는 비가 왔다. 아니, 어쩌면 눈이었을지도. 폐관 방송이 흘러나오

16

는 도서관 안에서 우리는 그것이 비인지 눈인지의 여부로 저녁 내기를 했다. 뿌옇게 김이 서린 창 너머의 그것은 정말이지 눈이 아닌 다른 무언가로 보이지 않았지만 부나는 저건 분명히 명백히 원 헌드레드 퍼센트 비라고 했고, 나는 제아무리 사소한 것일지언정 뭔가를 그렇게 확신할 수 있는 부나가 새삼 신기하면서 부러웠다.

그리고 도서관 밖으로 나와 우산을 펼쳐 들었을 때 우산을 마구 때리던 건 고체가 아니라 액체, 눈이 아닌 비였다.

"그치만 단 한 순간 정도는 눈이었을 수도 있잖아요."

"이지 씨 승부욕이 엄청난데?"

"빗방울이 저렇게 많은데 저 중에 단 몇 방울이라도 어느 점까지 가닿았을 수 있잖아요. 갔다가 다시 왔을 수도 있잖아요. 안 그래요?"

"쉽지 않네. 그럼 그냥 무승부로 할까요. 지금은 분명 비지만 아까는 또 모르는 거니까."

그러나 그건 단순히 승부욕이나 돈의 차원이 아니었다고, 물론 대공사로 인해 도서관은 2주 동안 휴관할 테고 월급제가 아닌 최저임금제가 적용되던 나로서는 급여와 저축 또한 정확히 반토막 난다는 걸 의미하기도 했지만, 그럼에도 그건 좀 더 깊고 넓고 복잡한 다른 어떤 차원의 문제였다. 왜일까 나는 내심 부나가 반성문을 제출한 뒤에도 계속 노브라로 출근해주기를 바라고 있었다. 그건 같은 직종에 종사하는 여자 사람으로서의 지지인 동시에 차마 입 밖으로 내뱉을 수 없는 이유 때문이기도 했다. 부나를 향한 마음이 커가는 만큼 그 반작용 또한 덩달아 힘을 불려나갔으니까.

그런 속내를 아는지 모르는지 부나는 언제나처럼 뒤에서 나를 안은 자세로, 마우스를 쥔 내 손 위에 슬쩍 자기 손을 포개곤 했다. 어쨌거나 다른 수많은 자세를 두고 굳이 뒤에서 내 어깨를 감싸안는 자세를 채택한 이유가 단순한 직장 동료 이상의 감정 때문이지 않을까, 나는 어렴풋이 짐작하고 있었다. 자고로 모든 취사선택에는 분명한 까닭이 선행되는 법이었으므로.

우리는 이제 단골이 돼버린 마라천지의 제일 구석 자리에 앉아 마라탕에 연태고량주를 주문했다. 부나는 고기 빼고 고수 많이, 나는 고기 많이 고수도 많이. 요리가 5분도 채 안 돼 나올 만큼 가게엔 손님이 별로 없었다. 얼마 전 식약처에서 전국 마라탕집의 위생 실태에 대한 조사 결과를 발표했기 때문이었다. 나는 괜히 찝찝해서 음식에 손이 잘 가지 않았는데 부나는 그걸 아는지 모르는지 시뻘건 국물을 마구 드링킹했고 그러다 사레가 들려서는 컥, 컥, 기침을 토해냈다. 급히 컵에 물을 따라 건넸음에도 부나는 물잔 대신 술잔을 집어 들고는 그대로 원샷할 뿐이었다. "괜찮아요?" 빈 술잔에 술을 채우며 내가 물었다.

"괜찮아 보여요?"

"예뻐 보여요."

"어머, 이지 씨 숙맥인 줄 알았는데 완전 선수 다 됐네, 다 됐어."

하이틴 드라마나 동인지에서나 접하던 멘트를 스스럼없이 던졌다는 점에 손발이 오그라듦과 동시에 나는 뭔가 선을 넘고 싶다는 강렬한 충동을 느꼈는데 그런 마음에 정비례해 정체가 분명한 두려움이 꼭 끼는 브래지어처럼 마음을 마구 압박한 것도 사실이었다. 그러니까 학창 시절 교복 치마가 아닌 바지를 입던 친구들 무리에 속해 있을 무렵 팔짱을 끼거나 손을 잡아본 적은 있어도 진짜 여자 대 여자로 어떤 '선'을 넘은 경험은 단 한 번도 없었으니까. 이름이 정자라는 이유로 남자애들 사이에서 언제나 놀림감이 되곤 했던 친구가 내게 마음을 고백했을 때 나는 떨리는 마음을 주체할 수 없었음에도 "그건 조금 더럽지 않을까?" 하고 말했다. 돌이켜보면 그건 세상의 많고 많은 거절 멘트 중에서도 제일 악랄하고 악독하기로 손꼽힐 만한 것이었다. 그러니까 기네스북에 오를 만큼. 더럽다는 단어를 택한 거로도 모자라 그걸 되물으며 확인 사살하는 구조로 문장을 끝마침으로써 내가 온전히 짊어져야 할 대답의 책임을 그 친구에게 모조리 전가한 꼴이었으니까.

"나 정말 반성해야 할까, 이지 씨?"

"쌤, 혹시 『회복하는 인간』이라는 책 아세요?"

"뭐 무슨 인간요?"

"반성하지 말고 회복해요, 우리. 뒤를 돌아보기보다는 앞으로. 그런 의미에서 오늘 마시고 죽죠. 2주 동안 출근도 안 하는데. 자의는 아니지만 마치 자의인 것처럼. 작정하고 한번 죽어보죠, 오늘."

마라탕 국물을 안주 삼아 고량주를 세 병이나 비우고 나왔을 때 비는 이미 그쳐 있었다. 세 병 중에 두 병을 혼자 해치웠으면 얼굴이라도 좀 빨개질 법한데 부나는 오히려 안색이 더 핀 것 같았다. 그날 우리는 처음으로 서로 다른 라인으로 환승하며 헤어지지 않고 같은 곳으로 향했다. 그러니까 부나의 홈 스윗 홈으로.

충남 태안이 본가인 부나의 자취방은 인천시청역에서 도보로 딱 5분 거리였다. 어두울 때 봐도 낡고 오래된 붉은 벽돌집이었는데 집주인이 아래층에 살고 위층의 독립적인 공간을 모두 부나가 사용하는 식이었다. 그래봐야 작은 주방과 베란다가 딸린 원룸에 불과했지만. 부나는 혼자 도어록을 달았다든가 옆집 마당의 감나무가 나날이 자라 점점 해가 잘 안 드는 것 같다든가 하는 얘기를 주절주절 내뱉었다. 이렇게 아무 맥락 없이 투 머치 토커가 되는 건 대부분 호감 있는 상대와 함께일 때지. 그런 근거 없는 자신감으로 나는 마음이 조금 벅찼는데도 애써 태연한 척을 했다.

내 기대나 우려와 달리 그날은 정말 아무 일도 일어나지 않았다. 막상 뭔가 로맨틱하고 섹슈얼한 일이 펼쳐질 기미가 보이면 나는 또 새우처럼 움츠러들며 일보 후퇴하기 급급했겠지만, 그날은 얼어 죽을 만큼 추웠다는 것 빼고는 썸씽의 쌍시옷 자만큼도 뭐가 없었다. 아랫집 보일러 배관이 동파되는 바람에 2층에 있는 부나의 방 역시 꼼짝없이 냉골 신세를 져야 했는데 설상가상으로 전기장판도 고장이 난 거였다. 부나는 비록 전기장판님은 운명하셨지만 더 괜찮은 게 있다며 노트북 전원을 켰고, 나는 대체 이 몹쓸 추위에 보일러나 전기장판보다 더 괜찮은 게 뭘까, 어쩌면 그건 사람과 사람 간의 스킨십이 아닐까, 홀로 망상의 나래를 펼치며 덜덜덜 이를 맞부딪혔다.

벽난로. 그건 벽난로였다. 유튜브 검색창에 벽난로 ASMR을 치니 여러 영상이 주르륵 떴고 부나는 맨 위의 것을 클릭했다. 'Burning Fireplace with Crackling Fire Sounds.' 벌겋고 훈훈한 열기로 가득한 벽난로를 배경으로 타닥타닥 장작 타는 소리만이 2시간 동안 끈덕지게 이어지는 영상이었다. 그러니까 그건 그날 우리의 백그라운드 뮤직이면서 난로였던 셈이다. 열과 성을 다해 타닥 타다닥 타오르는. 예정된 2시간이 끝나면 다시 새로운 2시간의 열과 성으로. 눈을 감고 들으면 감쪽같이 속아 넘어갈 것 같은 리얼 사운드와 함께 우리는 술을 마시고 건배를 나눴고 그러다 보니 정말 몸에 따뜻한 기운이 감돌았다. 알코올을 섭취하면 몸에 열이 오른다는 건 근본 없는 거짓부렁이었으므로 모름지기 온밤 동안 우리의 몸과 맘을 데운 건 그 유튜브 영상이라 할 수 있었다. 그게 아니면 서로라는 존재 자체였거나.

"같이 여행 갈래요?"

배터리가 거의 다 닳은 노트북 화면에 경고창이 뜨고 마침내 활활 타오르던 장작의 시간마저 멈췄을 때 부나는 충전기를 꽂는 대신 이렇게 말했다.

"같이 여행 가요, 우리."

지금까지도 나는 만약 내가 안이지가 아니라 오이지였으면 어땠을까, 엄마가 가위를 내지 않고 주먹을 냄으로써 내가 내가 아닌 오이지가 되었다면 어땠을까 생각하곤 한다. 그럼 모든 것들이 지금과는 조금씩 다른 방향으로 나를 비껴갔을까. 아주 약간의 온도 차이로 비와 눈의 경계가 나뉘듯 나도 지금과는 조금 다른 사람이 되었을까. 그러나 그럴 때마다 나는 만약이라는 단어가 얼마나 나약하고 위태로우며 물에 젖은 책처럼 쉽게 찢어져버리는지를 다시금 깨달을 뿐이다. 그때의 나 역시 말로는 뒤를 돌아보지 말고 앞으로 나아가자고, 뒤에 누가 쫓아오든 옆에 뭐가 있든지 간에 계속 앞을 향해 나아가자고 했지만 그건 정말이지 어려운 일이어서, 나는 끊임없이 만약이라는 두 글자를 좇을 수밖에 없었다. 그러니까 만약 그럴 수 있었다면, 만약 부나의 제안을 단호히 거절했다

면, 저 쉬운 여자 아니거든요, 하면서 장난스럽지만 그 누구
도 상처 입지 않는 쪽으로 대답을 유보했다면, 언제 밥이나
한번 같이 먹자는 말처럼 대수롭지 않게 네네 다음에요, 하고
웃어 보였다면 어땠을까.

하지만 그때 그 순간, 나는 정말이지 부나와 함께 어디론
가 떠나고 싶었다. 막상 집에 돌아와 맨정신으로 곱씹었을 때
미친년 완전히 돌은 년 역시 그러는 게 아니었어, 하는 후회
가 밀려들었지만 그럼에도 어디선가 새벽닭이 울 때까지 훈
훈한 열기 속에서 부나와 술을 마셨던 그날 아무런 주저 없이
좋아요, 하고 대답했던 건 분명 나였으며 그 감정은 모두 진
실했고 진심이었고 오직 나만의 것이었다.

*

얼굴 안 자에 낮 면 자를 써서 안면도인 줄 알았는데 부나
는 그게 아니라고, 편안할 안에 잘 면 자를 써서 안면도라 했
다. 편안하게 잘 수 있는 섬. 블루투스 기능도 없는 구형 소울
안에서 부나는 빛과 소금의 〈Beautiful〉이나 송창식의 〈사랑
이야〉를 따라 불렀고 이따금 차마 모른 척하기 힘든 수준의
음 이탈이 났는데도 아무런 부끄러움 없이 계속 노래를 이어
나갔다. 2주 동안의 강제 휴가가 끝나면 곧바로 겨울방학 프
로그램 일정을 짜느라 정신이 없을 게 분명했으므로 나는 그

시간만큼이라도 그저 마음이 움직이는 대로 매 순간순간을 살기로, 말하자면 철저한 마음의 방목을 택하기로 마음먹은 뒤였다. 부나는 알아서 노래를 여자 키로 바꾸고 "단 한 번 미소에 터져버린 내 영혼" 구절을 열창했는데 영혼이 터진다는 그 말은 꽤나 시적이면서도 계속되는 내부의 압력을 견디며 부풀고 부풀다가 종내에는 빵, 터져버린 풍선을 연상시켜 어딘가 공포스럽게 느껴지기도 했다.

아무 생각도 계획도 없이 막무가내로 부나를 따라나선 거였으므로 나는 안면도가 부나의 고향이며 거기서 부나의 아버지를 만나게 될 거라고는 전혀 예상치 못했다. 부나가 자기 아버지를 어이 형씨, 하고 부른 데다 그 형씨라는 작자가 부나와는 정말 눈곱만큼도 닮은 지점이 없었기에 나는 갑자기 트럭을 몰고 나타난 그가 부나가 예약한 민박의 사장이거나 약간의 일면식이 있는 동네 오빠인 줄로만 알았다. 누가 봐도 공들여 다듬은 수염에 다홍색 피셔맨 니트 차림의 그가 부나의 XX 염색체에 가담했다기엔 지나치게 영해 보였으니까. 그야말로 혼돈의 도가니탕.

형씨는 우럭을 기르는 가두리 양식업에 종사했고 돌아가신 어머니는 생전에 나무를 만졌다고 했다. 그래서 부나. 도끼 부에 그물 라 자를 써서 부나였는데 나는 그게 참 단순하면서도 숭고한 구석이 있는 네이밍이라 생각했다. 형씨는 숙식을 조건으로 일을 돕는 빠다라는 네팔 청년과 단둘이 살고 있었다. 풀네임은 빠다야이 사티야라즈, 줄여서 빠다. 그는 눈 사이가 멀어 물고기 같다는 인상을 풍기는 것 빼고는 꽤 미남이었다.

"친구?"

부나의 뒤에 어정쩡하니 선 나를 본 빠다가 말했다. 어색함이라곤 전혀 찾아볼 수 없는 한국어 실력이었다. 그는 대답할 겨를도 주지 않고 재차 물었다.

"아님 여자 친구?"

부나는 웃으면서 그런 거 아니라고 했다. 만일 부나가 맞다고, 자기 여자 친구라고 나를 소개했다면 식은땀을 흘리며 발뺌하기 급급했겠지만 막상 그런 게 아니라고 선이 그어지고 나니 기분이 좀 묘하긴 했다. 그런 게 아니면 대체 우리는 어떤 걸까. 이도 저도 아니므로 아무것도 아닌 게 되는 걸까.

"먹을 복은 있네, 친구가."

형씨는 허이짜, 하면서 트럭에 올라탄 뒤 다시 허이짜, 소리를 내며 사람 몸체만큼 커다란 플라스틱 통을 들어 올렸고 빠다는 그것을 받아 땅에 내려놓았다. 뚜껑을 열자 그 안에는 정말 물 반에 고기 반, 왠지 모르게 사람의 얼굴과 닮은 까맣고 표면이 매끄럽고 죽었는지 살았는지 미동도 없이 겹겹이 포개진 우럭들이 가득했다. 다 죽었네. 나도 모르게 내뱉은 말을 들었는지 형씨는 날이 갑자기 너무 추워져서 애들도 살수가 없다고, 이게 다 돈이고 정성이고 마음인데 큰일이다 큰

일이야, 하고 중얼거렸다.

"그래도 아직 괜찮아. 죽은 지 얼마 안 돼서 싱싱해. 맛있어."

그는 금방 회를 떠올 테니 안에서 꼼짝 말고 기다리라 했다. 그러곤 뭐가 그렇게 급한지 이미 죽은 생선이 든 통을 들고 부리나케 주방으로 달려가 정말 아주 금방 회를, 죽도록 싱싱한 회를 접시가 넘치도록 떠 왔다. 나는 사귀는 것은 아니지만 앞으로 어떻게 될지 모르는 여자의 식구들—그것을 식구라고 부를 수 있다면—과 동그랗게 둘러앉아 식사를 하는 장면은 단 한 번도 상상해본 적이 없었으므로 밀려드는 당혹감에 어찌할 바를 몰랐다.

형씨는 방에 아무렇게나 널브러져 있는 옷가지나 먹다 남은 견과류 팩, 뜯어진 콘돔 포장지 같은 것들을 구석으로 몰아 딱 네 사람이 앉을 만한 자리를 만들었다. 나는 당장의 상황이 어떻게 돌아가고 있는 건지 파악해보려 애쓰다가 이내 같이 여행을 가자고 해놓고서 이런 곳으로 나를 데려온 부나에게 화가 났고, 이게 뭐 하는 짓이냐고, 대체 무슨 생각으로 나를 여기까지 데려온 거냐고 따져 묻고 싶었지만 또 당장 그럴 수는 없는 일이어서 엉거주춤한 자세로 가만 서 있을 뿐이었다. 형씨는 보일러 선이 제일 많이 지나가 추울 걱정이 없다는 자리에 나를 몰아세우듯 앉히고는 자꾸만 편하게 앉으라고, 이미 충분히 편하니 괜찮다고 해도 에이 진짜로 괜찮으니까 더 편하게 앉으라고 하면서 나를 곤란하게 만들었다.

"진짜로 추우면 말해요 말. 얘가 누굴 데려온 게 처음 있는 일이라 내가 아주 보일러를 빵빵하게 틀었는데 그래도 혹시 춥거나 하면 절대로 참지 말고 말만 해요 말. 근데 절대 그럴 일 없어. 거기가 우리 집에서 젤루 상석이거든. 젤루다가 좋은 자리니까 절대 그럴 수 없고 말구."

그런 뒤에 형씨는 나와 부나와 빠다의 잔에 뭔가를 공평히 하사하듯 소주를 따랐다. 그는 살면서 이렇게 기쁜 날이 다 온다며 병나발을 불다가도 2년 동안 친자식처럼 기른 우럭들이 죄다 얼어 죽어버렸다며 슬퍼했다. 그건 손해라고. 갈기갈기 마음을 찢는 손해라고. 그렇게 기쁨과 슬픔 사이를 오가던 그는 내가 보고 있다는 사실을 망각했는지 옆에 쪼그려 앉은 빠다의 귀에 입을 맞추듯 대고 "아, 근데 조금 춥지 않나? 그치, 당신도 조금 춥지? 역시 보일러를 더 세게, 세게 틀어야겠지?" 하고 속삭였다. 순간 형씨는 빠다의 귀를 깨물었고, 빠다는 아프다고 소리를 내거나 반발하는 대신 웃으면서 일어나 보일러 온도를 높인 뒤 여전히 웃는 채로 자리에 앉았다.

귓속말이라 하기에 그 소리는 너무 크고 선명했으므로 나는 본의 아니게 처음부터 끝까지 그 일방적인 대화를 엿들을 수밖에 없었는데 부담과 불편 때문인지 아니면 환기도 안 되는 방을 가득 채운 네 사람의 열기 때문인지 이마에서는 땀이 줄줄 흐르고 있었다. 옷소매가 다 젖도록 땀을 닦아내면서 왜일까 나는 하나의 가두리 안에 있다는 2만 마리의 우럭들을 떠올렸다. 그러니까 이유를 콕 집을 수 없는 불쾌로 가득한 이 공간에 어쩌면 나 또한 꼼짝없이 갇혀버린 꼴이 아닌가. 나는 고개를 돌려 부나의 얼굴을 살폈고 두 사람을 바라보면서 부나는…… 진심으로 웃고 있었다. 진심으로 그들이 부럽기라도 하다는 듯이.

추우면 언제든지 춥다고 말하라 했지만 나는 정말이지 더웠으므로, 안 그래도 술기운 때문에 얼굴이 화끈한데 아래에서부터 둔부가 얼얼할 정도로 들끓는 열기 때문에 나는 정말 미칠 듯이 더웠으므로, 그건 정말 해도 해도 너무한 더위였으므로, 도무지 견딜 수 없는 열과 성이었으므로 나는 이렇게 말하는 것 말고는 할 수 있는 게 없었다.

"아, 존나 더러워."

더워가 아닌 더러워. 둘은 그것을 단순히 덥다는 말로 스쳐들은 것 같았지만 나는 알았다. 단 한 사람만은 내 말을 똑똑히 들었다는 걸. 눈이 마주치지는 않았지만 순간 그의 눈빛이 강하게 흔들렸다는 걸. 나는 괜히 취한 척 딸꾹질을 하며 땀이 밴 손바닥으로 얼굴을 감쌌다. "방금 들었어, 무슨 소리?" 내 마음을 읽기라도 했는지 빠다가 물었을 때 부녀의 시선은 그가 손끝으로 가리킨 곳을 향했다.

"저기, 있다 쥐가. 쥐새끼가 있다 저기."

그러면서 빠다는 누수로 인해 누렇게 얼룩이 진 천장을 아주 오랫동안 응시했다. 나는 손 틈새로 천장이 아닌 정면을, 부나의 커다랗고 까무잡잡한 얼굴을 바라봤다. 그리고 확신했다. 거기에 쥐는 없었다. 대신 쥐가 아닌 다른 무언가가, 감추려 해도 감춰지지 않는 어떤 마음이, 자꾸만 질금질금 넘쳐흐르는 뭔가가 있었다고. 척으로 시작한 거였는데 좀처럼 딸꾹질이 멎지 않아 나는 조금 울고 싶은 기분이었다. 부나는 그런 내 등을 두드리며 말했다. 괜찮다고. 시간이 지나면 자연스레 멈출 거라고.

술이 다 떨어졌다며 형씨가 빠다에게 꾸깃한 만 원짜리 두 장을 건네주고 난 뒤 방에는 우리 셋만 남았다. 누가 낚시꾼 아니랄까 봐 형씨는 가볍고 날랜 동작으로 손을 뻗어 그의 왼손으론 내 손을, 오른손으로는 부나의 손을 낚아챘다. 땀이 많이 났다고 해도 그는 한사코 괜찮다며 내 손을 더 세게 그러쥘 뿐이었다. 인사불성. 그리고 이제 보니 그와 약간 닮은 구석이 있는 부나는 취했는지 멀쩡한 건지 도통 모르겠는 얼굴로 어렴풋이 웃고 있었다.

"너가 남자를 데려왔으면 내가 꼭 콘돔을 쓰라고…… 그건 부끄러움도 뭣도 아니니까 꼭 콘돔을 쓰라고 말하려 했는데 말이다. 너가 이렇게 예쁜 여자 친구를 데려왔으니 그런 염려는 붙들어 매고…… 그저 너희 하고 싶은 대로, 꼴리는 대로 다 해도 된다고…… 여자들끼리는 병 같은 거 옮길 일도 없으니까 얼마나 편리하고 좋아…… 어? 안 그러냐?"

부나는 그의 말이 채 끝나기도 전에 "미쳤어, 미쳤어, 제발 주책 좀 떨지 마요!" 하고 소리를 질렀는데 나는 가만히 앉아 둘 사이의 사소하고 애정 어린 다툼을 지켜보고 있을 뿐이었다. 분명히 한 번쯤, 아니 몇 번씩이고 머릿속으로 그려본 장면이긴 했지만 막상 그의 입을 거쳐서 나오는 말들을 두 귀로 듣고 다시금 상상해보니 남은 건 죽은 물고기들처럼 겹겹이 포개진 부끄러움이어서 나는 조용히 고개를 떨궜다. 그런 내게 형씨는 "얘 봐라 얘, 부끄러워하는 것 좀 봐라" 하면서 웃었는데 그가 말하는 부끄러움과 내가 느끼는 부끄러움이란 전혀 별개의 것이었다. 나는 형씨를 따라 웃는 대신 나를 지켜내려 애썼고 그러기 위해서는 그곳에서, 그들에게서 벗어나야만 했다. 그 자리는 너무 뜨거웠으므로. 내가 감당할 수 없는 열과 성이었으므로.

역시 오지 말았어야 했던 게 아닌가. 가두리 안에 도사리고 있는 2만 마리의 우럭처럼 이런 난데없고 예상치 못한 상황에 꼼짝없이 갇혀버린 게 아닌가. 하지만 다시 돌아가고 싶어도 자리를 박차고 나올 용기가 없고 박차고 나온다 한들 면허가 없고 택시를 부른다 한들 태안에서 인천까지 택시비를, 그것도 야간 할증이 적용된 요금을 충당하기에는 지갑 사정도 넉넉지 않으므로 애초에 오지 말았어야 했던 게 아닌가. 그렇게 아무 소용도 쓸모도 없는 생각에 깊이 몰두하던 와중 빠다가 돌아왔다. 작고 낮은 소리로 허밍을 하면서. 분명히 어디선가 들어본 적 있는 음들을 위태롭게 이어가면서. 너무 추워. 너무 추워. 하지만 추위라는 걸 전혀 모르는 사람의 얼굴을 하고서.

밖에 눈이 왔다며 빠다는 눈사람을 만들자고 했다. 자기 고향에선 눈이 매우 귀하다고. 그러니 있을 때 잘해야 한다고. 나는 그 말은 이럴 때 사용하는 게 아니라고 하는 대신 그가 건넨 새빨간 고무장갑 한 짝을 받아 들었다. 생선 손질용이었는지 고무장갑에서는 속이 메스꺼울 정도로 비린내가 진동했다.

"여기서 좀 이상한 냄새 나지 않아요?"

나는 뭔가를 간절히 호소하듯 물었는데 빠다는 아니라고 했다. 아무런 냄새도 안 난다고.

"진짜예요?"

내가 재차 물었음에도 부나는 아무것도 모르겠다는 표정으로 고개를 저을 뿐이었다.

감기 기운이 있어 구경만 하겠다는 나를 제외한 세 사람은 뭐가 그렇게 즐거운지 깔깔깔 웃으면서 눈덩이를 굴렸다. 흙이 전혀 묻지 않은 눈으로 만든 눈사람은 어딘가 비현실적으로 보였다. 영영 더럽혀지지 않을 것처럼 하얗고 매끄러운 눈덩이가 세 개. 3단 눈사람이었다.

이제 그만 잘 시간이라며 고무장갑을 벗은 형씨가 제일 먼저 집 안으로 들어갔고 그다음은 부나였다. 나는 팔짱을 끼며 나를 이끌던 부나에게 금방 따라가겠다고 했다. 마침내 남은 건 우리 둘뿐이었다. 순간 빠다는 내가 보고 있다는 걸 잊었는지 아니면 내가 보고 있기 때문인지 씨발, 하고 중얼거리면서 애써 만든 눈사람을 힘껏 발로 찼다. 발길질할 때마다 단단하게 뭉쳐진 머리와 허리와 몸통이 커다란 살점처럼 떨어져나갔다. 격한 동작과 달리 그의 입에선 입김과 함께 꾹 억눌린 듯한 신음이 새어 나오고 있었다. 그는 같이 해보겠느냐 물었다.

"따라 해봐. 기분 죽인다."

"어떻게요?"

"씨발, 씨발. 이렇게."

"씨발, 씨발. 이렇게요?"

"응응. 좋다. 그렇게."

"씨발, 씨발."

"응응. 좋다. 계속."

안면도라는 이름과 달리 그곳에서 내가 편안히 잠들 수 있을 리는 만무했다. 우리는 빠다의 방에 요를 깔고 누웠는데 방이라고 해봐야 원래 하나였던 공간에 얇은 가벽을 세운 것뿐이어서 제대로 된 세간도 창문도 찾아볼 수 없었다. 벽을 통해 두 사람의 말소리나 그로 인한 진동이 모두 전해져왔는데도 부나는 전혀 괘념치 않은지 쌔근쌔근 코까지 골았다. 그에 반해 나는 한참을 뒤척이다가 양 대신 우럭 한 마리, 우럭 두 마리…… 숫자를 셌고 그래도 잠이 오지 않아서 평소처럼 쓸데없는 생각들을 이어나갔다. 만약 불면이 없다면 안면이나 숙면 또한 불가능하지 않나. 그러니까 처음 이곳에 안면도라는 이름을 붙인 사람 또한 매일매일 안면하지 못했으므로 그토록 안면을 바랐던 게 아닌가 하는.

마음 같아서는 날이 밝는 대로 당장 인천으로 돌아갈 생각이었지만 막상 날이 밝고 나니 산란했던 머릿속이 깨끗해지면서 졸음이 마구 쏟아졌고, 채 가시지 않은 숙취와 함께 잠에서 깨고 보니 나는 부나를 등진 채 누워 있었다. 일어나자마자 우리는 전날 먹다 남은 횟감에다 무와 콩나물을 넣고 끓인 해장국으로 늦은 아침을 했다. 음식에 거의 손도 안 댄 부나와 달리 나는 밥을 두 공기나 비웠는데도 자꾸만 허기가 졌다. 여기까지 왔는데 양식장이라도 한번 보고 가라는 형씨의 말에 왜일까 나는 아무런 주저 없이 고개를 끄덕였는데 그건 그곳에 가게 될지언정 결코 내 마음이 달라지지는 않을 거란 확신 때문이었다.

간이 좌석을 펼쳐봤자 형씨의 구식 포터에는 세 사람밖에 탈 수 없었으므로 내가 먼저 자진해 짐칸에 타겠다고 하자 빠다는 정색을 하면서 아니라고, 그건 절대 옳지 않다고 강하게 만류했다. 잘못한 것도 없는데 괜히 혼이 난 것만 같은 기분. 결국 원하는 대로 짐칸을 차지한 그가 출발하라는 신호로 차체를 탕탕 두드렸고, 나는 어쩔 도리 없이 부녀 사이에 꼭 끼인 책갈피 같은 모양새로 한참을 있어야 했다.

어장에 발을 딛자마자 형씨와 빠다는 일사불란한 동작으로 폐사한 물고기를 건져냈다. 커다란 고무 대야에 우럭이 가득 쌓이면 크레인에 실어 육지로 나르는 식이었다. 나는 부나와 함께 서서 그 일사불란함을 지켜보고 있었는데 순간 부나는 내 귀에다 대고 "조금 덥지 않아, 자기?" 하고 물었다. 나는 귀가 간지러웠으므로 웃었다. 정확히는 조금도 덥지 않아, 자신 있게 대답할 수 없었기에 웃었다. 만일 부나가 재차 물어왔다면, 하다못해 에이 진짜? 하는 식으로 가볍고 장난스레 내 웃음에 이의를 제기했다면 나는 그것과는 조금 다른 선택을 했을지도 몰랐다. 그러나 한국인은 삼세번이라는 말이 무색하게 부나는 깊고 넓고 단단한 침묵만을 고수할 뿐이었다.

쓰고 있던 모자가 날아가는 바람에 부나가 잠깐 자리를 비운 사이 형씨는 내게 거의 소리치다시피 말했다. 얘들이 많이 죽었지만 그래도 아직 많이 살아 있다고, 죽은 건 이미 죽은 거고 어쩔 수 없는 거라지만 어쩔 수 있는 것들도 남아 있다고, 그런 의미에서 이지 씨도 간에 좋은 우럭을 꼬박꼬박 챙겨 먹으라고. 일부러 대답을 피한 건데도 그는 뭔가를 집요히 확인받고 싶어 하는 사람처럼 굴었다.

"그럴 거지, 이지 씨? 아, 이제 이지 씨라고 부르면 안 되나? 그치, 그건 너무 정 없지? 아가, 새아가라고 불러야 하나?"

거센 해풍 때문에 딛고 있는 부표가 흔들리는 와중에도 그는 기다란 뜰채로 물고기를 건져내면서 우리 부나 잘 부탁해, 하고 소리쳤다. 나는 순간 중심을 잃어 휘청이다가 네? 하고 되물음과 동시에 바로 섰다.

"우리 부나 잘 부탁한다구."

"제가 왜요?"

"왜라니……?"

"그러니까 그걸 왜 하필 저한테 부탁하시냐고요."

인천에 돌아와 렌터카를 반납하고 나니 시간은 벌써 자정이 넘어 있었다. 제일 싼 보험을 들어서 걱정했는데 다행히 사고는 나지 않았다. 우리는 무사히 원래의 자리로 되돌아왔고 그건 명백한 사실인 동시에 그 반대이기도 했다. 우산을 쓰기에도 안 쓰기에도 애매한 양의 비와 눈이 섞여 내리고 있었는데 부나는 그냥 맞는 것도 나쁘지 않을 것 같다고 했다. 그 눈과 비. 천천히 온몸을 적시던 눈과 비를.

우리는 아무런 방향도 목적도 없이 부평 거리를 따라 걸었고 그러다가도 결국엔 보이지 않는 어떤 힘에 이끌리듯 우리가 매일같이 끈질기게 걸어 올라야만 했던 언덕 앞에 다다라 있었다. 가보자고 한 것도 아닌데 우리는 누가 먼저랄 것 없이 걸음을 옮겼다. 마치 그 산책이 끝나지 않았으면 하는 사람들처럼 아주 천천히. 행여나 미끄러질까, 행여나 서로가 서로를 의지해야 하는 상황이 올까 걸음마다 꾹꾹 힘을 주면서.

이것 좀 봐요. 하늘을 올려다보며 내가 말했을 때 그곳엔 비와 눈도 눈과 비도 아닌, 온전한 눈송이들만이 가득했다.

"아까 우리 아빠가 뭐라구 했어, 이지 씨?"

"뭐를요?"

"왜 좀 아까 우리 아빠가 자기한테 뭐라고 그랬잖아."

"그랬죠."

"분명 또 이상한 말 했겠지 뭐. 그치?"

"다음에, 다음에 꼭 또 한번 오라고 그러셨어요."

그러나 단언할 수 없는 무수히 많은 것들 사이에서, 어쩔수 없음의 상태로 남겨둘 수밖에 없는 무수히 많은 것들 사이에서, 그날 밤 내가 유일하게 확신할 수 있었던 건 내가 다시는 그들을, 오직 선의로서 내게 가장 따뜻한 자리를 내어주던 형씨와 온 힘을 다해 자신이 애써 만든 눈사람을 부수던 빠다를, 그들을 다시 만나게 될 일은 결코 없다는 것이었다. 우리는 각각 무사할 수는 있어도 함께 무사할 수는 없을 테니까.

우리는 오르막이 막 끝나가는 지점에 우두커니 서서 처음이자 마지막으로 서로를 안았다. 어느새 눈발이 거세져 속옷까지 쫄딱 젖은 상태였으므로 서로 나눌 수 있는 체온이랄 것도 없었지만 그렇게, 아주 오래도록. 부나와 헤어지고 돌아오는 길에 나는 편의점에서 우산을 하나 샀는데 바보 같게도 집에 다다라서야 우산을 계산대 위에 그대로 두고 왔다는 사실을 깨달았다. 실수로, 어쩌면 고의로. 내가 다시는 회복되지 않을 상처를 부나에게 남긴 것처럼.

*

그 후로 나는 며칠을 앓았고, 또 앓아야만 했다. 엄마가 죽기프티콘을 보내주긴 했지만 그걸로는 배달이 안 된다고 해서 나는 결국 제값을 치르고 신짬뽕죽과 낙지김치죽을 시켰다. 그러나 잘 들어가지도 않는 죽을 씹지도 않고 꾸역꾸역 삼키다 보니 오히려 소화가 더 안 되는 것 같았다. 아직 해소되지 않은 건 마음 또한 마찬가지여서 나는 어쩔 도리 없이 완전한 소화불량의 상태로 부나를 떠올렸다. 이미 내 마음을 다 간파했다는 듯이 부나에게선 아무런 연락도 없었다. 나는 일전에 부나가 틀어주었던, 그새 조회수가 몇 천이나 불어난 동영상을 재생했다. 이런 가짜 영상을 보면서 위안을 얻는 사람이 세상에 나 말고도 많다는 생각을 하면 질척한 마음이 조금은 괜찮아지는 것 같기도 했다. 타닥타닥 장작 타는 소리는 2시간 동안 계속 이어질 거고 그 열과 성을 다한 시간이 끝나고 나면 나는 아무 일도 없었다는 듯 부나에게 전화를 걸어볼 생각이었다. 아무 사이도 아니었다면 아무렇지 않게 전화를 걸지 못할 이유도 없었으니까. 무엇보다 다 알고 있었으면서 왜 모른 척을 했냐고, 나는 따져 묻고 싶었다.

안면도를 떠나기 전, 부나가 하룻밤 새 사라진 눈사람의 행방에 대해 묻자 빠다는 태연하게 거짓말을 했다. "우리 고향에선 눈사람에 달렸다고 믿는다. 발이." 부나는 말도 안 된다며 정색을 했지만 입꼬리는 웃고 있는 것처럼 올라가 있었다.

"인천에 먼저 가 있는 거 아닐까요."

그때의 나로 말하자면 범죄자의 결백을 두둔하려는 공범의 모습이었을까. 무슨 말을 하려는 듯 부나의 입술이 미세하게 벌어졌다가 도로 닫힌 순간, 나는 생각했다. 나빴던 건 내가 아니라 너였다고. 그때 너는 내게 무슨 말이라도 했어야 했다고.

늦었다고 생각할 땐 정말 늦은 거라지만 타닥 타다닥 장작 타는 소리가 끝날 때까지 나는 부나와 나의 미래에 대해 생각했다. 그리고 영상이 끝나기 직전, 휴대폰 진동이 울렸다. 그거 봤어요, 쌤? 완전 대박. 수화기 너머 물어오는 말에 나는 나도 모르게 대답했다. 지금 보고 있어요.

우리 공주님이 같이 눈사람 만들래, 하도 노래를 부르길래 내가 하는 수 없이 이 엄동설한에 큰맘 먹고 밖으로 나섰는데 아니나 다를까 딱 봐버린 거 있죠. 홀딱 젖은 여자 둘이서 그러고 있는데 그 여자가 내가 알던 그 여자고 내가 다 부끄럽고 남세스러워서 고개를 못 들 지경이었지만 그래도 요즘 시대가 시대인지라 다 이해해요. 고백하자면 나도 뭣 모를 때 백합물 이런 거 본 적 있고 그런 사람들도 다 같은 사람이지 더불어 잘 먹고 잘 싸고 잘 살아야 좋지. 다 그럴 수 있어, 다 이해하는데 암만 그래도 그렇지 말이에요. 내가 여기서 다독상 2등까지 타 본 사람이고 책에 코딱지 묻히는 작자들이랑은 격이 다른 사람이고 소상히 밝힐 수는 없지만 배운 만큼 배운 사람이라 하는 얘긴데 다 이해하지만 우리 딸은 그런 거 안 봤으면 좋겠거든요. 그런 거 세상에 있는 줄도 모르고 엘사처럼 렛잇고 렛잇고 하면서 뭣 모르고 자랐으면 좋겠거든요. 나는 꼰대도 아니고 이건 물론 있을 수 있는 일이지만 그래도 우리 딸애한테는 없었으면 좋겠거든요. 있을 수 있는 일이 일어난 거니까 내가 뭐라 하기 좀 부끄럽지만 그래도 부끄러움을 무릅쓰고 이렇게 글을 남기는 거거든요. 이렇게 증거랍시고 사진까지 찍긴 했지만 내가 진짜 나 좋자고 나 하나 위해서 이러는 게 아니거든요. 그러니까 그러지 맙시다. 이러지 않기 위해 그러지 맙시다, 우리.

    P. S. 밖에서 그러면 감기 걸려요.

    아이돌 지능 안티 출신인가 싶을 정도로 그 글은 묘하게 사람을 부끄럽게 만드는 구석이 있었다. 나는 눈싸움하듯이 우리, 로 끝나는 문장을 뚫어져라 쳐다봤다. 그러나 사람이 암만 애를 써봤자 휴대폰 스크린을 이겨먹을 수는 없는 노릇이기에 얼마 되지 않아 빨갛게 충혈된 눈을 끔뻑거릴 뿐이었다. 고개를 숙이고 있긴 했지만 사진 속에서 누군가를 꼭 끌어안고 있는 사람은 변명할 것도 없이 부나였다. 그리고 부나가 안고 있는, 동시에 부나의 어깨에 얼굴을 묻은 그 사람은 분명히 명백히 원 헌드레드 퍼센트 나였으므로 나는 안심했다. 거기엔 오직 부나만이, 내가 아닌 부나의 얼굴만이 나와 있었으니까.

도서관 밖에서의 사생활을 가지고 징계를 내리는 건 사실상 불가능했는데도, 또 그건 스캔들 축에도 못 끼는 여자들끼리의 포옹에 불과했는데도 부나는 더 이상 출근하지 않았다. 그건 자의였지만 동시에 타의이기도 했다. 일전의 사건으로 부나를 영 탐탁지 않아 했던 관장의 입장으로서는 손 안 대고 골칫거리 하나를 해치운 셈이었다. 듣기로는 자신이 잘린 것으로 처리해달라는 부나의 부탁을 관장이 선심 쓰듯 수락했다고 했다. 실업급여를 받아봤자 얼마 되지도 않는 돈이었겠지만.

관내에서 부나의 공백은 그저 도서 한 권이 분실됐을 때 정도의 파문을 일으켰을 뿐이어서 나는 그게 참 너무하다고 생각했다. 하지만 나 역시 그 너무함에 일조하지 않았다고 말할 수는 없는 노릇이었다. 부나의 부재는 한편으로 정규직이 될 수 있는 발판이나 다름없었으니까. 인사부장은 조만간 이사장과의 자리를 마련할 테니 큰 거 한 장만 준비하라 했다. 통과의례 같은 것이니 너무 부담 갖지는 말라면서. 나는 아무 말도 하지 않았고 아무 말도 하지 않았으므로 그건 자연스레 동의의 표시가 되었다. 난생처음 수표를 발급받으면서 나는 부나 역시 나와 똑같은 상황을 겪지 않았을까 짐작했는데 그건 부정할 수 없는 비겁함이었지만 어쩔 도리 없는 위안이 되어주기도 했다. 나는 매일 무슨 의식을 치르는 것마냥 부나의 책상에 쌓여가는 먼지를 아주 오래도록, 몇 번씩이고 계속 닦아냈고 이내 그럴 필요나 이유 또한 사라져버렸다. 분실된 책이 새 책으로 대체되듯 책상도 새로운 주인이 생겼으므로.

규정대로라면 부나가 인수인계를 했어야 맞지만 결과적으로 그건 모두 내 몫이 되었다. 나는 실습 경험도 일머리도 전무한 김윤이나에게 학부생 때 도서관에서 인턴도 안 해보고 뭐 했냐고, 사심이 가득 담긴 짜증을 냈는데 김윤이나 역시 내 말을 한 귀로 듣고 한 귀로 흘리는 눈치였다. 버릇이 좀 없긴 해도 구김살도 뒤끝도 없다는 점은 분명한 장점이었고 무엇보다 집에 가는 방향이 같았기에 우리는 퇴근 후 종종 마라탕이나 떡볶이를 먹으러 갔다. 김윤이나는 매운 걸 너무너무 좋아해 가방에 항상 캡사이신을 갖고 다닐 정도였다. 완전 취향 저격이라면서. 나는 언젠가 부나가 내게 그랬던 것처럼 앞으로 만성 비염을 달고 살 테니 매운 걸 많이 먹어두라고 했다. 피할 수 없으면 즐기라는 말은 개소리라고. 예방할 수 있다면 미리 예방하는 게 좋지 않겠냐고.

그러나 새로운 퇴근길 메이트가 생긴 것 또한 잠깐뿐이었다. 김윤이나는 마라탕이 물린다며 혼자 집에 가버리곤 했고, 어느 날부터는 남자 친구가 차로 도서관 앞까지 데리러 올 거라며 해맑게 손을 흔들었다. 그럴 때면 나는 아무런 소용도 쓸모도 없는 지하 분수대에 유령처럼 앉아서, 앉아 있음의 상태로 한참 동안 지금의 나를 빚어낸 내 선택들에 대해 생각했다. 그 어쩔 수 없음을 삶의 디폴트로 두고서. 분주하게 움직이는 사람들의 얼굴을 훑다가도 혹시나 이곳이 무너지지는 않을까…… 걱정 반 기대 반, 딱 반반의 마음으로.

마지막 그 이후 부나를 다시 만난 건 대대적인 장서 점검으로 인해 밤이 늦어서야 퇴근한 날이었다. 1년에 몇 번 있는 장서 점검은 서가에 꽂혀 있는 모든 책을 일일이 점검해야 하는, 그야말로 부나에게 방아쇠수지증후군을 안겨준 주원인이기도 했다. 읽어보지도 않은 수천수만 권의 책 표지들을 하나하나 일별하는 동안 나는 문득 끝끝내 부나가 찾지 못한 책을 떠올렸다. "시간이 지나면 다시 돌아오게 돼 있어." 어떻게 부나는 그렇게 자신만만할 수 있었을까. 책이 부메랑도 사랑도 아닌데 도대체 무슨 근거로 그렇게 확신할 수 있었던 걸까. 그러나 누가 훔쳐 갔는지 아니면 어딘가에 숨겨져 있는지 모를 그 책은 여전히 자리에 없었다. 책에 발이 달린 것도 아닐 텐데 말이야. 부나라면 그런 농담을 던지며 웃어 보였겠지만 나는 부평 지하상가에서 우리가 마지막으로 만났던 순간 그 책이 여전히 오리무중이라고, 어쩌면 영영 돌아오지 않을지도 모르겠다고 말할 수 없었다.

부나는 언제나처럼 분수대에 앉아 있는 내게 이지 씨! 자기야! 하면서 알은척을 했다. 요즘 살이 쪄서 간헐적 단식을 시작한 지 이틀 차라고, 마라탕을 끊어보려고 무진장 애는 쓰고 있는데 그게 참 쉽지가 않다며 묻지도 않은 근황을 마구 쏟아냈다. 그러냐고, 나 또한 요즘 애써야 하는 일투성이라고. 그렇게 말하는 대신 나는 조용히 고개를 떨궜다. 이렇게 만난 것도 인연이니까 우리는 언제나처럼 마라천지의 제일 구석 자리에 앉아 고수를 잔뜩 넣은 마라탕을 시켰다. 음식을 기다리는 동안 부나는 고백할 게 하나 있다고 했다. 식약처에서 위생 검사를 했는데 여기가 최악 중의 최악으로 뽑혔다고, 그동안 말을 못 해서 미안하지만 그래도 알고 먹는 게 나을 것 같아서 지금이라도 이렇게 털어놓는다고. 왜일까 나는 그 사실을 전혀 몰랐던 사람처럼 놀란 척을 했다. 마라탕은 평소처럼 5분도 채 안 돼 나왔고 분명 평소와 똑같은 맵기인데도 코에서는 콧물이 질질 흘렀다. 마지막 국물 한 방울까지 싹 비웠을 때 부나는 "그때 그 사진 말이야, 이지 씨" 하고 말을 걸어왔다. 억울함이라든가 원망이라든가 하는 단어를 내뱉는다면 대체 뭐라고 대답하는 게 최선일까, 생각했지만 부나는 언제나처럼 내 예상을 빗나갔다.

"그 사진, 암만 생각해도 내가 너무 못나게 나왔다니까. 자기 나 실물파인 거 알지? 조금만 더 예쁘게 찍어줬으면 좋았을 텐데 말이야. 기술이 아무리 발달하면 뭐해. 피사체에 대한 애정이 없으니까 화질만 예술이고 진짜 예술은 못 되는 거지.

언제 한번 찾아가서 사람 대 사람으로, 면전에 확 따져 묻고 싶은 거 있지? 대체 얼마나 똥손이시길래 그 정도로밖에 나를 못 담았냐고. 그릇이 그거밖에 안 되면 분발 좀 하시라고. 쉽지 않겠지만 사람이니까 우리 제발 좀 그렇게 해보자고."

계산을 앞두고 우리는 한참을 옥신각신했다. 깔끔하게 분할 계산을 하면 될 것을 내가 낼게, 아니 제가 낼게요, 서로 지지 않기 위해 무던히 애쓰면서. 그럼 공평하게 가위바위보를 하자고 말한 건 부나였을까 아니면 나였을까. 진 사람은 깔끔하고 깨끗하게 승패에 승복하는 거라고. 절대로 딴말하기 없다고. 그래서 우리는 야심한 밤에 아주 오래도록 가위바위보를 했다. 다 큰 여자 둘이 우두커니 서서 마치 그 승부가 영원히 계속되기를 바라는 것처럼. 우연찮게도 자꾸만 비겼으므로 몇 번이고 다시, 계속해서 가위바위보, 가위바위보를 외쳤는데 결국 진 쪽은 나였다. 그러나 승자였던 부나가 재빠르게 카드를 내밀었고 그 짜증과 곤란으로 범벅된 상황을 빨리 끝내고 싶었던 직원은 잽싸게 카드를 받아 리더기에 꽂았다.

"지금 뭐 하자는 플레이예요? 이겼는데 왜 그래. 승패에 승복하자며."

"자기야, 원래 세상은 이긴 사람 마음인 거야."

속이 쓰리도록 매웠던 마라탕 때문인지 아니면 말 그대로 케이오, 완패를 당해버렸기 때문인지 나는 며칠 동안 가슴 한구석이 아파 병가를 냈다. 김윤이나는 내가 없으니 업무 독박을 썼다며, 혹시 꾀병 아니냐며 몇 차례 연락을 해왔고, 나는 의도가 빤히 들여다보이는 안부 문자에 위안을 받을 정도로 마음이 싱숭생숭했다. 아프고 부끄러웠다. 내가 다시 마라탕을 먹으면 사람이 아니라 물고기지, 다짐할 정도로.

그런 다짐이 무색하게 나는 여전히 마라천지의 단골이었고 워낙 혼밥이 대세인 시대이기도 하니까 혼자 씩씩하게 그릇을 다 비웠다. 우연히 누군가를 마주치는 일은 없었다. 이따금 엄지와 검지 사이가 욱신거리는 통증이 찾아올 때면 우리의 마지막 승부 때 부나가 내밀었던 손을 떠올렸는데 그건 가위인 동시에 나를 정확히 겨누고 있던 총이기도 했다. 그게 자의든 타의든 덕분에 내 마음에는 구멍 하나가 뻥 뚫렸고, 행여나 하늘에서 뭐라도 내리는 날이면 그 구멍이 너무 시려서 혼자 마라탕을 먹으러 갔다. 안 매운맛은 싫으니까 아주아주 매운맛으로. 눈물 콧물 다 쏟으면서. 역시 쉽지 않네, 쉽지 않아. 그죠? 마치 옆에 누군가 함께인 것마냥. 그러나 쉽지 않음과 어쩔 수 없음이 꼭 같지만은 않다는 생각이 들 때면 사레가 든 것처럼 마구 기침이 터져 나왔다. 기침은 금방 멎었지만 물로 입을 헹궈도 혀의 얼얼함은 잘 가시지 않았다. 매운맛이 통각일 뿐이라면 나는 가학과 피학을 동시에 즐기는 사람일까. 시답잖은 농담을 떠올렸을 뿐인데 실실 웃음이 새어 나왔다. 그럴 땐 자연스레 웃음이 멎기만을 기다렸다.

나니나기

꿈에서 그릇을 깼다. 잘 안 깨진다고 특허까지 받았다는 쇼호스트의 멘트에 혹해서 산 물건이었다. 길몽인지 흉몽인지 찾아보려다 흉몽일까 봐 말았다. 요새 꿈자리가 뒤숭숭한 게 아무래도 웃풍이 심해 그런 것 같았다. 사람 잘 안 바뀐다더니 언제부터 추위를 잘 타는 체질이 돼버린 걸까. 잘 깨지고 잘 얼어붙고. 창문에 붙일 뽁뽁이를 사러 가서야 지갑을 두고 온 걸 깨달았다. 다시 지갑을 챙겨 오자 이번에는 품절이었다. 다 있다더니 없는 것도 있었다. 뭐랄까, 고작 뽁뽁이 하나 때문에 하루를 초 친 느낌. 예나 지금이나 그게 문제였다. 뽁뽁이가 아니라 에어 캡, 표준어를 사용해야지요. 누가 같은 개띠 아니랄까 봐 언젠가 노 교수는 내게 그렇게 말하면서 아주 개같이 굴었다. 한 바퀴 받고 한 바퀴 더, 무려 스물네 살

차이. 나는 종종 그를 오빠라고 불렀다.

　나 감기 걸렸나 봐.

　오늘은 일을 못 갈 것 같다고 꾀병을 부리자 연휘는 그러라
고 했다. 그릇에 서서히 금이 가듯 오랜 체념이 밴 목소리였
다. 막상 쉬라고 하니까 무슨 심보인지 나는 이제 괜찮아졌다
고 했다. 늦지 않게 출근도 했다. 죽집 사장답게 연휘는 매일
죽을 쒔고 나는 죽 쑤는 걸 도왔다. 배달 전문이라 홀이 없어
초기 자본도 월세도 인건비도 아낄 수 있었다. 업체에서 떼어
가는 수수료가 아깝긴 했지만 그쪽도 먹고 살려면 어쩔 수 없
을 테니까. 그래도 손님을 직접 응대하지 않아도 된다는 점
하나는 괜찮았다. 물론 곤란한 경우도 있긴 했다. 리뷰를 쓴
다고 해서 계란찜 서비스를 줬더니 입을 싹 닫는다든가. 경쟁
업체에서 스리슬쩍 악평을 단다든가. 요청 메시지에 '2인분
같은 1인분 주세요~♥'라고 쓰여 있길래 딱 1인분만 담아 보
냈더니 별 하나짜리 리뷰를 남긴다든가. 웬만해선 이런 글 안
쓰는데 진짜 최악 중의 최악입니다. 닉네임 '맛있으면 짖는
개'는 짖지도 않고 잘 말했다. 내가 사람 하나 만든 셈이었다.

　어제는 죽을 쑤다 말고 유미의 부고를 들었다. 대학 동기였
던 유미는 내 이름을 나니, 말끝을 꼭 의문문처럼 길고 높게
빼 불렀다. 그럴 때마다 나는 무언가 대답해야만 할 것 같은
의무감에 시달렸다. 걔는 어쩌다 그렇게 됐을까. 실족사 추락

사 감전사 아사 고독사 복상사. 다종다양한 죽음들을 생각하
느라 정신이 온통 딴 데 팔려 있었다. 단팥죽에 옹심이를 빼
먹어 컴플레인 전화가 왔다. 너 아까 옹심이 안 넣었어? 연휘
의 물음에 나는 분명 넣었다고 힘주어 말했다. 연휘는 더 캐
묻는 대신 옹심이를 푸지게 넣은 죽을 다시 해 보냈다. 죄송
하다고 적은 포스트잇은 접착력이 약해 금방 떨어져나갔다.
그런데 언제부터 이렇게 거짓말이 늘었지. 대학 입학 전 돌침
대 매장에서 고객 응대 일을 할 때는 거짓말의 기역 자도 몰
랐다. 딱딱하네요, 에는 아무래도 돌이니까요. 비싸네요, 에
는 아무래도 남겨먹어야 하니까요, 했다. 얼굴이 돌덩이처럼
커다랬던 사장은 나를 조용히 불러 이제 나오지 말라고 했다.
딸 같아서 하는 말인데 그렇게 일머리가 없으면 세상 못 살아
가. 절반은 맞고 절반은 틀린 말이었다. 적어도 아직 이렇게
살아 있긴 하니까.

오늘은 그냥 문 닫을까?

아직 점심 장사도 안 끝났는데?

하루 닫는다고 죽기야 하겠어.

그건 그렇지만.

장례식은 어디래?

연희동.

같이 안 가줘도 돼?

진짜 혼자 갈 수 있다니까.

혼자 간다니까 혼자 보내기 싫구려.

진짜 혼자 보낼까 봐 나는 조금 겁났다.

인천 연희동이면 버스로 몇 정류장 거리였다. 잠시 후 도착
이라면서 버스는 도통 올 생각이 없었다. 벤치에 앉아 복 나
가라 다리를 떠는데 연휘가 내 허벅지를 찰싹 때렸다. 좀 전
에 내가 지렁이를 밟아 죽였다는 거였다.

근데 내가 그런 거 아니야.

그럼 자살이게?

어쨌든 타살은 아니야.

우리는 정류장 벤치 아래 납작하게 누워 있는 지렁이를 나
뭇가지로 집어 근처 화단에 묻어주었다. 고인의 명복을 빕니
다. 두 손을 모은 채 웅얼거렸더니 연휘가 딴지를 걸었다.

고인 아니고 고룡.

고룡?

지렁이 조상이 용이래. 그래서 용 룡 자를 쓴대.

연휘는 자기가 아는 얘기가 나오니 신이 나서 말했다. 2평
짜리 주방에서 냄비나 휘저을 때랑은 확연히 다른 목소리였
다. 하긴 연휘가 냈던 앨범에도 그런 가사의 트랙이 있었던
것 같기도 했다. 나는 아름다운 나비가 아니라 나는 아름다운
지렁이. 지렁이도 밟으면 꿈틀한다는 말에서 영감을 얻은, 나
로선 도통 이해할 수 없는 헤비메탈 장르의 노래였다. 안 그

래도 근심 걱정으로 마음이 무거워 죽겠는데 노래까지 꼭 그래야 되나. 속으로는 그렇게 생각하면서도 나는 거짓말을 했다. 아주 듣기 좋구려. 포인트는 구려, 를 최대한 길고 높게 빼는 거였다. 그나저나 연희동에도 장례식장이 있었구나. 마침 검은색 옷을 입고 와서 따로 갈아입을 필요는 없었다. 검은 니트에 검은 슬랙스에 검은 롱 패딩. 생각해보면 둘 다 처음 만났을 때와 똑같은 옷차림이었다. 머리에 아무것도 안 쓰고 있는 것 빼고는.

광화문 광장이 온통 촛불로 가득했을 때 우리는 처음 만났다. 나는 광화문역 앞에서 LED 머리띠를 팔았고 연휘는 전국지렁이연합회 깃발을 들고 있었다. 연휘는 개당 천 원인 머리띠를 무려 만 원어치나 사 갔다. 머리에 불을 밝힌 채 홀연히 떠나는 모습이 새삼 멋져 보였다. 역사적인 순간에 이렇게 돈 벌 궁리나 하고 있는 나랑은 그릇 자체가 다른 사람 같았다. 며칠 뒤 연휘가 또 머리띠를 사러 왔을 때 나는 돈도 받고 번호도 받았다. 우리는 머리에 촛불을 밝힌 채로 손을 잡았고 포옹을 했고 입을 맞췄다. 그때만 해도 무언가 달라질 거라고 생각했지만 돌아가야 할 일상은 여전히 캄캄했다. 야심 차게 낸 앨범을 처참하게 죽 쑨 뒤 연휘는 진짜 죽을 쒔다. 청년 창업 지원금을 받아도 빚은 늘고 빛은 줄고. 서울이 아닌데도 남향 빛세권은 꿈도 못 꿨다. 죽은 그냥 평범한 죽 맛이었다. 내 돈 주고는 안 먹을 것 같은, 말하자면 좀처럼 사랑할 수 없는 맛.

　두 명이요.
　요금이 부족하다고 떠서 연휘가 내 몫까지 카드를 찍어주
었다. 둘 다 요금이 부족했다면 진짜 곤란하고 웃겼을 텐데
그러진 않았다. 내가 노약자석에 앉자 연휘는 내 앞에 섰다.
버스가 급정거할 때마다 내 쪽으로 넘어질 듯 말 듯 했지만
넘어지진 않았다. 손잡이를 안 잡고도 균형을 잘 잡았다. 얼마
전 티브이에서 본 밸런싱 아티스트 같았다. 작고 못생긴 돌멩
이 위에 돌멩이를 얹고 거기에 쌓고 또 쌓고, 저 정도면 나도
하겠다 생각했는데 직접 해보진 않았다. 고작 그걸로 아티스
트라고 하는 게 좀 웃겼다. 진짜 그게 뭐라고.
　그나저나 언제부터 노약자석에 앉는 데 거리낌이 없어졌
지. 워낙 동안이라 겉으로 티 나지 않을 뿐 조금씩 늙고 약해
져가는 게 느껴졌다. 그걸 아는지 모르는지 연휘는 창밖의 간
판만 바라봤다. 효성 부티크와 유정이네 치킨과 빛나 한의원
이 빠르게 뒤로 밀려났다. 다들 잘도 자기 이름을 거는 게 신
기했다. 연휘의 가게 이름은 더도 말고 덜도 말고 '죽집'이었
다. 77번 아저씨는 정오의 희망곡을 틀어냈다. 버스에 번호 대
신 기사 이름을 붙인다면 얼마나 웃긴 세상일까 잠시 생각하
다 말았다. 희망의 반대말이 뭐일지도 궁금했는데 잘 떠오르
지 않았다. 멸망은 너무 무겁고 체념은 너무 가볍게 느껴졌다.

서구청에서 걸음이 요상한 남자가 탔을 때 신청곡으로 〈내 손을 잡아〉가 흘러나왔다. 무슨 이유에선지 갑자기 역주행을 한 노래였다. 연휘는 가요 톱 100 차트를 뒤에서부터 확인했다. 자기 분수를 알아도 너무 잘 알았고 그 사실이 종종 나를 아프게 했다. 남자는 다리를 심하게 절뚝이다가 이내 내 앞에 섰다. 나는 비켜줘야 하나 말아야 하나 고민하다 큰맘 먹고 일어섰다. 언제까지 눈치만 볼 거니. 마침 그 가사가 흐르고 있었다.

여기 앉으세요.

저 금방 내리는데.

도로 앉을까요?

감사합니다.

남자는 금방 내리지 않았고 버스는 자꾸만 신호에 걸렸다. 평발이라 그런지 조금 서 있었을 뿐인데도 발이 아팠다. 평소보다 따뜻하다고 해서 평소보다 얇게 입었는데 평소보다 추웠다. 기다림에도 아픔에도 추움에도 정량이란 게 있으면 좋을 텐데. 물론 정해진 양을 지켜도 욕먹는 세상이었다.

노래가 끝난 뒤 클로징 멘트가 나와야 하는데 긴 정적이 흘렀다. 방송 사고. 보나 마나 실시간 검색창을 장악했을 게 뻔했다. 찾아보니 디제이와 같은 용띠 모임에 속한 개그맨이 스스로 목숨을 끊은 것 같았다. 왕년에 모모 했구려, 하는 유행어로 반짝인기를 끌었던 사람이었다. 허위 기사일지 모른다고 생각하기가 무섭게 포털사이트 프로필에 고인의 명복을 빈다는 문구가 떴다. 이제 그 유행어를 어떻게 쓴담. 사람이 죽었다는데 고작 그런 생각을 하고 있는 내가 좀 한심하게 느껴졌다. 나는 연휘에게 개그맨의 부고를 전하려다 말았다. 순간 버스가 급히 방향을 꺾으며 급정거했고 동시에 여기저기서 클랙슨이 울렸다. 갑자기 튀어나온 개를 피하려던 모양이었다. 인명 피해는 없었지만 버스는 도로 위 꼬깔콘을 박았다. 노 교수였다면 꼬깔콘이 아니라 라바콘이지요, 하고 정정했을 거였다. 별달리 다친 데는 없어도 혹시 몰라 번호를 받아두었다. 기사는 울 것 같은 얼굴이었지만 나는 괜찮았다. 몸보다는 마음이 그랬다. 아직 준비가 되지 않았다고 생각했다. 연희동까지 딱 한 정류장 남겨둔 상황이었다.

그냥 걸어갈까?

빨리 가야 되는 거 아니야?

바로 코앞인데 뭐.

그럼 그러시구려.

걸음을 옮기다 힐끗 뒤돌아보니 다리를 절뚝이던 남자는 어느새 저만치 멀리 있었다. 날래게 걷고 뛰다 나와 눈이 마주치자 전속력으로 달렸다. 저 개새끼. 슬프지 않다면 거짓말이었다.

서둘러야겠다. 머리로는 그렇게 생각해도 도통 속도가 붙지 않았다. 우리는 패딩 모자를 뒤집어쓰고 주머니에 손을 넣었다. 멀리서 보면 걸음걸이가 요상한 거대 애벌레들처럼 보일 거였다. 안짱걸음과 팔자걸음. 나는 안쪽을 연휘는 바깥쪽을 향해 걸었다. 그러다 서로 간격이 벌어지면 다시 한 발짝 가까이 붙었다. 교정원에 다녀볼까 했지만 무언가 바로잡는 데엔 돈이 들었다. 대충 살자. 우리는 동시에 말했고 대충 살기 위해 애썼다. 그러나 대충 살기 위해서는 돈이 들었다.

귀가 심심하다며 연휘는 귀에 무선 이어폰을 한쪽만 꽂았다. 언젠가 버스에서 꾸벅 조는 사이 누군가 나머지 한쪽을 훔쳐 갔다는 거였다. 처음에는 당황스러웠다가 그다음엔 화가 났다가 종내에는 그 상황이 정말이지 어이가 없어서 한참이나 웃음이 멎지 않았다고 했다.

볼리비아 소금사막.

응?

이어폰 말이야. 위치 추적해보니까 거기까지 가 있더라고.

소금사막이면 언젠가 우리가 분점을 세 개 정도 차렸을 때 함께 배낭여행을 떠나기로 했던 곳이었다. 창업 초기, 집도 가게도 좁아터졌으면서 희망에 부푼 우리는 하늘과 땅이 맞닿아 있다는 그곳에서 어떤 포즈로 사진을 찍을지까지 미리 정해두었다. 여권도 없으면서 꿈만 과하게 컸다. 그래도 연휘는 자신이 매일 쓰던 이어폰 한쪽이나마 그곳에 가게 되어 참 다행이라고 했다. 해외 기상청 사이트를 뒤적거리면서 오늘

그곳 날씨는 평년보다 맑고 쾌청하다고 했다. 개새끼. 나는 이어폰을 훔쳐 간 사람이 평년보다 아주 조금쯤 더 불행하기를 바랐다.

그 사람 말이야, 귀지가 많이 껴 있었을 텐데 불쾌하진 않았을까 몰라.

안 해도 되는 걱정을 사서 하네. 내 혼잣말을 들었는지 연휘가 귀를 후볐다. 길거리에서 애정 행각을 벌이는 커플을 지나칠 때였다. 자기들끼리 아주 물고 빨고 다 했다. 나는 좀 아까 키스 마크를 봤냐고 물었다.

응?

아까 사고 났을 때 바닥에 살짝 생긴 거 말이야.

그랬나?

그러지 않았나.

그럼 키스 마크가 아니라 스키드 마크 아닌가.

스스로 생각하기에도 어이없는 말실수였다. 순간 얼굴이 달아오르는 게 느껴졌고 그런데도 여전히 추웠고 늙고 약한 몸은 추위에 장사 없었다. 불어오는 바람에 패딩 모자가 벗겨졌다. 고작 모자일 뿐인데 꼭 벌거숭이가 된 것 같은 기분. 차라리 웃었다면 괜찮았을 텐데 연휘는 대수롭지 않다는 듯 그럴 수 있지, 했다. 아주 오래된 치부를 들켜버린 느낌이었다.

어떡하지.

내가 말하자 연휘가 뭘 어떡해? 하고 물어왔다. 일단 말을 뱉어놓고 뭐가 어떡한지는 나중에 생각했다.

　양말 색깔이 너무 튀는 거 같애.

　가는 길에 하나 사지 뭐.

　집에 보일러 동파되면 어떡하지.

　외출로 안 하고 나왔어?

　그런 것 같은데.

　하루 정도는 괜찮아.

　아씨, 내가 안 괜찮다는데 자꾸 왜 그래!

　나는 애꿎은 연휘에게 화를 냈다. 곧장 사과를 하긴 했지만 만일 내가 연휘라면 이런 내가 감당이 안 될 것 같았다. 사랑할 수 없을 것 같았다. 사랑하지 않을 수 없네. 7년 전 영미 희곡 강독 수업 때도 노 교수는 왕왕 그렇게 말했다. 그냥 사랑한다고 하면 될 걸 꼭 이중 부정문을 구사했다. 유미를 비롯한 신입생들은 자기보다 무려 스물네 살이나 많은 노 교수를 동경했다. 늙어서가 아니라 성이 노였다. 내 눈에는 그다지 핸섬하지 않은데 다들 좋아 죽지 못해 안달이었다. 영앤리치 빅앤머슬 톨앤핸섬, 그중 하나도 해당되는 게 없었는데 그랬다. 그 무렵 노 교수가 여학생들과 잠자리를 가진다는 소문이 돌았다. 미친 거 아니야? 유미는 그렇게 말하면서도 은근한 질투심을 숨기지 못했다. 질투라니. 그 부당함을 두고 느끼는 감정이 고작 질투라니. 나는 유미가 미쳤다고 생각했고 나 역시 미쳤다고 생각했다. 나 또한 유미의 애정을 한 몸에 받던 노 교수를 질투하고 있었으니까.

　연희동에 다 와서야 우리는 무언가 잘못됐다는 걸 알았다. 암만 지도를 확인해도 근처에 장례식장 같은 건 없었다. 장충동 족발이나 장미 미용실은 있었다. 누가 죽는 일 따위 영영 일어나지 않을 것처럼 쌀쌀하고 흐리고 평화로운 풍경이었다.

　혹시 인천 말고 서울 연희동 아니야?

　연휘의 말에 나는 괜히 놀란 척을 했다. 이제 어떡한담. 어찌할 바를 모르는 채로 우리는 계속 걸었다. 걸음걸이를 의식하며 똑바로 걸으려 애썼다. 기분 탓인지 좀 전보다 날이 더 쌀쌀해진 것 같았다. 나는 겨울마다 감기를 달고 살았고 올해도 예외는 아니었다. 이마에 후끈 열이 올랐다. 어느 시인의 말마따나 여름이 타고 남은 게 가을이라면 겨울은 말할 것도 없었다. 남은 것 중의 남은 것. 그런 계절이나마 무사히 날 수 있다면 좋을 텐데 그마저도 쉽지 않았다.

　근데 배 안 고파?

　연휘가 물었고 나는 딱히 안 고프다고 했다.

　그럼 나 먹는 거 앞에서 보고 있어.

　그럼 그냥 먹지 뭐.

　시계를 보니 점심때가 훨씬 지나 있었다. 나는 중학교에 입학할 때까지 시계를 볼 줄 몰랐다. 정확히는 그런 척했다. 시간이 흐르는 게, 1분 1초가 아쉬웠다. 그런데 지금은 빨리 시간이 지나가기만을 바라고 있었다. 정확히는 빨리 발인도 입관도, 유미의 죽음과 관련된 모든 절차가 끝나 있기를 바랐다. 어떡한담. 연휘는 늦은 점심 메뉴로 뭘 고를지 한참 고민했다. 근처 죽집에 가자고 한 건 나였고 예상과 달리 연휘는 좋다고 했다. 지긋지긋하다고 생각했는데 죽은 생각보다 맛이 좋았다. 맨날 먹는 건데도 차원이 달랐다. 비결이 뭐예요? 그렇게 묻는 대신 나는 죽을 딱 한 입 남겼다. 연휘는 걷는 속도도 먹는 속도도 나보다 한참 빨랐는데 언젠가부터 서로 엇비슷해졌다. 내가 빨라진 건지 연휘가 느려진 건지 잘 기억나지 않았다. 내 대학 동기 얘긴데, 수저를 탁 소리 나게 내려놓으면서 나는 운을 뗐다.

개가 알고 보니 우리 과 교수랑 그렇고 그런 사이였대.

그런데?

완전 별로지.

그런 사이였던 거면 지금은 아니라는 거잖아.

그건 그렇지.

그럼 됐지 뭐.

그런가.

내 얘기는 아니고.

아까 대학 동기 얘기라며.

맞다, 그랬지.

이제 어떡할 거야?

나더러 뭘 또 어떡하라는 건지. 어안이 벙벙해져 있는데 연휘가 재차 물었다.

연희동으로 갈 거야?

갈 수 있을까. 그래도 계속 이렇게 앉아 있을 수만은 없어서 나는 느릿느릿 일어나 계산을 했다. 혹시 잔고가 부족할까봐 걱정했는데 다행히 괜찮았다. 마이너스 통장이니까 당연했다. 그나저나 왜 플러스 통장이란 말은 잘 안 쓸까. 그게 당연하다고 생각하니까 그런 거였다. 무언가 더하고 쌓고 모으고 이루는 걸 당연하다고 생각하니까. 그 당연한 게 내겐 당연하지 않았다. 부당한 일을 맞닥뜨렸을 때 어떤 사람은 남 탓을 했다. 죽이 좀 싱겁네요. 내 말에 주인은 곧장 죄송하다며 고개를 숙였다. 진짜 죄송하다기보다는 죄송이 몸에 밴 것 같았다. 나는 당기시오라고 적힌 문을 낑낑대며 밀었다.

연희동 가는 버스에는 사람이 별로 없었다. 신호에 걸린 틈을 타 버스 기사들이 안부를 나눴다. 식사는 자셨어? 물으면 그럼 먹었지, 뭐 드셨어? 물으면 그냥 기사 식당, 했다. 짧고 싱겁고 건성인 말들이었다. 언젠가부터 시도 때도 없이 눈물이 나오려 했고 그럴 땐 시도 때도 없이 하품하는 척을 했다. 연휘는 유튜브로 짱구를 보고 있었다. 다섯 살 짱구가 자신이 수십 년 동안 나이를 먹지 않았다는 사실을 알아채는 회차였다. 영원히 늙지도 나약해지지도 않는다는 것. 생각만 해도 끔찍했는데 연휘는 뭐가 그리 좋은지 자꾸만 깔깔대며 웃었다. 진짜 못 말렸다. 히터가 너무 빵빵해 창문을 열었다가 도로 닫았다. 그런데도 어디선가 솔솔 바람이 불어왔다. 바람이 좋아서 좋은 꿈을 꿨다. 꿈속에서 나는 스무 살이었다. 신입생 엠티 때였는데 동기들이 아침 식사 겸 해장용으로 사둔 라면을 내 몫까지 모조리 먹어치워버린 상황이었다. 그때 유미가 어디서 찬밥을 구해와 남은 국물로 라면 죽을 끓여주었다. 무엇보다 내가 죽을 다 먹을 때까지 내 앞에 있어주었다. 나니 너 그거 알아? 밥 먹을 땐 개도 안 건드린다잖아. 근데 개도 혼자 밥 먹는 건 싫어한대. 뭐라고 대답해야 할까 한참을 고민하다가 나는 싱겁게 웃었고, 만약 유미가 살아 있다면 이렇게 말해주고 싶었다. 맛없는 걸 꾸역꾸역 다 먹느라 혼났지만 그래도 그때 그 순간이 짜고 맵고 칼칼하니 참 좋았다고.

잠에서 깨보니 이번에는 연휘가 꾸벅 졸고 있었다. 나는 선뜻 연휘에게 어깨를 빌려주었다. 지우개나 샤프심도 아니고 어깨를 빌려준다는 말이 새삼 웃겼다. 세상모르게 잠든 연휘에게 이야기를 들려주려다 말았다. 노 교수를 좋아했던 유미를 좋아했던 나에 관한 이야기. 말하자면 좀처럼 사랑할 수 없는 이야기. 지도 앱을 확인해보니 몇 정류장만 더 가면 내려야 했다. 촛농이 굳은 것처럼 하얗게 솟은 건물이 창 너머로 모습을 드러냈다. 노 교수처럼 원서로 셰익스피어를 읽고 싶어 다녔던 학원이었다. 일타강사는 이미 수강생이 꽉 찼대서 삼타강사 수업을 들었다. 왜 때릴 타 자를 쓰는지 오래도록 궁금했다. 메시라는 사람을 처음 만난 것도 그 수업에서였다. 푸석한 파마머리에 목덜미의 요상한 용 문신에 썩 호감 가는 첫인상은 아니었지만 이름 하나만은 마음에 들었다. 그녀는 다른 건 다 괜찮은데 시제가 너무 어렵다고 했다. 과거면 과거고 미래면 미래지 미래 완료 진행은 진짜 어이없지 않나요? 속으로는 동감하면서도 나는 글쎄요, 대답을 얼버무렸다. 수업이 완전히 끝난 뒤에도 종종 메시가 잘 살고 있을지 궁금했다. 이름대로 엉망진창인 삶은 아니어야 할 텐데. 몇 년 뒤 광화문에서 우리가 다시 만났을 때 메시는 나를 기억하지 못했다.

연휘야, 빨리 일어나. 말은 그렇게 했어도 연휘가 계속 이렇게 내 어깨를 빌렸으면 했다.

우리는 목적지 다음 정류장에서 내렸다. 일부러 그런 건 아니었다. 벨을 눌렀는데도 아저씨가 정류장을 쌩하니 지나쳐버린 거였다. 하는 수 없이 왔던 길을 되돌아가야 했다. 실은 좀 전에 싱겁다고 거짓말을 한 게 못내 신경이 쓰였다. 지금이라도 바로잡기 위해 전화를 걸었다. 아까 거기서 죽 먹었는데요. 죽 안 싱거웠어요. 짜지도 않고 맛있었어요. 별 다섯 개. 그랬더니 휴대폰 너머에서 잘못 거셨어요, 무미건조한 음성이 전해져왔다. 단팥죽도 잘 못 만들고 영어도 잘 못하고 전화도 잘못 걸고 아주 망나니가 따로 없었다. 내게 재능이랄 게 있다면 그건 무언가 잘못하는 거였다. 인생 자체가 커다란 잘못 같았다. 스무 살 무렵 특히 그랬다. 신입생이었던 나는 노 교수가 티칭을 맡은 영미 희곡 번역 동아리 멤버였다. 모임은 노 교수의 일산 자택에서 이루어졌고 그 집엔 늙은 시츄가 있었다. 이름이 시츄고 견종은 도베르만이었다. 사람을 보면 배를 발라당 까고 애교를 부렸는데 나만 보면 짖었다. 얘, 너는 사람이 아닌가 봐. 그렇게 말하면서 유미는 웃었다. 시츄는 단이 수술을 앞두고 있었다. 미관상 보기 좋다는 이유로 멀쩡한 귀를 자르다니. 끔찍하다고 생각했지만 세상에 그것보다 끔찍한 건 많았다. 그 당시 모임이 끝나고 집으로 돌아오는 데 2시간이 걸렸다. 그때만 해도 경의중앙선이 개통되지 않아서 교통이 끔찍이도 나빴다. 나빴던 건 유미가 아닌 교통이었는데도 나는 유미가 나쁘다고 생각했다. 유미는 나는 안중에도 없고 언제나 다른 사람만 봤으니까.

혹시 니나 양 아니에요? 누군가 나를 불러 세웠다. 순간 깜짝 놀라 연휘의 옷자락을 잡았다 놓았다. 낯이 익은 얼굴, 노교수였다. 내가 빤히 쳐다보자 그는 얼마 전에 눈매 교정 수술을 했다면서 웃었다. 나는 눈매 말고 다른 걸 교정해야 할 것 같다고 말하려다 관뒀다. 그는 다짜고짜 여긴 어쩐 일이냐고, 집이 일산 아니었냐고 물었다. 나는 인천에 산다고 했다. 그리고 니나가 아니라 나니요. 이름을 바로잡자 노 교수는 방

금 내가 그렇게 말하지 않았나, 능청을 부렸다. 나는 아니라
고, 니나라고 말한 걸 똑똑히 들었다고 쐐기를 박았다.

그건 그렇고, 혹시 소식 들었어요?

네. 지금 가는 길이에요.

바로 요 앞이죠, 식장이?

네.

내가 참 아꼈는데 안타깝게 되었어요.

아끼는 건 항상 부서져버리니까, 산산조각 나기 마련이
니까 어쩌면 그의 말은 사실일지도 몰랐다. 같이 가자고 할
까 봐 내심 걱정했는데 노 교수는 그럼 나중에 봅시다, 하면
서 걸음을 옮겼다. 누구야? 연휘가 물었고 나는 아무도 아니
야, 했다. 자꾸만 하품이 나와서 혼났다. 발을 내디딜 때마다
아까 먹었던 게 올라와서 되새김질했다. 곱씹었다. 노 교수는
살면서 몇 번쯤 우리를 곱씹었을까. 아마 그러지 않았을 것
같았다. 그러니까 저렇게 아무렇지 않은 얼굴로 내게 아는 척
을 했을 거였다. 속이 뒤집어진다는 게 이런 거구나 싶었다.
그런 것도 모르고 연휘는 태평하게 쿠키나 까먹었다. 겉은 바
삭하고 속은 촉촉해 보였다. 나는 겉도 속도 한결같이 눅눅
퍽퍽인데.

나 멀미하나 봐.

걷는데도 멀미를 해?

좀 하면 덧나나.

그럼 마음껏 하시구려.

곧장 화장실로 달려가 홀로 등을 두드렸다. 거무죽죽한 팥
앙금들이 마구 쏟아져 나오기는 개뿔 이미 소화가 됐는지 아
무것도 안 나왔다. 대충 입을 닦고 나가려는데 문이 열리지
않았다. 암만 힘주어 밀어도 꿈쩍도 안 했다. 되는 일이 없어
도 이렇게 없구나. 변기 뚜껑에 주저앉은 채로 연휘에게 이리
로 좀 와달라는 카톡을 보냈지만 좀처럼 1이 사라지지 않았
다. 딱히 급박한 상황은 아니었다. 실은 되도록 연휘가 카톡
을 늦게 읽기를 바랐다. 한참을 멍하니 앉아 있는데 옆 칸에
서 서럽게 우는 소리가 들려왔다. 누군가와 통화 중이었는데
아마 연인에게 차인 것 같았다. 여자는 한바탕 울음을 쏟아낸
뒤 내게 휴지가 있냐고 물었다. 그냥 무시할까 하다가 칸막이
아래 틈새로 휴지를 넘겨주었다. 내가 지금 화장실에 갇힌 상
황이라고, 한 번만 도와달라고 부탁하지는 않았다. 알고 보니
여자는 방금 이별을 통보했다고 했다. 그러고서 왜 질질 짜는
지 이해가 될 듯 말 듯 됐다. 또 한 번 휴지를 건네줄 때 여자
는 내 손을 잠시 잡았다 놓았다. 손에 땀이 많으시네요. 여자
의 말에 나는 물이 많은 사람이라고 했다. 눈물 콧물 땀 침 오
줌 다 많다고. 딱히 줄 게 없다면서 여자는 내 손에 무언가 쥐
여주었다. 약간 녹아 말랑해진 마이쮸였다. 옆 칸의 훌쩍 킁
히잉 하는 소리를 배경으로 나는 라디오를 들었다. 사람이 죽
었는데도 세상에는 시시하고 싱거운 사연들로 넘쳐났다. 듣

다 보니 오늘이 디제이의 마지막 날인 것 같았다. 언젠가 처음 이 자리에 앉았을 때 정말 떨렸는데 벌써 끝이 왔네요. 마지막이라 슬픈지 아님 슬픈 척을 하는 건지 디제이는 자꾸만 울먹였다. 방송 사고가 날 정도로 질질 짜더니 언젠가 꼭 다시 만나자고 말했다. 오늘 처음 들은 건데 언젠가 다시 만나자니. 어이가 없었다. 화장실이라 주파수가 잘 안 잡히는지 소리가 지지직거렸다. 진짜 마지막이라는 심정으로 나는 문손잡이를 쥐었다. 무슨 일인지 이번에는 잘 열렸다. 밀지 않고 당겼을 뿐인데.

어디 갔는지 연휘는 코빼기도 안 보였다. 제자리걸음하다시피 한참을 서성이는데 똥 마려운 개처럼 뭐 하는 거냐는 카톡이 왔다.

— 거기서 11시 방향으로 쭉 걸어오면 나 있음.

— 안 보이는데?

— 난 보이는데?

11시 방향으로 계속 걸으니 진짜로 작은 공원이 보였고 거기 서 있는 연휘도 보였다. 혹시 몽골인의 후예세요? 무진장 먼 거리였는데 어떻게 알아봤냐고 물으니 연휘가 우물쭈물했다.

그냥 너인 것 같아서 너 같다고 생각했을 뿐인데 어째서 너 같았냐고 물으면 나는 그냥 너인 것 같았다고밖에…….

그래 알아봐줘서 아주 고맙구려.

30분 넘게 뭐 하고 있었냐고 물으니 연휘는 버스킹 공연을 보고 있었다고 했다. 무명 가수인데 노래가 괜찮다고도 했다. 공기 반 소리 반. 낮고 가볍고 듣기에 나쁘지 않은 목소리였다. 지갑에는 만 원짜리 네 장에 5천 원짜리 한 장이 들어 있었다. 세상에 공짜는 없으니까 관람비로 천 원을 냈다. 정확히는 텅 빈 기타 케이스에 5천 원을 넣고 4천 원을 거슬러 받았다. 5천 원까지는 아니라고 생각했다.

죄송해요.

아니에요, 이걸로도 감사하죠.

이런 걸로 감사하게 해서 죄송해요.

실은 하나도 안 죄송해서 죄송했다. 혹시 신청곡이 있냐고 묻길래 나는 딱히 없다고 했다. 진짜 없냐고 거듭 묻길래 나는 〈지렁이〉요, 했다. 그 노래가 좀 별로긴 한데 갑자기 듣고 싶어졌다고. 진짜 진짜 별로인데 왠지 모르게 싫지 않은 노래라고. 하암. 남이 부르는 자기 노래를 들으면서 연휘는 자꾸 하품만 해댔다. 4시 반. 딱 졸릴 시간이긴 했다.

연휘야.

응?

아무것도 아니야.

싱겁긴.

근데 연휘야.

응?

너도 노래 다시 해보면 어때?

노래는 무슨 노래.

낮에는 죽 쑤고 밤에는 노래하고.

그러다 망하면?

망하면 망하는 거지.

참 쉽게도 말하는구려.

그건 오해였다. 하나도 쉽지 않았으니까. 지금도, 나를 좋아하지 않는 유미에게 상처를 주고 싶다는 마음에 노 교수를 오빠, 하고 불렀을 때도. 언젠가 목에 키스 마크를 남긴 채로 학교에 갔을 때 유미는 말했다. 다들 그게 뭐냐고 수군대는 반면 유미는 아무렇지 않다는 듯이, 그게 절대 키스 마크일리 없다는 투로 말했다. 그만 긁어 애, 흉 지겠다. 마치 내가 누구에게도 사랑받지 못할 거라는 확신에 찬 듯이. 그날 나는 밤을 꼴딱 새웠고 조금 많이 졸렸고 조금 많이 하품했다. 유미의 말대로 그건 키스 마크가 아니었다. 전날 밤 노 교수와 횟집에서 단둘이 술을 마시긴 했지만 그뿐이었다. 방어가 철이래서 방어를 시켰고 우리는 회 밑에 까는 그것의 이름이 무엇인지로 말다툼했다. 자기도 모르면서 나한테 지랄하길래 너나 잘하세요, 속으로만 받아치기도 했다.

알고 보니 무명 가수는 진짜 무명 가수가 아니라 이름이 무명이었다. 나는 플레이리스트에 그의 노래를 추가했다. 내 노래는 안 듣고 진짜 너무하구려. 나는 연휘에게 미안하다고 했다. 미안하지만 진짜 내 취향이 아니라고. 그렇게 말할 수밖에 없어서 마음이 편치 않았다. 마음도 보일러처럼 외출로 해둘 수 있다면 참 좋을 텐데. 그럼 이렇게 마음 쓰지 않아도 괜찮을 텐데.

있잖아, 연휘야.

응.

생각해보니까 보일러 외출로 하고 나온 것 같애.

잘했네, 잘했어.

나 완전 잘한 부분?

응응 그런 부분.

내가 길바닥의 회색 벽돌만 밟으며 걷는 동안 연휘는 붉은색 벽돌만 밟으며 걸었다. 그런데도 자꾸만 서로 걸음이 엉켰다. 서너 번 발을 밟고 밟혔을 때쯤 멀리 Y대 캠퍼스와 그 뒤의 야트막한 산이 보였다. 가볍게 걸어보는 것도 괜찮을 것 같았다. 산을 오르는데 내려오는 사람들이 자꾸 안녕하세요, 인사를 건넸다. 무릎에 무리가 가지 않는 선에서 뛰어보려 했는데 무릎에 무리가 갔다. 산자락에 도토리가 많이 떨어져 있길래 도토리를 주웠다. 도토리만 주우면 밤이랑 잣이 서운할까 봐 짬짬이 밤이랑 잣도 주웠다. 대부분 벌레 먹은 쭉정이거나 속이 까맣게 썩어 있었다. 저기 좀 봐. 연휘가 보라는 곳을 보니 다람쥐 한 마리가 나무를 타다 도토리를 떨어뜨렸다. 가까이서 보니 도토리가 아니라 무선 이어폰 한 짝이었다. 귀지가 잔뜩 껴 있어 윽 소리가 절로 나왔다. 아쉽게도 연휘의 것과 같은 기종은 아니었다.

우리 이걸로 묵 쒀 먹을까.

이어폰으로?

아니 도토리로.

나는 제일 못생긴 도토리 하나를 골라 손에 쥐었다. 누가 더 많이 줍나 내기를 하자고 하니까 연휘는 내기는 무슨 놈의 내기, 했다. 이기고 지는 것도 이제 지쳐. 그 말에 나는 조금 졸려졌다. 이기고 지는 게 중요하지 않은 건 아니지만 가끔은 그냥 져도 괜찮다고 생각했다. 도토리를 만졌던 손에서는 도토리 냄새가 났다. 뭐라고 자세히 설명은 못 해도 그냥 도토리 냄새, 라고 말할 수밖에 없는 냄새였다. 우리는 도토리로 탑을 쌓았다. 중요한 건 균형을 잡는 것, 이때다 싶을 때 딱 손을 놓는 거였다. 재능이 있는지 연휘는 곧잘 했는데 나는 좀처럼 잘 되지 않았다. '이때'가 어느 때인지 도통 알 수 없었다. 속이 텅 빈 도토리가 자꾸만 중심을 잃고 바닥을 구를 때마다 아씨, 소리가 튀어나왔다. 재미 삼아 시작한 거였는데 재미는커녕 화만 났다. 이왕 이렇게 된 거 뭐라도 한 번쯤 잘 해내고 싶었다.

나는 진짜 글러먹었나 봐.

나니야.

짧고 낮은 소리로 연휘가 나를 불렀다.

지금부터 당신을 언밸런싱 아티스트로 임명합니다.

뭐야 그게. 별 같잖은 소리에 웃음이 나는 걸 보니 내가 연휘를 많이 좋아하긴 하는 것 같았다.

내리막길을 조금 내려왔을 뿐인데 땀이 났다. 롱 패딩을 입으면 덥고 벗으면 추웠다. 그걸 무한 반복했다. 뭐 했다고 어느새 해가 지려고 했다. 혹시 희망의 반대말이 뭔지 알아? 내가 묻자 연휘가 1초의 고민도 없이 말했다. 망희 아니야? 물어본 내가 바보지, 하면서도 나는 물어보길 잘했다고 생각했다. 우리는 산 초입 구멍가게에서 게토레이를 사 먹었다. 연휘는 게토레이를 자꾸만 개또라이라고 발음했다. 진열장은 거의 텅 비어 있었다. 뽁뽁이도 팔기에 한 롤 살까 했지만 갖고 다니기 번거로우니까 도로 내려놓았다. 오늘의 내가 감당할 수 있는 것만 감당하자. 매일 아침 꿈에서 깰 때마다 나는 스스로에게 다짐하곤 했다. 그 사실을 알 리 없는 주인은 오늘이 장사 마지막 날이라면서 그냥 가져가라고 했다. 한사코 됐다고 해도 막무가내였다. 공짜 좋아하면 대머리 되고 대머리가 되면 머리가 시려도 무진장 시릴 텐데. 뭐로든 값을 치르고 싶어서 나는 계산대 위에 도토리 두 알을 탑처럼 쌓아두었다. 이때다 싶을 때 손을 놓았다. 이담에 또 올게요. 나는 뻔뻔하게 거짓말을 잘했다. 이담에 또. 유미에겐 해당되지 않는 말이었다.

식장은 그야말로 인산인해였다. 사람이 왜 이렇게 많은가 했는데 알고 보니 개그맨의 빈소도 이곳에 마련됐다고 했다. 그 개그맨 죽었나 봐. 연휘의 말에 나는 처음 듣는 소식인 양 놀란 척을 했다. 입구에 마련된 조의금 봉투에 꾸깃한 지폐를 쑤셔 넣었다. 3만 원을 넣을까 4만 원을 넣을까 고민하다가 4만 4천 원을 넣었다. 최대한 퍼주고 싶은 마음이었다.

개그맨의 빈소에는 화환이 많았지만 유미의 빈소는 휑하다 못해 초라했다. 조문객도 곡하는 사람도 없었다. 그나마 아는 얼굴이 하나 있길래 잠깐 알은체를 했다. 그는 유미가 지하철 선로에 떨어진 아이를 구하다가 봉변을 당했다고 했다. 신문에 작게 기사도 났다는 거였다. 그랬더니 옆 테이블의 누군가 그게 아니라고 했다. 아이를 구한 건 맞지만 그 후 집에 가는 길에 그만 정비 공사 중인 맨홀을 잘못 디뎌 변을 당했다는 거였다. 두 사람이 갑론을박하는 동안 나는 괜히 애꿎은 뽁뽁이만 터뜨렸다. 하나둘 터질 때마다 마음속에 층층이 쌓여 있던 어떤 감정들이 무너지는 기분이었다. 그만 돌아가려고 자리에서 일어서자 상주인 유미의 동생이 나를 배웅했다. 유미를 닮아 그렇게 인물이 좋은 편은 아니었다. 그래도 맞절할 때 보니 정수리가 유미처럼 쌍가마였다. 나는 웃고 있는 유미의 영정 앞에 죽치고 서 있다 이렇게 말했다. 안녕

도 아니고 잘 가도 아니고 잘했어도 아니고 내가 많이 좋아했어도 아니고,

그래도 그때 네가 잘못했어.

식장에서 나오자마자 나는 주머니에서 마이쮸를 꺼내 씹었다. 너무 금방 녹아 없어져서 마치 꿈같았다. 어리둥절해하는 와중에 개 한 마리가 다가와 꼬리 쳤다. 귀가 반쯤 접힌 검은 개였다.

시츄네.

내 말에 연휘가 눈이 삐었냐면서 코웃음 쳤다.

암만 봐도 도베르만인데?

나쁜 사람한테만 그렇게 보여.

나 나쁘구나.

누가 너더러 그렇대.

그럼 뭐야.

그냥 내가 다 나빴고 나쁘고 계속 그럴 거라고.

속으로는 버려진 게 분명하다고 생각하면서도 나는 주인을 잃어버렸나 봐, 했다. 7년 전 일산에서 모임을 마친 뒤 나는 노 교수의 집에 있던 시츄를 데리고 나왔다. 정확히는 개가 나를 따라왔다. 버스 정류장까지 쫓아와서는 자꾸만 꼬리 쳤다. 물려고 안달일 땐 언제고 급격한 태세 전환이었다. 괘씸해서 꺼져, 했는데 진짜 꺼졌다. 나는 개를 도로 노 교수의 집으로 데려가는 대신 집으로 가는 버스를 잡아탔다. 버스가

코너를 돌 때까지 시츄는 나를 뚫어져라 쳐다봤다. 암만 자세히 보고 오래 봐도 예쁜 구석이라곤 없는 개였다. 눈 씻고 보면 뭐가 좀 다를까 했는데 눈을 감았다 뜨니 시츄는 온데간데 없었다. 빵, 하는 클랙슨 소리와 함께 버스가 급정거할 때까지 코빼기도 보이지 않았다. 있어도 딱히 달라질 건 없었다.

이제 어떡한담. 연휘가 말하기가 무섭게 누군가 우리를 향해 다급히 달려왔다. 잘 데리고 있어주셔서 감사해요. 개 주인이 헉헉대며 말했고 나는 아니라고, 전혀 잘 데리고 있지 않았다고 했다. 그래도 감사해요. 뭐가 그리 좋은지 시츄는 자꾸만 내 발치를 맴돌며 꼬리 쳤다. 반쯤 접힌 귀가 가볍게 팔랑거렸다.

남은 건 집으로 돌아가는 것뿐이었는데 뭔가 아쉬웠다. 기왕 여기까지 온 김에 조금 더 있고 싶었다. 광화문까지 걸어가려다 발이 아파서 관뒀다. 잡아탄 버스에서는 앞사람이 카드에 잔액이 없는지 쩔쩔매고 있었다. 요금이 부족하다는데도 고집스레 카드를 찍어댔다. 두 명이요. 연휘의 말에 여자가 복 받으실 거예요, 했다. 연휘는 그게 아니라고 바로잡는 대신 멋쩍게 웃어 보였다. 나는 주머니에 남은 동전을 탈탈 털어 넣었다. 백 원이 부족했는데 기사 아저씨가 기분이라며 그냥 타쇼, 했다. 우리는 버스에서 내릴 때까지 서로 모르는 사이인 척했다. 누구세요, 내가 물으면 연휘가 당신 애인이요,

하고 웃었다. 웃는 얼굴로 주머니를 다시 확인해보니 무슨 일인지 이번에는 5백 원이나 들어 있었다. 내릴 때 기사 아저씨 이름을 확인하려 했는데 그만 까먹어버렸다. 이왕 까먹은 거 김기방, 양준모, 천만수……. 아저씨와 어울리는 이름을 혼자 백 개쯤 지어보다가 횟집에 들어갔다. 대방어가 철이래서 우럭을 시켰다. 잡은 지 오래됐는지 미리 떠놓았는지 살이 푸석푸석했다. 맛없으면 100퍼센트 환불이라고 쓰여 있었는데 별 한 개도 아까울 정도로 맛이 없었다. 나는 주인에게 환불을 요구하는 대신 연휘에게 뭐 하나 고백할 게 있다고 했다.

있지, 우리 처음 만났을 때, 집이랑 너무 멀었잖아. 환승 막 세 번씩 해야 됐잖아. 사람이 어찌나 많은지 집 오면 완전 녹초 돼 있고.

응응 그랬지.

그래도 그땐 지금보다 따뜻했던 것 같애.

나니야.

응.

나는 지금 이대로도 괜찮은 것 같애.

그 말이 뭐라고 괜히 눈물이 나왔다. 하품으로 도저히 감출 수 없는 양이었다. 나는 눈물 콧물 다 짜내면서 '맛있으면 짖는 개'의 마음이 조금은 이해가 간다고 했다. 네 요리 솜씨가 진짜 형편없기는 하다고. 난데없는 고백에 연휘는 한참 동안 입을 꾹 닫았다. 무언가 때려 부수고 산산조각 내는 건 차갑고 뾰족한 말이 아니라 그런 침묵일지도 몰랐다. 한바탕 욕이라도 할 줄 알았는데 연휘는 마음에 상처를 입었는지 묵묵부답이었다.

왜 아예 별 빵 개라고 하지 그러냐.

그게 빵 개는 못 주게 돼 있을 거야, 아마.

하여간 못돼 처먹어가지고.

백번 맞는 말이었으므로 나는 천사채를 오독오독 씹어 먹었다.

맛있어? 연휘의 물음에 나는 왈왈 짖는 소리를 냈다.

청계천엔 사람이 많았다. 뽁뽁이를 깔고 앉았는데도 엉덩이가 차가웠다. 창문에 붙여야 되는데 죄다 터뜨려버려서 어떡한담. 내 말에 연휘는 또 사면 되지 뭐, 했다.

근데 연휘야.

응?

뽁뽁이가 아니라 에어 캡이래.

누가 그래?

누가 그러던데.

근데 나니야.

응?

아주 지랄하지 말라 그래.

그러면서 연휘는 신발에 양말까지 벗더니 청계천에 발을

담갔다. 나는 연휘가 발 담근 물로 세수를 했다. 차갑지 않다면 거짓말이어서 차갑다, 하고 발음해보았다. 차갑다 차갑다 차갑다. 그렇게 세 번 연달아 말했더니 차가움이 겹겹이 포개져서인지 조금 덜 차갑게 느껴졌다. 개소리라면 개소리였다.

날이 이렇게나 추운데 청계천은 왜 안 얼까. 새삼 궁금했지만 찾아보지는 않았다. 비록 똥물이더라도 물은 계속 흐를 거고 나와 연휘는 점점 더 늙고 점점 더 약해질 테니까. 우리는 사람들이 동전을 던지며 소원을 비는 모습을 바라보았다. 동전이 자꾸만 빗나가는데도 다들 뭐가 그리 좋은지 시시덕거렸다. 우리도 내기할까. 누가 죽집 사장 아니랄까 봐 연휘는 식은 죽 먹기지, 자신만만하게 굴었다.

그럼 나는 누워서 떡 먹기지

그럼 나는 누워서 식은 죽 먹기지.

그런데 누워서 먹으면 체할걸?

우리는 주머니에 남은 동전을 던졌고 동전은 소망석을 때린 뒤 멀리 튕겨 나갔다. 다섯 번 시도해서 다섯 번 실패했다. 에라 모르겠다, 하는 심정으로 도토리를 던졌는데 이번에는 완벽한 골인이었다. 동전이 아니면 말짱 도루묵이라며 연휘가 옆에서 초를 쳤다.

그런데 나니 너는 무슨 소원 빌었어?

연휘가 물었고 나는 올겨울을, 또 이런 나를 무사히 나게 해달라 빌었다는 걸 아무에게도 말하지 않을 작정이었다.

가볍게 맥주를 딱 한 잔 마셨을 뿐인데 나는 돌다리를 건너다 중심을 잃고 휘청했다. 넘어질 뻔했지만 넘어지진 않았다. 발을 살짝 삐끗했지만 마음은 삐끗하지 않았다. 어쩌면 그 반대일지도 몰랐다.

손잡아줘? 연휘의 말에 나는 너나 잘하세요, 했다. 언젠가 진심으로 그러길 바랐다. 되도록 쉽게 되도록 따뜻하게. 연휘는 한쪽만 남은 무선 이어폰으로 혼자 노래를 들었다. 시간이 벌써 이렇게 겨울을 데리고 왔네. 소리가 어찌나 큰지 나한테까지 다 들렸다. 딱히 내 취향은 아니었는데 듣다 보니 또 괜찮은 것 같기도 했다. 사랑할 수밖에 없네. 하여간 변덕이 죽 끓듯 한다며 연휘가 내 어깨를 가볍게 툭 때렸다.

보금의 자리

주방 겸 화장실에서 아침 겸 점심을 때운다. 메뉴는 언제나처럼 햇반에 조미김에 와사비. 내가 전자레인지에 햇반을 돌린 뒤 변기에 앉아 김을 자르는 동안 유령은 마른 밥풀마냥천장에 붙은 채 나를 내려다본다. 마치 이런 집에서 어떻게살아왔냐는 듯한 눈빛으로.

이런 집이란, 그러니까 공급면적 15.2평에 실평수 7.1평인,육각형 구조에 가스레인지와 변기가 한데 위치해 먹고 싸는행위를 동시에 해결할 수 있는 원룸 같은 투룸을 의미했다.처음 언덕 꼭대기에서 가파른 철제 계단을 오르고 또 올라 집을 보러 왔을 때 공인중개사는 땀을 뻘뻘 흘리며 이 가격에이 정도 컨디션이면 완전 거저야, 하고 말했다. 이 동네에서전세 4천이면 완전 오 마이 갓, 예수님 부처님 알라님 모두 놀라 자빠질 금액이라고. 북향인 데다 벽에 곰팡이 슨 자국도 있고 무엇보다 주방과 화장실이 일체형인 게 거저라기보다 거지 같은 집에 가까워 보였기에 나는 나도 모르게 이런 데 어떻게 살아요? 하고 말했고, 그 말을 내뱉은 게 무색하게 이런 데서 2년이나 살았다. 그리고 전세 만기를 딱 2주 앞둔 시점, 혼자 살기에도 넓지 않은 집에 덜컥 세입자를 들였다. 세입자는 세입자인데 집주인인 세입자. 엄밀히 말해 내가 들였다기보다 자기 맘대로 들어온 것이긴 했다. 불법침입이랄까, 무단거주랄까.

잠시 신세 좀 지겠습니다.

지난 주말 밤 고등학교 동창 J의 집들이에 갔다가 술에 절어 돌아왔을 때, 유령은 집 안에 한가득 쌓인 팔다 남은 여름 이불 위에 걸터앉은 채로 내게 말했다. 이 낯익은 사람은 누구지? 여긴 어떻게 들어온 거지? 술기운에 헛것을 보는 건가? 생각하다 나는 그가 바로 이제껏 내가 애타게 찾던 집주인이라는 사실을 알아챘다. 부동산에서 계약서를 쓸 때 본 뒤로 거의 2년 만이었고, 2년이면 한집에서 함께 지내던 반려인이 하루아침에 사라져버리기에도, 햇빛에 잔뜩 그을려 갈색빛을 띠던 집주인의 피부가 유리구슬처럼 투명하게 변해버리기에도 충분한 시간이었다. 그리고 이게 대체 무슨 상황인지 파악해보려고 머리를 굴리다 문득 나는 깨닫고야 말았다. 그는 집주인이기도 하지만 유령이기도 하다는 걸. 나는 그가 누구인지 뻔히 알고 있으면서도 누구세요? 하고 물었다.

이 집 주인입니다.

여긴 제 집인데요?

그거야 그렇지만 제 집이기도 하니까요.

나는 됐으니까 좋은 말로 할 때 어서 나가달라고 말하면서 유령의 팔을 잡아끌었다. 사실 그건 잡았다기보다 내 팔이 그의 팔을 통과한 것에 가까웠다. 차구나. 서로의 팔이 포개지던 순간 나는 생각했다. 만져지는 몸이 없는 이한테 몸이 차다는 말을 하는 게 좀 이상하긴 하지만 어쨌든 차도 너무 차구나.

그게 암만 제가 여기서 나가고 싶어도 그럴 수가 없어서요.

왜요?

저를 이리로 부른 건 그쪽이니까요.

404호 집주인에 따르면 그가 이리로 오게 된 건 전적으로 내 책임이었다. 그러니까, 그의 숨이 끊어졌을 무렵 이 세상에서 그를 가장 많이 생각한 사람이 다른 누구도 아닌 나였기에 내가 사는 공간으로 자연스레 흘러 들어온 거라고 했다. 마지막으로 자신을 가장 보고 싶어 하는 사람 곁에서 나흘 동안 있다 가는 게 저세상의 유일한 규칙이라고.

제가 그쪽 생각을 했다고요?

네. 것도 아주 많이요.

그래서 그쪽이 이리로 오게 된 거라고요?

네. 그렇게 된 셈이지요.

얼토당토않은 말이긴 했지만 적어도 내가 그에게 제발 답장 좀 해달라는 문자를 200통도 넘게 보낸 건 사실이었다. 피 같은 전세금을 돌려받아야 하는 시점이 다가오는데 묵묵부답이니 똥줄이 타도 엄청 탈 수밖에. 이게 뉴스에서나 보던 전세 사기인 건가. 지금까지 모아 둔 목돈을 꼼짝없이 날리는 건가, 싶기도 했다.

유령이고 나발이고, 그럼 제 보증금은 어떻게 되는 거예요?

저승사자가 그러는데, 제가 올해의 44444번째 망자라고 특별히 한 번의 기회를 더 준다네요. 살아 있을 땐 운도 참 지지리 없었는데 이제 와서야. 웃기죠?

그럼 어떻게 해야 살 수 있는 건데요?

그게, 일단은 죽지 않아야겠죠.

이 사람이, 아니 이 유령이 지금 장난하나. 유령들은 원래 이렇게 우유부단한가. 당장 전세금이 날아가면 내가 어떻게 되는지 알기나 하는 건가. 부모와는 연을 끊은 데다가 큰맘 먹고 차린 이불 가게도 쫄딱 망해 대출도 안 나오고 누구한테 신세를 질 만큼 인간관계가 좋은 편도 아니므로 4천만 원의 부재는 이 세상에 내 한 몸 있을 자리가 완전히 사라져버린다는 걸 의미했다. 아니, 사실 자리는 차고 넘치는데 내가 있을 자리만 쏙 도려내지는 것에 가까웠다. 물론 나의 목돈이 누군가의 푼돈이기도 하다는 걸 나는 알고 있었다.

집주인이 연락 두절 상태야. 지난 주말 상암의 33평 아파트로 집들이를 갔을 때, 염치 불고하고 돈을 빌려볼 요량으로 지금 내 사정을 넌지시 이야기하자 J는 어머 너무 속상하겠다, 했다. 그러면서도 근데 그 돈이면 뭐 괜찮네 그렇게 크진 않네, 대수롭지 않다는 듯 웃어 보였다. 뭐랄까, J 앞에 있으면 나는 작아지기만 하는 게 아니라 좁아지는 기분이었다. 좁아지고 또 좁아지다 고작 0.1평짜리 인간이 되는 기분이었다. 나쁜 년. J가 잠깐 속을 비우러 화장실에 간 사이 나는 집들이 선물로 사 갔던 다정큼나무 화분을 도로 챙겨 나왔다.

그런데 이 화분 씨 말인데요.

이불 위에서 숨죽이고 있던 유령은 다짜고짜 내가 구석에 처박아둔 화분을 가리키며 말했다. 기분 탓인지 며칠 사이 잎사귀 끝이 약간 갈색으로 시든 것 같았다.

화분 씨가 그러는데, 여기 말고 다른 집에서 살고 싶다고 꼭 좀 전해달라네요. 여긴 빛이 안 들어서 앞날이 캄캄해 죽을 노릇이라고. 반음지까지는 어찌어찌 참고 살아보겠는데 완전 음지는 좀 곤란하다고.

이 화분이 그랬다고요?

네. 이왕이면 상암 푸르지오 109동 2504호 같은 데 살고 싶다는데요.

꼴에 식물도 사람처럼 자기가 있을 자리를 엄청 따지는구나. 기껏해야 몇 시간 새집에 있어본 것 가지고. 새집증후군이 몸에 얼마나 나쁜지 알지도 못하면서. 어쨌거나 떠나는 사람은 안 붙잡아도 떠나려는 식물은 붙잡아두는 게 인지상정이므로 나는 말했다.

죄송하지만 얘는 앞으로도 계속 저랑 여기 살 거라서요. 이름도 있어요. 소정이.

소정 씨는 난생처음 듣는 이름이라는데요?

방금 지었으니까요. 그치, 소정아?

당연하게도 소정은 아무 말도 하지 않았고, 하룻밤은 전에 없던 반려유령과 반려식물이 생겨나기에 충분한 시간이었다. 물론 우리를 한식구라고 부를 수는 없었다. 식구가 한집에 살면서 끼니를 같이하는 사람이라면 나는 언제나 혼자 끼니를 해결했으니까. 혼자서 먹고 자고 싸는 삶을 살아왔으니까.

전세 계약을 맺을 때 갑이 유령이고 을이 나였다면 적어도 이번만큼은 갑을 관계가 뒤바뀌어야 마땅했다. 세입자이긴 해도 지금 여기 사는 사람은 나니까. 전입신고도 했고 확정일자도 받았으므로 소유권은 몰라도 거주권은 나한테 있으니까. 말하자면 갑 한희본, 을 ○○○. 유령과 같이 사는 게 어딘가 께름칙하긴 했지만 나는 순순히 그와의 동거를 받아들였다. 살아 돌아가는 방법을 모른다곤 하나 분명 무슨 뾰족한 수가 있긴 있을 거였다. 39층짜리 아파트, 아니 하늘이 무너져도 솟아날 구멍이 있는 게 인생이니까.

계약 조건은 더도 말고 덜도 말고 딱 세 가지였다. 첫째, 만약 살아 돌아가지 못할 경우를 대비해 전세금 반환을 요청할 상속인 전화번호를 넘길 것(저는 부모고 동생이고 다 죽어버려서 가족이라곤 아무도 없는걸요). 둘째, 유령도 잠을 자는지는 모르겠지만 잠은 주방 겸 화장실에서만 잘 것(여기 전구가 광량이 높아서 마음이 따뜻해지고 좋네요). 마지막으로, 주방 겸 화장실에 면한 작은방에는 절대로 죽어도 그 무슨 일이 있어도 출입하지 말 것(네, 그렇게 하죠).

저기 뭐가 있는데요?

그렇게 물어볼 줄 알았는데 유령은 별다른 말을 덧붙이는 대신 순순히 그러겠다고 했다. 어차피 대답해주지 않았을 테지만. 나는 이면지 위에 계약 조건들을 적어내려갔고 엄지에 빨간색 펜을 칠해 지장까지 찍었다. 그러나 유령의 경우 자기 이름도 기억 못 하는 데다가 몸이 사물을 그대로 통과해버려 지장 따위 찍을 수 있을 리 만무했다. 나는 유령의 이름이라도 알아내기 위해 2년 전에 썼던 부동산 계약서를 찾다 그만 제풀에 지쳐 주저앉아버렸다. 구두계약도 명백히 효력 있는 거 알죠? 내 말에 유령은 조용히 고개를 끄덕였고, 지금은 벌써 계약 시점부로 3일이나 지난 화요일이었다.

유령과의 동거는 생각보다 더 별게 없었다. 연락이 안 될 때는 조급함이 앞섰는데 막상 유령의 형상으로나마 그가 이렇게 눈앞에 있으니 뭐 어떻게 되겠지, 하는 마음이었다. 나는 언제나 그랬듯 침대에 멍하니 앉아 창밖만 바라보고 있었고, 유령은 그가 여기 존재하고 있다는 사실을 깜빡 잊을 정도로 고요했다. 싸구려 자재로 지은 건물이라 방음이 형편없어서인지 아님 유령이 되면 귀가 밝아지기라도 하는 건지 간혹 윗집은 부부 싸움을 할 때마다 개새끼님, 병신새끼님, 하고 존댓말을 쓰네요, 아랫집은 혼술을 하는데도 꼭 누구랑 같이 있는 것처럼 말을 주거니 받거니 하네요, 중얼거릴 뿐 살아 돌아가기 위한 별다른 행동도 노력도 보이지 않았다. 이대로 죽어도 아무 미련조차 없는 사람, 아니 유령처럼 보였달까. 나는 창밖을 바라보는 척하면서 자꾸만 유령을 힐끔거렸다. 뭐 물어보고 싶은 거라도 있어요? 유령이 말했고, 나는 있긴 있는데 왠지 그러면 안 될 것 같다고 했다. 대신 별로 궁금하지도 않은 다른 질문을 던졌다.

그런데 그쪽은 왜 그렇게 된 거예요?

뭐가 말인가요?

어쩌다 그 꼴이, 그러니까 유령이 된 거냐고요.

참 빨리도 물어보시네요.

참 빨라서 미안해요.

그게, 산에 흙을 푸러 갔는데 누가 저를 미는 바람에 꼼짝없이 아래로 굴러떨어졌지 뭐예요. 추락사랄까.

아하. 뭐 누구한테 원한 산 거라도 있어요?

없지는 않은 것 같아요.

그럼 흙은 왜 푸러 간 거예요?

말하자면 긴 얘기라서요. 그러는 그쪽은 왜 그렇게 된 건데요?

제가 어디가 뭐 어떤데요?

나는 그렇게 물어놓고 아니다, 됐으니까 대답하지 마요, 하면서 다급히 유령 쪽으로 몸을 돌렸다. 문득 나는 투명한 유령의 몸에 비친 내 얼굴을 바라보았다. 이런 내 얼굴을 보고 싶지 않아서 집에 있던 거울도 모조리 내다 버린 거였는데. 새삼스럽긴 하지만 내가 봐도 내 얼굴은 진짜 말이 아니었다. 집 같지 않은 집에서 삶 같지 않은 삶을 살다 보니 사람 같지 않은 사람이 되어 가는 건가. 나는 침대 위에 아무렇게나 널브러져 있던 극세사 이불을 주먹으로 힘껏 내리쳤고, 주먹의 모양에 맞춰 동그랗게 숨 죽은 이불은 아주 조금씩 원래의 모습으로 부풀어 올랐다. 그 아무것도 아니라면 아무것도 아닌 것에 가까운 복원의 과정을 처음부터 끝까지 가만히 지켜보다가 유령에게 말했다.

우리, 그쪽이 마지막으로 있었다던 산에 가보는 건 어때요? 범인이 범행 현장에 반드시 다시 나타나는 것처럼 우리도 다시 가봐요, 거기. 뾰족한 수가 없다고 계속 이렇게 뭉툭하게 있으면 되겠어요?

*

골막산은 걸어서 갈 수 있을 정도로 가까웠다. 직선거리로
는 1킬로미터가 채 안 됐는데 사이에 고속도로가 길게 나 있
어 어쩔 수 없이 먼 길로 돌아가야만 했다. 그렇게 우리 셋은
막상 가서 뭘 해야 할지도 모르면서 일단 목적지를 향해 걸
음을 옮겼다. 아니, 무거운 배낭까지 둘러메고서 걸음을 옮
긴 건 사실 나 혼자뿐이었다. 유령은 공중에 둥둥 뜬 채로 날
아다녔고 낡고 오래된 토분에 삐뚜름하게 심긴 소정은 내 품
안에 들려 있었으니까. 언제 시들어 죽을지도 모르는데 딱 한
번만이라도 밖에 나가서 광합성을 하고 싶다는 소정의 부탁
을 나는 차마 거절하지 못했다. 물론 후회는 생각보다 더 빨
리 찾아왔다. 집에서 나오기가 무섭게 길이 미끄러워 넘어질
뻔했는데 소정은 괜찮냐고 묻는 대신 화분이 안 깨지게 조심
좀 하라며 핀잔을 주었고, 그 말을 전한 유령은 집에 있을 때
보다 조금 더 투명해진 얼굴로 나를 바라보면서 그래도 희본
씨는 넘어질 수 있어서 좋겠네요, 속 편한 소리나 해댔다. 엎
친 데 덮친 격으로 나는 길을 걷다가 머리에 새똥을 맞았다.
길 가다 새똥 맞을 확률이 540분의 1이라던데 재수가 없어도
더럽게 없었다. 너는 왜 그렇게 매사에 부정적이야? 언젠가
반려인은 내게 그렇게 말하면서 자기는 우리 둘이 함께 있기
만 하다면 그 어디든 괜찮다고 했다. 집이 좁든 낡든, 전세든

월세든, 집이 집 같지 않든 조금도 괘념치 않았다.

　새똥도 맞고, 오늘 재수가 아주 좋으시군요.

　유령의 말에 나는 누구랑 똑같은 소리를 하네요, 하고 대답했다.

　누구요?

　있어요. 아니, 있었어요.

　잠깐 근처 공원 화장실에 들러 머리에 엉겨 붙은 새똥을 닦아냈다. 똥 싼 새 따로 똥 치우는 사람 따로라는 사실이 억울하고 슬펐지만 이 정도 억울함과 슬픔쯤이야 다른 사람에 비하면 아무것도 아니었다. 나는 공원 벤치에 앉아 햇볕을 쬐었다. 집 밖으로 나온 지 얼마나 됐다고 이제 걸을 만큼 걸었고 할 만큼 했다는 마음이 들었다. 그런데 이상하지. 돌아가고 싶은 마음이 굴뚝같고, 익숙한 동네인 만큼 어떻게 돌아가야 하는지도 알고 있었지만 이상하게도 내게는 돌아갈 수 있는 곳이 없는 것처럼 느껴졌다. 어릴 땐 빚 때문에 이 집 저 집을 전전하느라 그랬다면 지금은 비록 전세나마 엄연한 내 집이 있는데도 그랬다. 그리고 예나 지금이나 한결같은 건 내겐 늘 빚이 있다는 거였다. 물리적인 빚이든, 마음의 빚이든.

　유령과 나, 그리고 소정은 공원 벤치에 고요히 앉아 있었다. 당장 내일이면 유령은 이 세상에 남거나 저세상으로 완전히 사라져버릴 테고, 화분은 언제 내다 버려도 상관없을 거였다. 그런데 식물은 종량제 봉투에 버려야 하나? 버리는 것도 다 돈인데 그냥 다른 집 문 앞에 몰래 두고 와버릴까? 생각하는 와중 팔에 깁스를 한 어떤 아줌마가 내게 다가오며 왜 혼자 그러고 있어요, 말을 걸었다. 나는 지금 혼자 있지 않고 셋이 있다고 말하려다 그냥요, 했다.

아가씨, 미안한데 잠깐 신세 좀 져도 될까?

아줌마는 길을 가다가 머리에 새똥을 맞았다면서 팔이 이모양이라 혼자 힘으로는 도저히 씻어낼 수가 없다고 했다. 그렇구나. 도와주겠다는 말은 꺼내지도 않았는데 아줌마는 곧장 화장실로 직행하더니 기역 자로 허리를 숙여 세면대에 머리를 박았다. 얼떨결에 아줌마를 따라나선 나는 아줌마의 동글납작한 머리통을 내려다보았다. 뿌리 쪽이 새하얗게 올라온 게 당장 염색이 시급해 보였다. 하는 수 없이 나는 비누 거품을 낸 두 손으로 아줌마의 머리통을 비비고 주물럭거렸다. 생각해보면 살면서 남의 머리를 감겨주는 건 난생처음이었다. 아줌마는 물이 너무 차, 지금은 너무 뜨거워, 불평불만을 늘어놓다가 다짜고짜 사돈의 팔촌이 양평에 땅을 샀는데 사자마자 땅값이 폭락해서 아주 죽어난다고, 땅을 치고 후회 중이라고 했다. 어쨌든 그 땅은 사돈의 팔촌분 거잖아요. 내 말에 아줌마는 이 언니, 나랑 뭐가 좀 통하네, 하면서 웃었고 너무 웃었더니 배가 아프다고 했다. 마침내 쫄딱 젖은 개 꼴을 한 아줌마는 자기가 빚지고는 절대 못 사는 성격이라며 언제 한번 요 앞에 들르라고 했다. 자기가 이불 가게를 하는데 진짜 싸게 주겠다면서. 나는 얼마 전까지 나도 이불 가게를 했다고, 집에 팔다 남은 이불이 넘쳐난다고 말하는 대신 언제한번 꼭 들르겠다고 했다. 문득 나는 슬퍼졌는데, 그건 아줌마가 빚지고 못 사는 성격이었다면 나는 빚지고도 잘 살았기때문이었다. 문제는 빚을 지면 신세를 지게 되고 신세를 지다보면 시도 때도 없이 지게 된다는 거였다. 가파른 계단과 취객과 진상 손님이 많은 이 동네, 내가 6개월 할부로 먹고 사는 것들, 다달이 눈덩이처럼 불어나는 이자, 한겨울까지 팔리지 않아 먼지에 뒤덮여 있는 여름 이불, 무엇보다 나 자신에게 지게 된다는 거였다.

산 초입에 다다랐을 뿐인데 땀이 잔뜩 났고, 땀이 식자 몸은 금세 차가워졌다. 고작 이 정도 걸었다고 힘에 부치다니. 힘들어요? 유령이 물었고 나는 힘들다고 했다. 힘들 때 힘들다고 아플 때 아프다고 말하지 못하는 것만큼 힘들고 아픈 일이 없었으니까.

뭐 얼마나 걸었다고 힘들어.

네?

소정 씨가 그렇게 전해달라네요.

아무 힘들이지 않고 여기까지 와서 둘 다 아주 좋으시겠어요. 내가 속으로 생각하는데 유령이 도와줄까요? 하고 물었다. 몸도 없는 주제에 대체 뭘 도와줄 수 있다는 건지 알 수 없었지만 나는 됐다고 했다. 내 힘으로, 혼자 힘으로 가보고 싶었다.

그런데 왜 하필 여기로 흙을 푸러 다닌 거예요?

내 물음에 유령은 말하자면 긴 얘긴데, 하고 얼버무렸고, 나는 괜찮으니까 말하자면 긴 얘기를 길게 해보라고 했다. 유령에 따르면 그는 가족들이 골막산 꼭대기에서 투신해 죽은 뒤부터 여기서 매일같이 퍼 나른 흙으로 토분을 빚었다고 했다. 집주인의 빚 때문에 네 식구가 살던 투룸 전셋집이 경매에 넘어간 뒤로 가족들은 사는 게 사는 게 아니라는 말을 달고 살았고, 그러다 진짜 살지 않는 삶을 택했다고. 그 사망보험금으로 경매에 뛰어들어 비로소 내 집 마련의 꿈을 이뤘다고. 유령은 일가족 동반 자살 사건으로 기사도 크게 났다면서 고도를 아주 약간 낮췄다. 무거운 얘기를 하다 보니 마음이 가라앉은 것 같았다. 유령이라 몸은 없어도 분명 마음은 있을 테니까.

근데 엄밀히 말해 일가족이란 건 잘못된 표현이에요.

왜요?

저희 가족은 네 식구였는데 저만 쏙 빠졌으니까요. 저한텐 아무 말도 없이 자기들끼리만.

아하. 그럼 다시 만났나요? 유령이 된 가족들이랑.

네. 근데 꼴도 보기 싫으니까 죽기 싫으면 빨리 꺼지라고 했어요.

그랬더니요?

막 웃던데요. 자기들은 이미 죽었다고. 역시 우리 자식이 자기네를 안 닮아 유머가 있다면서. 웃기죠?

네, 진짜 웃기네요.

그러고 보니 회본 씨도 처음 집을 계약할 땐 어떤 여자분이랑 같이 오지 않았었나요.

그랬어요. 그런데 우리 빨리 갈까요?

좀 전엔 힘들다면서요.

그니까, 힘들어 죽겠으니까 빨리 가요.

나는 언제가 가장 힘들어 죽겠었을까. 땀 냄새가 잔뜩 밴 이불을 환불해달라는 손님이 찾아왔을 때? 계속 이렇게 빚지고 사는 신세로 남게 될까 봐 전전긍긍할 때? 때와 장소를 가리지 않고 나 자신이 작고 좁은 인간으로 느껴질 때?

그러나 내가 진짜 힘들어 죽겠는 순간은 따로 있었다. 살면서 나는 몇 번인가 애인의 부모님을 만난 적이 있었고, 그들은 따뜻하고 포근하지만 너무 무겁지 않은 겨울 이불 같은 사람들이었다. 그들은 가장자리에 은색 테가 둘러진 접시에 정갈하게 내온 감자 요리를 내게 덜어주었고, 분명 감자로 만든 건데도 요리에서는 난생처음 먹어보는 맛이 났고, 나는 갓 조리한 음식에서 모락모락 피어오르는 김에 뿌옇게 가려진 그들을 바라보다가…… 문득 생각했다. 내가 별 들 일 없이 춥고 어두컴컴한 북향 인간이라면 이 사람들은 온종일 해가 쨍하게 드는 남향 인간이구나. 남향집에 살다 보면 뼛속까지 남향인 인간이 되는 거구나. 무엇보다 그들은 서울의 명문 건축학과에 다니는 딸이 부모에게 손 벌리지 않고, 자기 힘으로 삶의 사다리를 한 칸 한 칸 착실하게 오르고 있다는 사실을 무척 대견해했다. 그러나 '자기 힘'이란 건 뭘까. 애인은 분명 자기 힘으로 자기 삶을 꾸려왔지만, 자신의 힘을 기르고 만들어오기까지 부모의 힘이 개입하지 않았다고는 할 수 없었다. 구축이긴 해도 화이트 톤으로 올 리모델링을 해 넓고 쾌적한 집. 사람보다 좋은 옷을 입고 좋은 것을 먹고 좋은 집에 사는 식용이 아닌 반려견. 안전한 주거 환경과 다정한 이웃들. 살면서 나는 그런 것들이 존재하는 세계에 속해본 적이 없었고, 그런 경험이 없다는 것은 앞으로도 그런 경험을 하지 못할 확률이 매우 높다는 말이기도 했다.

그런데 이 집 말이야. 너무 좁지 않아?

그날 밤 우리가 보증금을 2천씩 나눠 내고 함께 살던 집으로 돌아오자마자 나는 말했다.

나는 너랑 붙어 있을 수 있어서 좋아.

변기 앞에서 요리하는 거, 비위 상하지 않아?

살면서 또 언제 이런 경험을 해보겠어.

비록 애인은 그렇게 말했지만 그날부로 나는 애인에게 언제든 돌아갈 수 있는 진짜 집이 있다는 생각을 떨칠 수가 없었고, 그건 애인이 아파트 붕괴 사고로 하루아침에 사라져버린 것처럼 내 힘이나 의지만으로는 도무지 어쩔 수 없는 일이었다. 문제는 내가 어쩔 수 없는 일들이 내 삶에 너무 많다는 거였다. 39층 높이만큼 차곡차곡 켜켜이 쌓여 있다는 거였다.

그런데 저 너무 힘들어요.

힘들고 버겁고 그만 살고 싶어지는 순간들은 수도 없이 많았지만, 그러니까 지금 산을 오르는 것 정도는 진짜 힘든 축에도 못 꼈지만, 어째서인지 나는 빨리 가자고 말했던 게 무색하게 바닥에 주저앉아 화분을 툭 내려놓고 유령에게 이렇게 말했다.

있잖아요, 저는 제가 너무 잘 사는 것 같을 때 사는 게 너무 힘들어요.

어느새 내 어깨높이와 나란해지도록 몸을 낮춘 유령은 말없이 내 등을, 정확히는 내 등 쪽의 허공을 토닥여주었다. 그러면서 자기는 살아 있을 때 왜 그러고 사냐는 말을 밥 먹듯이 들었는데, 유령이 되니까 그런 말을 일절 듣지 않아도 돼서 좋다고 했다.

차구나. 유령의 손이 내 등을 투명하게 통과하는 순간 나는 생각했다. 차도 너무 찬데 이런 차가움도 나쁘지만은 않구나.

저, 기억났어요.

뭐가요?

호재, 제 이름이요.

호재 씨.

네, 희본 씨.

계속 가볼까요, 우리.

서쪽에서 뜬 해가 동쪽으로 저무는 동안 우리는 동산 위에 올라서서 파란 하늘을 바라보았다. 하늘 가장자리가 조금씩 서서히 주황빛으로 물들고 있었다. 그리고 아직 완전히 물들지 않은 하늘 한구석에는 벌써 몇 년째 방치된 회색 콘크리트 덩어리가 우뚝 서 있었다. 듣기로는 다음 달부터 철거 작업에 들어가 그 자리에 더 크고 높고 비싼 아파트를 지을 거라고 했다. 한때 나는 그 자리에 있었던 사람과 아플 때 서로 죽을 떠먹여주고 사랑할 때 서로 입을 맞추고 속이 좋지 않을 때 서로 등을 두드려주는 사이였다. 굳이 그렇게 위험한 데까지 가서 일할 필요가 있어? 언젠가 내 말에 애인은 건축을 책으로만 공부하는 게 아니라, 현장에서 직접 발로 뛰면서 부딪쳐보고 싶다고 했다. 내가 그 어떤 것과도 부딪치지 않으려고 안달이었다면 애인은 제 발로 그런 위험천만에 몸과 마음을 내던졌다. 살면서 내가 절대 경험하고 싶지 않은 것들이 애인에게는 돈 주고도 못 살 경험이라는 게 나를 작고 좁아지게 했다. 0.1평짜리 별 볼 일 없는 인간으로 만들었다.

저기 저거 좀 봐요.

내 말에 호재 씨는 자긴 고소공포증이 있다며 손사래를 쳤고, 나는 그럼 저기 저거 대신 나를 좀 봐보라고 했다.

그거 알아요? 어릴 때 저는 동산 위에 올라서서 파란 하늘을 바라보는 게 꿈이었어요.

그럼 꿈을 이룬 거네요.

그게, 지금은 꿈이 좀 달라져서요.

어떻게요?

이제 저는 부동산 위에 올라서서, 남의 땅 남의 집이 아니라 제 땅 제 집에서 파란 하늘을 바라보고 싶어요.

아하. 혹시 웃으라고 한 소리인가요?

저 지금 완전 진지한데.

그럼 웃기긴 하지만 웃지 않을게요.

웃지 않겠다던 호재 씨의 입에서 비눗방울처럼 맑고 영롱한 웃음이 방울방울 새어 나오는 동안 하늘 저편에선 금방 이륙했는지 곧 착륙할 예정인지 모를 비행기가 어디론가 향하고 있었다.

그런데 호재 씨는 혹시 몽골 가본 적 있어요?

없어요.

가볼 예정은요?

없어요.

저는 있었어요. 거기선 진짜 별이 잘 보인대서 언제 한 번쯤 꼭 가보고 싶었거든요.

사실 여기든 저기든 별이 잘 보이든 안 보이든 나는 내가 있어야 할 곳에, 내가 있어도 괜찮은 곳에 있고 싶었다. 그냥 있는 게 아니라 잘 있고 싶었다. 그러나 지금 동산 위에 올라선 나는 고소공포증이 있는 것도 아닌데 차마 저 아래를 내려다보지 못한 채 고개를 푹 숙이고 있을 뿐이었다.

참 신기하지. 사람들은 모두 자기가 있어야 하는 자리를, 자신이 위치한 좌표를 정확히 알고 그보다 앞으로 나아가기 위해 안달복달했다. 더 나은 집과 더 나은 삶을 향해 갔다. 그러는 사이 나는 더 나은 사람은커녕 더 나인 사람이 되었다.

그러던 어느 날 나는 비로소 내가 있을 자리를 예약했다. 인천발 울란바토르행 이코노미석. 하지만 내 한 달 생활비의 두 배나 되는 비용을 지불하고 마련한 자리는 끝내 내 자리가 되지 못했다. 항공사 직원은 오버부킹이 된 상황을 대수롭지 않다는 듯 안내했고, 혹시 다른 날로 항공권을 변경해도 괜찮겠냐 물었고, 나는 안 된다고 했다. 별이 제일 잘 보인다는 '달 없는 날'에 맞춰서 떠나는 일정이었던 데다가, 무엇보다 내 옆의 애인이 그럼 어쩔 수 없죠 뭐, 하고 아무렇지 않게 반응했기 때문이었다. 난 절대 포기 못 해. 내가 내 돈 주고 산 자리인데 왜 내가 포기해야 해? 나는 말했고 애인은 그런 나를 부끄럽다는 듯 쳐다보았다. 그렇게 우리는 별을 보러 가지 못한 대신 서로를 벽 보듯 했다.

거기 뭐 재밌는 거라도 있나요?

연신 고개를 처박고 있는 내게 호재 씨가 물었다. 그러더니 그는 지금 내가 보고 있는 정확히 그 자리에 백 원이 묻혀 있다고 했다.

　곧장 땅을 파보니 거기엔 진짜 까맣게 변색돼 흡사 똥처럼
보이는 백 원짜리 동전이 묻혀 있었다. 나는 유령이 되면 뭐
든 훤히 들여다보이는 거냐고, 그럼 내가 얼씬도 하지 말라고
한 방에 뭐가 있는지도 다 본 거냐고 물었다. 그런 셈이죠. 호
재 씨가 말했다.

　금방 생각난 건데요.

　호재 씨는 옛날에 가세가 기울기 전 거실 한가운데 커다란
피아노가 있었다고 했다. 그러다 형편이 어려워지면서 피아
노를 처분했고 예고에 진학하겠다던 꿈을 접었고 피아노가
있던 자리에는 흉한 피아노 자국만 남았다고. 부모님은 보기
싫으니까 대충 가려놓으라 했지만 그러고 싶지 않았다고. 빚
때문에 야반도주하기 전까지도 매일 밤 그 자국을 건반 누르
듯 연주했고 그럼 진짜 귓가에 피아노 선율이 들려오는 것 같
았다고.

　근데 그 얘길 갑자기 왜 저한테 해요?

　그냥, 희본 씨한테도 살면서 그런 자국이 하나쯤 있었을까
해서요.

　그렇구나.

　제가 괜한 얘기를 했나요?

　음, 그래도 엄청나게 괜하지는 않았어요.

　사실 나는 알고 있었다. 피아노가 있던 자리에는 피아노 자

국이 남고 누군가 있던 자리에는 누군가의 흔적이 남는다는 걸. 그리고 나로 말할 것 같으면 보기 흉한 자국이 셀 수 없이 많은데도 함부로 갈아버릴 수도 없는 샛노란 장판 같은 사람 이라는 걸. 혼자 살 때도 그랬고 애인과 같이 살 때도 그랬다 는 걸.

비행기표를 허무하게 날리고 몇 주 지나지 않은 무렵이었 다. 주방 겸 화장실에서 요리를 하다 잠깐 손을 씻으려고 수 도꼭지를 틀었는데 손 호스가 아니라 천장 샤워 헤드 쪽에서 물이 뿜어져 나와 기름이 담긴 프라이팬에 튀었다. 너 씻었으 면 물 방향 좀 원래대로 돌려놓으라고 내가 몇 번 말해! 주방 겸 화장실 벽을 향해, 정확히는 벽 너머의 애인을 향해 내가 소리치기가 무섭게 윗집 사람은 바닥을, 아랫집 사람은 천장 을 쿵쿵 두드렸고, 나는 내가 속이 좁은 건 다 집이 좁아서 그 래! 더더욱 크게 소리쳤다.

내가 좁아터진 집에 사니까, 안 그래도 좁아 죽겠는데 너랑 붙어 있느라 더 좁아터진 집에 사니까 내 속도 이렇게 좁아터 진 거라고. 네가 나랑 사는 게 왜 살 만한지 알아? 너 나랑 이 러고 사는 것 같아도 사실 잘살잖아. 마음만 먹으면 언제든 방 넷 화장실 둘 딸린 상암 본가로 돌아갈 수 있잖아. 집도 속 도, 맘만 먹으면 네 맘대로 넓힐 수 있잖아. 돈 주고도 못 살 경험이라고? 그럼 어쩔 수 없이 평생 그런 경험만 하고 사는 사람들은 뭐야? 그 사람들은 뭐가 돼? 그리고 뭣보다, 너한테 나는 뭐야 대체?

얼마 뒤 애인은 잠시 떨어져 있으면서 시간을 갖자고 했다. 각자 시간을 보내는 동안 나는 혼자 잘 먹고 잘 자고 잘 쌌고, 손님이라곤 없는 이불 가게에 출근했다가 저녁이면 꼬박꼬박 퇴근했고, 늦은 밤 혼자 먹기엔 양이 많은 치킨을 혼자 먹다가 철근 누락으로 인해 아파트가 붕괴되었다는 기사에 '순살 아파트'라는 댓글이 달린 걸 보고 훗훗훗, 소리 내어 웃었고, 현장에서 희생된 사람 중 20대 여성 B양이 있다는 추가 보도를 듣고는 진심으로 나를 죽이고 싶었다. 그리고 나는 차마 나를 죽이지는 못한 채, 누군가 금방 그 안에서 빠져나간 것처럼 동그란 형태를 유지하고 있는 이불을, 잔뜩 부풀어 올랐던 솜이 완전히 죽어버릴 때까지 하염없이 주먹으로 내리칠 뿐이었다.

호재 씨는 사는 게 뭔지 아나요?

꼭 쥐고 있던 주먹을 살짝 펴면서 내가 묻자 호재 씨는 덤덤한 얼굴로 아무래도 전 유령인지라 잘 모르겠네요, 했다.

그냥 한번 찍어보기라도 해봐요.

넘어질 수 있는 거? 전 둥둥 떠다니느라 이제 영영 넘어지지도 굴러 자빠지지도 못하니까요.

아하.

소정 씨가 그러는데, 산다는 건 싹수가 노래지는 거라네요. 본인 잎 끄트머리도 지금 약간 노래졌다고. 이게 다 뿌리에

비해 화분이 너무 작고 비좁아서 그렇다고. 집을 못 바꿔 주
겠으면 돌아가자마자 화분이라도 당장 바꿔달라고.

아하.

그 정도쯤이야 일도 아니라고 나는 생각했다. 바꿀 수 있
는 걸 바꾸는 건, 화분이나 흠집을 만들지 않으려고 꼭꼬핀을
꽂다 뜯어져나간 벽지나 떡볶이 국물을 쏟아 빨갛게 얼룩져
버린 장판을 새것으로 바꾸는 건 진짜 일도 아니었다. 문제는
내 힘 내 의지로는 도저히 바꿀 수 없는 것들이었다. 이를테
면 내가 내린 수많은 선택 같은.

애인과 떨어져 있는 동안 나는 혼자 길을 걷다가 머리에 새
똥을 맞았고, 똥을 뒤집어쓴 채 걷다가 오래전 친구 겸 파트
너 사이였던 S와 우연히 마주쳤고, 똥 범벅이 된 몸을 씻는다
는 핑계로 그녀의 집에 발을 들였고, 마침내 속옷 차림으로
서로를 마주한 순간, 그녀는 아무래도 안 될 것 같다며 미안
하지만 그만 돌아가달라고 했다.

어디로?

응?

이제 와서 돌아가긴 어디로 돌아가냐고.

그야 희본이 네 집이지.

하지만 나는 돌아갈 곳이 없었다. 아마 나라는 사람의 평
면도를 그려본다면 거기엔 문이 하나도 없을 거였다. 나는 문
없는 집 같은 사람, 그 집마저 내 명의가 아닌 사람, 진짜 내

것도 아닌 집 안에 꼼짝없이 갇혀서 오도 가도 못하는 사람이었으니까. 옷을 뒤집어 입은 것도 모른 채 밖으로 나와 휴대폰을 확인해보니 애인에게 지금 어디냐는 문자가 와 있었고, 나는 차마 거기에 답을 보내지 못했다. 내가 어디에 있는지 몰라서가 아니라, 너무 잘 알고 있어서.

근데 희본 씨, 지금 어디 계세요?

호재 씨가 내게 물었다.

네?

지금 어디에 있냐고요.

산에 있지 어디 있긴 어디 있어요.

그게 아니라, 마음이 계속 딴 데 가 있는 것 같아서요.

어디요?

네?

딴 데 어디 가 있냐고요.

그야 저도 모르죠.

유령이 돼서 그것도 몰라요?

그건 희본 씨 마음이니까요. 당신 마음의 현주소는 오직 당신만이 알 수 있으니까요.

지는 해가 조금씩 서서히 나를 붉게 물들이는 동안 나는 생각했다. 나는 지금 어떤 마음일까. 어떤 것에 가장 마음 쓰는 사람일까. 죽어서 나흘 동안 유령이 된 애인에게도 마음이라는 게 있었을까. 그건 지금 내 옆의 호재 씨처럼 투명했을까.

너무 투명해서 내 얼굴이 비쳐 보이기도 하는 그 마음속에는 아주 비좁게나마 내 자리도 있었을까. 그랬다면 애인은 왜 죽어서 나를 보러 오지 않았을까. 왜 잠시나마 내 옆에 있다 가지 않았을까. 아니, 나는 도대체 왜 어째서…… 애인이 죽어가던 그 순간 애인을 보고 싶어 하지 않았던 걸까.

무섭다 무서워. 없던 고소공포증이 갑자기 생기기라도 한 건지 나는 저 아래 펼쳐진 풍경을 바라보지 못하고 질끈 눈을 감았다. 그에 반해 높은 데를 무서워한다던 호재 씨는 이렇게 계속 있다 보니까 오히려 별로 무섭지 않은 것 같다면서 희미하게 웃어 보였다.

희본 씨, 그거 아시나요? 세입자한테는 원상 복구의 의무가 있다는 거.

그런데요?

티 안 나게 잘 가려두긴 하셨는데, 자세히 보니까 집 벽지랑 장판이 죄다 망가져 있더라고요.

그래서, 원상 복구해놓으라고요 지금?

아뇨, 애써 그러지 않아도 괜찮다고요.

……정말 그래도 괜찮을까요?

네. 정말 그래도 괜찮을 거예요.

유령한테까지 빚지고 산다는 건 어떤 걸까. 그건 슬프고 처량하면서도 이렇게 마음이 따뜻해지는 일일까. 나는 호재 씨에게 그렇게 살면 안 된다고, 그렇게 착해 빠져서야 어떻게 이

혹독한 세상을 살아갈 거냐고 했다. 그러자 호재 씨는 아주 조금의 자리나마 내 집 마련의 꿈도 이뤄봤겠다, 자긴 이제 삶에 아무런 미련이 없다면서 미소 지었다. 그렇게 흣흣흣, 하고 웃을 때마다 호재 씨는 눈에 띄게 옅어져가고 있었다. 그건 곧 끝이 다가오고 있다는 말이기도 했다.

사실 저 이미 알고 있어요.

뭘요?

원한을 품고서 저를 죽인 범인이 어디 있는지요.

어디 있는데요?

여기, 지금 희본 씨 앞에요.

나는 내 앞에 있는, 너무 투명해져버려 더는 내가 비쳐 보이지 않는 호재 씨를 바라보았다.

저승사자가 그러는데, 죽은 장소에 가서 다시 한번 똑같이 뛰어내리면 도로 살아날 수 있대요. 그런데 막상 여기 이렇게 다시 서니까 도저히 무서워서 안 되겠어요.

아깐 계속 있다 보니까 높은 데도 별로 무섭지 않다면서요.

이제 높은 데는 안 무서운데 사는 게 무서워서요. 그래서 말인데, 저는 이만하면 된 것 같아요.

그 순간 산을 오르던 누군가 안녕! 하고 소리쳤고, 저 멀리서 안녕! 메아리가 울려 퍼졌고, 나는 그게 무슨 소리냐고, 사람도 유령도 다 밥심으로 사는 거니까 일단 뭐라도 먹고 얘기하자면서 앉을 자리를 물색했다. 호재 씨가 사는 게 무서웠다면 나는 먹고사는 게 제일 무서웠으니까. 그리고 호재 씨가 그만 살기로 했다는 건 곧 나의 생계와도 직결된 일이었으니까. 주변을 암만 둘러봐도 마땅한 곳이 없어 나는 제자리에 털썩 주저앉았다. 지면이 울퉁불퉁한 데다가 이름 모를 풀들이 잔뜩 우거져 있어 앉기 적당한 것 같지는 않았지만 지금 내겐 그런 자리나마 감지덕지였다.

나는 이제껏 끙끙대며 짊어지고 온 배낭에서 도시락 통을 꺼내 들었다. 3단 도시락으로 1층에는 밥이 2층에는 김이 3층에는 거의 텅 비다시피 한 용기 안에 와사비가 담겨 있었다. 비록 차갑게 식긴 했지만 밥 위에 와사비를 얹고 그걸 김으로 싸 한입에 먹으니 진짜 별미였다. 매콤하고 알싸한 와사비 향이 코끝을 찌르면 눈물이 핑 돌았고, 그건 지금 내가 슬퍼서가 아니라 와사비 김밥이 눈물 나게 맛있기 때문이었다. 먹어볼래요? 유령인 호재 씨가 뭔가를 먹을 수 있을 리 없다는 걸 알면서도, 사람이라 한들 이런 걸로 배를 채우고 싶지 않을 거란 걸 알면서도 나는 물었다. 그러자 호재 씨는 자긴 안 먹어도 배부르다며 웃어 보일 뿐이었다. 나는 매운맛을 달래기 위해 물 대신 맨밥을 입에 마구 욱여넣었다. 그렇게 조금 시간이 흐르자 거짓말처럼 매운 기가 가셨다.

시간이 지나가고 있다는 것. 내 곁을 지나가는 시간을 단 한 번밖에 살 수 없다는 것. 가끔은 그 자명하고 당연한 사실이 나를 힘들고 아프고 부끄럽게 만들었다. 장례가 끝난 뒤,

사실 그럴 여력도 없으면서 애인의 몫이었던 보증금 절반을 최대한 빨리 갚겠다고 자신했을 때에도 그랬다. 한때 내가 사랑했던 사람을 빼닮은 그들은 전혀 괜찮아 보이지 않는 얼굴로 다 괜찮다고 말하면서 나를 꼭 안아주었고, 그들의 품에 안겨 있는 동안 나는 내가 고작 이런 사람이라는 게 너무나 힘들고 아파서 몸 둘 바를 몰랐다. 그리고 지금 이 순간까지도 어떻게든 호재 씨를 낭떠러지 밑으로 굴러 떨어뜨려서 그를 살려내야 하나, 그렇게라도 내 살길을 모색해야 하나 머리를 굴려대는 내가…… 나는 부끄러워도 너무 부끄러웠다.

호재 씨, 제가 왜 많고 많은 집 중에 하필 그 집을 계약했는지 알아요?

나는 아직 내 곁에 있는 호재 씨에게 물었다.

보증금이 저렴해서요?

그것도 없진 않지만 사실 더 큰 이유가 있어요. 열두 살 땐가 집이 쫄딱 망해버리는 바람에 여섯 식구가 다 같이 이사를 가야 했거든요. 사람답게 사는 건 고사하고 무조건 제일 싼 반지하 단칸방만 보러 다녔는데, 그때마다 부모님이 항상 이렇게 물어보더라구요. 좋은 일로 나가세요? 전에 살던 사람들이 좋은 일로 나가면 앞으로 우리한테 좋은 일이 일어나기라도 할 거라는 듯이. 근데 신기한 게, 단 한 사람도 나쁜 일로 나간다는 소리를 안 하는 거예요. 진짜 좋은 일이 있었던 건지 그렇다고 안 하면 집이 안 나가니까 거짓말을 한 건지 모르겠지만 하나같이 좋은 일로만 나간다는 거예요. 그리고 좋은 일이란 걸 별달리 겪어본 적 없는 어른이 되고 나서 세상에 집이 이렇게 많은데 내가 살 집은 없다는 생각에 속이 까맣게 타들어가는 상태로 마지막 집을 보러 갔을 때, 햇볕을 얼마나 쬐었는지 피부가 온통 새까맣게 타버린 집주인한테 물었거든요. 좋은 일로 나가시냐고. 그때 그 사람이 그랬어요. 여기 사는 동안 좋은 일이라곤 단 한 개도 있지 않았지만, 좋은 일이 있어서 나가는 것도 아니지만, 혹시 여기에 살게 된다면 여기 사는 동안 좋은 일만 있었으면 좋겠다고.

제가 그런 말을 했었나요.

네. 그랬어요.

그랬군요.

그래서 말인데요, 앞으로 호재 씨한테 늘 좋은 일만 있었으면 좋겠어요. 호재 씨의 좋은 일이 저의 나쁜 일이더라도, 호재 씨 앞날에 늘 좋은 일만 있었으면 좋겠어요.

올라올 때는 함께였지만 내려갈 때는 그러지 못할 것 같다면서 호재 씨는 산 중턱까지만 나를 바래다준다고 했다.

근데 말이에요, 희본 씨. 소정 씨가 그러는데 북향도 빛이 안 드는 것도 다 괜찮으니까 꽃이 필 때까지만 버리지 말고 있어달라네요.

언제 피는데요, 꽃이?

4월이라네요.

그럼 자신은 없지만 한번 노력해보겠다고 전해주세요.

역시 희본 씨는 마음이 넓다네요.

아뇨, 원래 마음이 되게 좁은 편인데 실평수가 잘 **빠져서** 그래요.

웃으라고 한 소리인가요?

네. 웃으라고 한 소리예요.

있죠, 언제 기회 되면 제가 화분 하나 선물해드리고 싶어요.

웃으라고 한 소리에 웃는 대신 호재 씨가 말했다.

직접 빚었다는 그 토분이요?

네. 기껏 만들어놓고 정작 아무것도 심어본 적이 없거든요.

고마워요.

근데 아쉽지만 기회가 안 될 것 같아요.

그래도 고마워요.

아무것도 안 먹었는데도 호재 씨가 배부르다 했듯이 나는 아무것도 받지 않았음에도 무언가 건네받은 느낌이었다. 마지막으로 호재 씨는 두 팔을 얇고 가벼운 홑겹 이불처럼 펼쳐 나를 안아주었고, 나는 호재 씨의 포근하고 미지근한 품에 아주 잠깐 신세를 졌다. 이윽고 조금이나마 마음이 가벼워졌는지 한 뼘쯤 더 높이 떠오른 호재 씨가 완전히 사라져버린 뒤에도 누군가의 마음이 내게 닿아 있다는 실감만큼은 오랫동안 사라지지 않고 남아 있었다.

*

한결 가벼워진 배낭과 여전히 무거운 화분과 함께 집에 돌아와보니 어느새 새벽, 어제 같기도 내일 같기도 한 시간이었다. 이 시간에도 윗집은 여전히 개새끼님! 병신새끼님! 존댓말로 부부 싸움을 벌였고 아랫집은 당나귀! 하고 건배사를 외치며 혼술을 했다. 당신과 나의 귀중한 시간을 위하여. 그리고 지금 이 시간 이 마음이 흘러가버리기 전에 내겐 오늘 꼭 해야 할 일이 하나 있었다.

호랑이가 죽어서 가죽을 남기고 사람이 죽어서 이름을 남긴다면 아직 완전히 시들지 않은 소정이 마지막으로 내게 남긴 말은 나는 다정작음나무로 태어났어야 했어, 였다. 다정한 구석이라곤 없는 자신에게 다정큼나무라는 이름은 너무 다정하다고. 나는 주방 겸 화장실에 면한 작은방 문을 열고 들어가 크기가 적당히 크면서도 깊이가 충분히 깊은 토분 하나를 꺼내 들었다. 호재 씨는 아마 잊어버린 것 같았지만, 오래전 내가 이리로 처음 이사를 왔을 때 짐을 두고 가신 것 같다고 연락하자 집주인은 그냥 버려달라 부탁했고 나는 차마 그러지 못했다. 버리기 아까워서라기보다는 버리는 것도 다 돈이었으니까.

화분을 뒤집어 흙을 털어내보니 안쪽이 꽉 차도록 식물뿌리가 촘촘하게 자라 있었다. 이러니 속이 얼마나 좁고 답답했

을까. 나는 조심조심, 뿌리가 다치지 않도록 애쓰면서 소정을
새 공간으로 옮겨 심었다. 곤히 잠든 사람에게 이불을 덮어주
듯 고운 흙을 덮어주었다. 다만 이곳이 그녀에게 아늑하고 편
안한 보금자리가 되어주길 바라면서.

망종

버스를 기다리는 동안 나는 혼자 쌍쌍바를 먹는다. 이 추위에 웬 아이스크림이냐는 미진의 말을 들은 체 만 체하면서. 조금 전 23번 버스는 정류장에 서 있던 우리를 쌩하니 지나쳐버렸다. 손을 흔들지 않았기 때문일까. 아무렴 애타게 손을 흔들었는데도 그냥 가버리는 것보단 나아서 우리는 다음 배차까지 조금 더 기다려보기로 한다. 룩 온 더 브라잇 사이드. 크고 작은 불행이 닥쳐올 때마다 미진은 그렇게 말했다. 밝은 쪽을 봐. 어딘지 모르겠으면 조금 덜 어두운 쪽을 봐. 나는 저 멀리, 머지않아 버스가 코너를 돌며 나타날 길모퉁이를 바라본다. 겨울이라 일출이 늦다. 이내 헤드라이트를 켠 월미도행 버스가 왔고 우리는 까무룩 침을 흘리며 졸다가 창문에 머리를 박다가 종점이라는 기사의 외침에 화들짝 잠에서 깬다.

버스에서 내리자마자 미진은 진짜 모르는 거야, 아님 모르는 척하는 거야? 하고 묻는다. 그게 무슨 소리냐고 되물으니 조금 전 내가 어떤 할머니의 발을 밟았다는 거였다. 머리에 인 고무 다라이처럼 얼굴이 잔뜩 붉어진 할머니가 저 망할 년 얼어 뒤질 년 하면서 내게 손가락질을 했다나.

소리가 그렇게 컸는데도 못 들었냐.

모르겠는데.

그럼 내가 대신 사과하는 것도 못 들었냐.

모르겠는데.

나는 네가 뭔데 나 대신? 하고 덧붙이려다 만다. 오늘 같은 날까지 미진과 다툴 수는 없지. 오늘은 12월의 첫날, 그러니까 할머니의 기일이다.

작년 오늘, 둘이 먹다 하나가 죽어버렸다며 우매 씨는 웃었다. 그건 비유가 아니었다. 월미산 등산 후 막국수 곱빼기를 나눠 먹다 급체한 할머니가 결국 세상을 떴다는 얘기였다. 장례는 최소한으로 치러졌고 나는 육개장을 세 그릇이나 해치웠다. 내가 나빴다기보다는 맛이 나쁘지 않았으니까. 한겨울인데도 우매 씨는 여전히 막국수를 즐긴다고 했다. 이한치한. 진짜 죽여주는 집이 있으니 언제 월미도에 한번 오라고도 했다. 그 언제가 바로 오늘이다.

같은 인천인데 강화도에서 월미도까지는 참 멀구나. 접근

120

성이 떨어져서 그런가 아님 좆 빠지게 추워서 그런가. 암만 둘러봐도 주위엔 사람도 없고 갈매기도 없고 갈매기한테 새우깡 던져주는 사람도 없다. 사람뿐만 아니라 공간도 존버, 존나게 버틸 수 있다면 여기가 딱 그런 셈이다. 망해감을 버티는 담장들 새시들 대문들. 똑같은 길을 몇 번이고 헤맨 뒤에야 우리는 붉은 기와지붕 집 앞에 멈춰 선다. 곧 무너질 듯 낡긴 했어도 사람이 살면서 관리해온 게 분명한 집. 사람 사는 집엔 사람 사는 집만의 분위기란 게 있고 우매 씨는 여전히 여기 살고 있다. 물론 사는 것과 잘 사는 건 다른 문제다.

거기 계셔요? 사자 머리 손잡이가 달린 대문을 밀며 외치자 안쪽에서 대답이 돌아온다.

여기 사람 안 살아!

지난겨울, 할머니가 죽기 전까지 우매 씨는 할머니의 애인이었다. 아홉 살 때인가, 할아버지가 심장 판막 수술 부작용으로 죽고 얼마 뒤 할머니는 자식들을 불러 모았다. 장성한 세 아들과 그들의 처와 자식들이 찌그러진 원 모양으로 둘러앉았다. 나는 창가 구석에 놓인 커다란 녹보수 화분에 기대어 앉은 채로 부산스레 엉덩이를 들썩거렸다. 찌그러진 원을 좀더 찌그러뜨렸다.

이 자식들아. 할머니는 자신의 자식들을 그렇게 불렀다. 수창아 수만아 수철아, 눈에 넣어도 안 아픈 자식들의 이름을 하나하나 입에 담는 대신,

이 자식들아.

진정으로 사랑하는 사람이 생겼다는 할머니의 고백에 이 자식들은 이 자식이 되었다. 수창과 수만이 떠나고 수철만 남았다. 남았다고 하기엔 너무 멀고 무심했지만 어쨌거나 그랬다. 더는 찌그러뜨릴 게 없다는 것. 더는 파괴하고 손상할 무언가가 없다는 것. 그건 내가 살면서 처음 느낀 부끄러움이었고 아주 오랫동안 지속되었다. 죽지도 않고 또 왔다. 어제도 오늘도 아마도 내일도.

잠꼬대였나? 사람 안 산다는 대답이 무색하게 우매 씨는 세상모르게 자고 있다. 것도 웬 젊은 남자애랑 나란히 누운 채로. 둘은 성별도 덩치도 덮고 있는 이불의 꽃무늬도 모두 다르지만 유일하게 같은 구석이 있다면 숨을 쉬지 않는다는 거. 미진이 나 사람 죽은 거 처음 본다, 하고 말할 때에야 둘은 거의 동시에 푸우우, 숨을 내뱉는다. 수면무호흡증. 언젠가 내가 자다가 돌연 죽더라도 일절 터치하지 말라고 미진에게 당부했던 기억이 난다. 암만 가족 간이라도 시신에 지문이 남아 있으면 살인 혐의를 덮어쓸 수 있다는 거였다. 특히 우리같이 법적으로 혼인신고도 뭐도 안 되는 경우엔 더했다. 나는 그걸 경험으로 알지. 내가 밥 먹듯이 클럽으로 팔뚝을 긁을 때마다 미진은 밥 먹듯이 내게 헤어지자고 했다. 앞에서는 하하호호 웃다가 뒤돌아서는 순간 인스타 스토리에 흉진 팔뚝

사진을 찍어 올리는 게 소름 끼치게 무섭다고도 했다. 흡연과
음주와 SNS보다도 눈썹 칼과 클립과 스테이플러를 멀리하
라나. 미안한데 그건 죽어도 안 되겠어. 내 말에 미진은 서럽
게 울었다. 내가 졌다, 졌어. 네 마음대로 하라면서 눈물 콧물
다 짜냈다. 그렇다고 내가 이긴 건 아니었다.

　잠에서 깬 우매 씨는 응 왔냐, 하고 우리를 반긴다. 마치 우
리가 올 줄 알았던 사람처럼. 어느새 해가 중천인데도 집 안
엔 빛이 잘 안 들고 그런데도 우매 씨는 눈이 부시다는 듯 손
차양을 한다.

　일은 어쩌고 왔냐.

　나 아빠가, 오수철 씨가 무인 아이스크림 가게 차려줬잖아
요. 사람 구실 좀 하면서 살라고.

　무인이면 사람이 없냐.

　사람이 없으니까 무인이죠.

　없어서 어째.

　없어도 잘 돌아가요.

　그래도 사람이 있어야 혀.

　그래서 내가 여기까지 온 건가. 돼지바 죠스바 수박바 쌍쌍
바, 우매 씨가 뭘 좋아할지 몰라서 다 가져왔어요. 나는 흰 꽃
다발 대신 챙겨 온, 겨울인데도 조금 녹아 있는 아이스크림을
냉동실에 넣는다. 성에가 잔뜩 낀 냉동실엔 고춧가루와 다진
마늘과 먹다 남은 무가 있지만 거의 텅 비어 있다시피 해서

남겨진 우매 씨의 생활을 모두 간파해버린 것만 같은 기분. 무는 냉동 보관하면 못쓰는데. 나는 그렇게 말하는 대신 묻는다.

우매 씨, 요즘 쓸쓸하겠네요?

쓸쓸하긴 왜 쓸쓸혀.

같이 브이로그 찍을 사람 없어서.

안 그래도 그 뭐냐, 구독자가 좀 줄긴 혔어.

할머니와 우매 씨는 구독자 99명의 커플 유튜버였다. 80대 레즈비언 커플의 일상은 별로 인기가 없고 인기가 없으면 또 없는 대로 욕을 먹는다. 좋아요가 18이면 싫어요도 18. 양쪽의 수치가 똑 떨어진다 한들 그 좋고 싫음이 0으로 상쇄되는 건 아니어서 나는 죽지 않을 정도로만 스스로를 망가뜨리는 습관처럼 싫어요 버튼을 꾹, 꾹, 누르곤 한다.

제일 최근에 올라온 영상은 이태리 황혼 여행기. 최근이라 해봐야 벌써 1년이 훌쩍 넘었지만 영상 속 두 사람은 폼페이에 있다. 비가 왔는지 투명한 우비 차림의 우매 씨가 사진을 찍자고, 돌이 돼 죽은 사람들을 배경으로 사진을 찍자고 브이 포즈를 취하자 할머니는 안 된다고, 그건 진정으로 나쁜 짓이라고 만류한다. 우매 씨는 얼굴이 붉게 달아오르고 할머니는 그런 우매 씨를 달래기 위해 애쓴다. 느린 걸음으로 우매 씨를 뒤따라 걷는다. 비구름이 걷힌 뒤 발뒤꿈치부터 길게 그림자가 드리우면 그걸 밟으면서 한 걸음, 또 한 걸음.

우매 씨의 말대로라면 예나 지금이나 우매 씨의 생활은 딱히 달라진 게 없다. 둘이 하던 걸 혼자 하게 되었을 뿐이라나. 그러나 일일연속극의 막장 전개를 함께 욕하는 것과 혼자 욕하는 것, 막국수 곱빼기를 나눠 먹는 것과 혼자 먹는 것, 구독과 좋아요 버튼 눌러주세요, 멘트를 함께 치는 것과 혼자 치는 건 천지 차이다. 다행이랄 게 있다면 남자애와, 요 앞에 디스코 팡팡에서 디제이로 일한다는 남자애와 함께 살고 있다는 거. 보증금 50에 월세 5. 알고 보니 세입자에 불과한 그는 자기 이름이 곤주라면서, 편하게 곤디라고 부르라 했다. 전역한 지 얼마 안 됐는지 말투는 군대식인데 목소리가 기어들어가듯 작아 나는 그의 말을 가볍게 무시한다.

그가 출근한 뒤 우리는 티브이 앞에 나란히 앉아 아침 드라마를 본다. 얘가 쟤랑 바람을 피웠는데 사실 쟤는 걔랑 그렇고 그런 사이라는 흔해빠진 스토리. 그 숱한 치정이 지겹고 버거워 리모컨 음 소거 버튼을 누르면 티브이는 조용해지고 우매 씨는 시끄러워진다. 내가 그런 게 아니라고 해도 믿어주지 않는다. 급기야 불륜 현장이 적발되기 전 일촉즉발의 순간, 우매 씨는 짝 소리가 다 나도록 내 등짝을 때린다. 에라이 저 인간 말종 같은 놈. 무방비 상태에서 얻어맞은 나는 화들짝 놀란다. 맞아서도 아파서도 아니고 마치 그게 나한테 하는 소리인 것만 같아서. 물론 물어볼 생각은 없다. 그놈이 얘인지 쟤인지 걔인지 아니면…… 나인지.

녹슨 대문에서 출발해 금방이라도 무너질 듯한 적벽돌 담장을 지나 감자밭을 지나 가짜 야자나무가 세워진 모텔 앞을 지나 막국숫집을 지나 산책이라는 걸 해본다. 산책은 리프레시에 좋고 리프레시는 만성적인 우울에 좋다니까. 오늘은 어디에 있어? 얼마 전 트위터에서 한 트윗을 본 이후로 미진은 밥 먹듯이 내게 물어오곤 했다. 쓸데없는 오지랖을 부린다. 어떤 이름 모를 아이가 무릎을 쓰다듬으며 여기에 내 슬픔이 있어, 하고 말한 것처럼 나 역시 슬픔의 기원을 외부로 돌려보라는 거였다. 안에서 밖으로, 약간의 방향 전환이랄까. 예컨대 내 슬픔은 감자밭의 감자 없음에 있어. 모텔 간판의 삐까삐쩍에 있어. 막국숫집의 파리 날림에 있어. 지금은 강풍에, 해도 해도 너무 많이 있어. 나는 슬쩍 걸음을 늦춰 미진의 뒤에서 걷는다.

우매 씨는 어디에 있어요?

휙 뒤돌며 묻자 관절이 시원찮아 한참 뒤처진 우매 씨가 곤란한 표정을 짓는다. 말 못 할 이유 때문이라기보다는 그게 뭐였는지 기억이 안 나서.

내가 이렇게 깜빡깜빡한다. 이래서 늙으면 죽어야 혀.

그래도 늙는다는 건 참 좋다. 늙으면 기억력이 감퇴되고 감퇴되면 잠깐이나마 잊을 수 있다. 매일매일의 우울과 분노와 체념을.

죽는다 죽는다 하니까 갑자기 생각난다면서 우매 씨는 말을 잇는다. 할머니가 그렇게 가버리기 전날 밤 물을 좀 떠다 달라고, 목이 말라 죽을 것 같으니 시원한 냉수를 좀 떠다 달라고 했는데 그날 막국수를 먹자 한 걸 단칼에 자른 게 하도 얄미워서 컵에 가래침을 퉤, 뱉었다는 거였다.

그래서 후회하세요? 미진이 묻는다.

그걸 말이라고 하냐. 침을 고작 한 번밖에 안 뱉은 게 그렇게 후회될 수가 없다. 난들 그게 마지막일 줄 알았나.

그럼 그거 지금 먹으러 갈까요. 내 말에 우매 씨는 오늘은 별로 안 당기는디, 한다. 그러기가 무섭게 휙 뒤돌더니 막국숫집에 들어간다. 여긴 분명 인천인데 간판에는 강릉해변막국수라고 쓰여 있다.

물이랑 비빔 중에 뭐가 더 맛있어요? 내가 물으니 주인아줌마는 자긴 막국수를 별로 안 좋아한다고 이실직고한다. 나는 우매 씨의 추천과 반대로 물막국수를 주문한다. 그런데 기껏 막국수를 먹으러 와놓고 막국수를 제외한 모든 것, 잔치국수와 콩국수와 뜨끈한 수제비가 먹고 싶어지는 건 왜일까. 하긴 언제나 그런 식이긴 했다. 미진이 옆에 있으면 이제 그만 미진을 놓아주면 어떨까. 월미도에 와서는 대체 뭘 하자고 월미도까지 찾아온 걸까. 내 마음을 읽기라도 했는지 미진이 여기 〈생활의 달인〉에도 나온 데래, 속삭인다. 암만 그래도 추위에는 장사 없는지 가게는 파리만 날린다.

5분이나 지났나. 이름대로 막 만들었는지 막국수는 엄청나게 빨리 나온다. 기대한 건 아니지만 맛은 그냥 그러네. 딱히 죽여주진 않네. 무엇보다 살얼음이 동동 뜬 육수를 들이켜고 나니 몸이 으스스해서 뜨거운 막국수는 없냐고 물었는데 아줌마는 말도 안 되는 소리를 한다며 나를 타박한다. 말이 안될 건 또 뭐람. 나는 막국수를 반쯤 먹다 남긴다. 미진은 먹성이 좋지만 남이 남긴 건 안 먹는 주의. 암만 사랑해도 침이 섞이는 건 더럽다나.

근데 왜 막국수에서 메밀 맛이 나지?

메밀 면이니까 메밀 맛이 나지.

내 말은 메밀 맛을 좀 잡았으면 좋았겠다는 거지.

잡을 게 없어서 메밀 맛을 잡냐는 거지.

입맛이 뚝 떨어져 주머니에서 약봉지를 꺼낸다. 하얀 거 한 개, 빨간 거 두 개, 노란 거 한 개. 부탁하지도 않았는데 미진이 잽싸게 냉수 한 잔을 떠 온다. 무슨 약이냐고 묻는다면 우울증약이요, 우울하고 건강하게 말하려 했는데 우매 씨는 아무 관심도 없다.

식곤증 때문인지 약 부작용 때문인지 집에 돌아오자마자 잠이 쏟아진다. 나는 창가 구석에 웅크려 앉아 이불 대신 미진의 롱 패딩을 덮는다. 어떻게든 버텨보려 했는데 졸음은 시도 때도 없이 찾아오는 우울처럼 한 치도 물러날 생각이 없다. 어서 와, 우리 구면이지? 어차피 우울할 거 나는 두 팔 벌

려 환영해보기로 한다. 즐기지는 못해도 피하지는 않는다. 그
리고 잠결에 들려오는 소리들.

할머니 이거 녹보수예요?

아니. 해피트리.

에, 둘이 같은 거 아녜요?

좀 다르지.

그렇구나, 잘 자라요?

왜 줄까?

저 똥손이라 안 돼요.

에이 잘 안 죽어.

죽긴 죽잖아요.

그래도 잘 안 죽어.

깜짝 놀랄 것도 없는데 나는 화들짝 잠에서 깬다.

여기까지 왔는데 디스코 팡팡이나 타러 갈까? 잠결에 문자
미진은 맞지, 그게 여기 명물이지, 한다. 그렇지만 싫다고. 옛
날에 그걸 타다 바닥을 실컷 구른 뒤로 트라우마가 생겼다나
뭐라나. 트라우마는 극복하라고 있는 거야. 나는 그렇게 말하
려다가 만다. 그럼 나 혼자 타지 뭐. 내 말에 우매 씨는 잘됐다
며, 가는 김에 도시락을 챙겨 가면 되겠다고 좋아라 한다. 뭐
가 예쁘다고 세입자 밥까지 챙겨요. 퉁명스레 물으니 우매 씨
는 자식 같은 놈이라며 감싼다. 자식 같다는 건 자식이 아니
라는 것의 반증. 우매 씨는 곧바로 냉장고에서 찬밥과 김치를

꺼내 한데 볶는다. 프라이팬에다 가위질을 해서 팬의 코팅이 벗겨진다. 아니, 원래부터 코팅이 벗겨져 있어서 팬에 가위질을 한 건가. 파기름도 햄도 계란도 다른 재료라고는 일절 들어가지 않았는데 한눈에 봐도 간이 전혀 안 된 것 같았는데 우매 씨는 그걸 한입 크게 넣더니 말한다.

나쁘지 않다.

배달 가는 길. 나는 미진의 주머니에 손을 넣고 미진은 내 주머니에 손을 넣는다. 시선이 느껴져 고개를 돌려보니 누군가 뚫어져라 우리를 쳐다보고 있다. 나는 미진의 주머니에서 꺼낸 동전 하나를 불구 걸인 앞에 놓인 깡통에 집어넣는다. 저거 진짜라고 생각해? 미진이 바닥에 너부죽이 엎드린 남자를 가리키며 말한다. 내가 어디서 봤는데 다리가 있는데도 일부러 없는 척하는 사람이 있다더라. 그러니까 양다리를 교차한 뒤에 어찌어찌 바지를 입으면 멀쩡하게 있는 다리가 감쪽같이 없는 것처럼 보인다더라. 굳이 그렇게까지 하는 사람이 있다며 미진이 쯧쯧 혀를 찬다.

사람이니까 그럴 수도 있는 거 아닌가. 내가 말하자 미진이 그런가, 한다. 그 말 하나면 뭐든 오케이다. 그야말로 만능. 사람이니까 욕도 하고 존버도 하고 자해도 한다. 나는 한술 더 떠서 그럼 진짜냐고 한번 물어보지 그래? 하고 묻는다. 그런 사람이니까, 나는.

그러다 진짜 없으면 어떡하라고.

그럼 완전 인간 말종 되는 거지.

인간 말종?

응응, 말종 중의 말종.

발음이 귀엽다며 실없이 웃는 새에 목적지에 도착한다. 비교 불가. 느낌이 다른 원조! 미진이 디스코 팡팡 현수막에 적힌 글씨를 따라 읽으면 나도 그런 미진을 따라 읽는다. 기구에는 사람 새끼도 개미 새끼도 갈매기 새끼도 없다. 우리는 녹슨 철제 계단을 밟고 올라가 부스 문을 두드린다. 작은 창이 있긴 하지만 안은 들여다보이지 않는다. 여기 밥. 살짝 열린 문틈으로 도시락을 건네고 돌아서려는 순간 곤디가 모기오줌만큼 작은 소리로 미진과 나를 붙잡는다. 붙잡힐 생각이라곤 일도 없었는데 순진한 미진이 도로 몸을 튼다. 바보 같은 자식.

몸 좀 녹였다 가래서 들어왔는데 개뿔, 부스 안은 냉동고가 따로 없다. 좁아터진 데다 의자도 달랑 하나뿐이라 처음에는 곤디가 앉고 그다음엔 미진이 앉고 마지막으로 내가 앉는다. 공평하게, 3분씩, 칼같이. 그렇게 몇 번을 반복한다. 이게 뭐 하는 짓이람. 멋쩍어진 나는 보온 도시락 뚜껑을 열어 그에게 내민다. 아직 뜨거운지 통 안에서 모락모락 김이 피어오른다.

그런데 누님들은 식사하셨습니까?

요 앞에서 막국수 먹었지.

거기 아주머니는 손맛은 참 좋은데 반찬을 재활용하지 말입니다.

미진이 그 아줌마 완전 쓰레기네, 〈생활의 달인〉에도 나왔다더니 순 사기네, 맞장구를 치는 동안 왜일까 나는 조금 화가 난다. 그럴 수도 있는 거 아닌가. 사람이니까 그럴 수도 있는 거 아닌가. 내가 속으로 씩씩대는 동안 곤디는 숟가락으로 볶음밥을 크게 한입 떠먹는다. 순간 밥풀 한 알이 그의 맨투맨에 떨어진다. 하필이면 흰색. 그냥 떼어내면 될걸 굳이 문지르듯 닦아 빨갛게 얼룩이 지고 만다. 지지다, 지지.

집에 돌아오니 우매 씨는 혼자 연속극을 보고 있다. 티브이가 고장 났는지 아님 수신 오류인 건지 자꾸만 화면이 지지직, 종으로 횡으로 번지는데도 아랑곳 않고. 화면 속 배우들의 모습은 조금씩 옆으로 늘어나 기이해 보인다. 미진과 나는 우매 씨의 옆에 나란히 쭈그려 앉는다. 애가 소리치자 쟤는 더 크게 소리치고 개는 둘이 다투는 걸 가만 보고만 있는다. 상황이 꽤나 심각해 보이는데도 우매 씨는 뭐가 그리 웃긴지 계속 웃기만 한다. 저놈들 사랑놀음하는 것 좀 봐라. 아주 좋을 때다. 그런 뒤 티브이가 이상하다면서 눈을 비빈다. 눈두덩을 꾹꾹 누른 뒤 두어 번 눈을 끔뻑인다. 말과 행동이 따로 논다. 보다 못한 내가 티브이 몸체를 탁, 탁, 힘주어 두드리자 소리가 나왔다 안 나왔다 한다. 그러거나 말거나 우매 씨는 티브이만 보고 나는 그런 우매 씨가 꼴 보기 싫고 별안간 미진은 여기 모기가 있네, 한다. 물리기라도 했는지 살이 빨개지도록 고집스레 팔뚝을 긁는다.

많이 간지러워?

보면 몰라?

이리 줘봐.

나는 미진이 순순히 내놓은 팔뚝에 열십자로 손톱자국을 남긴다. 이게 뭐 하는 짓이냐며 미진이 질색한다.

민간요법이지 뭐야.

왜 침은 안 바르고.

언제는 더럽다며.

그땐 그때고 지금은 지금이지 뭐야.

참 나. 손가락에 침을 묻히고 싶지 않아 나는 혀끝으로 직접 물린 부위를 핥는다. 사실 전혀 괜찮지 않은지 미진이 움찔한다. 이제 좀 낫지? 내 말에 미진은 잠시 고민하다가 그런 것 같다고 한다. 기분 탓인지 아님 가려움이 옮았는지 나는 좀 전의 미진처럼 온몸을 마구 긁는다. 긁지 않고는 못 배겼다. 이 망할 놈의 사람 잡는 모기 새끼 족집게로 다리를 하나씩 뜯어버려야지 제일 고통스럽게 죽여버려야지. 귀가 다 간지럽도록 미진이 앵앵대는 동안 나는 팔을 커다랗게 휘둘러 주먹을 쥐어 보인다. 잡았다. 왜일까 그런 나를 보며 미진은 금방이라도 울 것 같은 얼굴이 된다.

뭐 하는데. 그러지 마라.

왜.

그냥 그러지 마라.

주먹을 더 꽉 쥐자 미진이 말없이 나를 노려본다. 짐짓 분위기가 심각해진다. 다 뻥이야 뻥. 잡긴 뭘 잡냐. 이 엄동설한에 모기가 있긴 어딨냐. 나는 살짝 땀이 밴 손바닥을 쫙 펴 보이면서 진짜 아무것도 없다는 걸 확인시켜준다. 그런 뒤 좀 전에 허공을 후렸던, 어쩌면 잠시 무언가 쥐었을지도 모를 내 손을 오래도록 바라본다. 이놈들 사랑놀음하는 것 좀 봐라. 좀 전까지 티브이를 보던 우매 씨가 우리를 보며 외친다. 더는 아무것도 죽일 게 없어서 나는 조용히 숨죽인다.

손을 깨끗이 씻은 뒤 냉동실에서 무를 꺼낸다. 해동이 덜 됐는지 무를 자르다 손을 베였지만 아무도 모르는 눈치. 상처가 깊지 않아 피는 금방 멎는다. 편수 냄비에 물을 받은 뒤 다진 마늘과 해동되지 않은 무와 고춧가루 한 숟갈을 넣고 한소끔 끓인다. 살아생전 할머니는 물을 먼저 끓인 뒤 다진 마늘과 무와 고춧가루를 넣었지만 뭇국이 뭐 별건가. 들어갈 거 다 들어갔겠다 그저 푹 끓이기만 하면 뭇국, 다 같은 뭇국.

밥 먹어요. 밥이 다 되기도 전에 나는 우매 씨를 부른다.

이따가.

이따가 언제요.

이따가, 이따가.

국이 졸아들어 냄비에 물을 더 부을 때에야 일일연속극이 끝난다. 그렇지만 내일도 계속되겠지. 소리를 지르느라 목이 남아나질 않을 거고 그 와중에 남는 게 있을 거고 남은 것은 다시 남아나질 않겠지. 스포츠 중계로 인해 내일은 결방이라는 안내 자막이 화면 하단을 훑고 지나간다. 읽을 수 있을 정도로만 글자가 뭉개진다.

밥 먹어야죠, 우매 씨. 소반에 밥과 국을 담아 내가자 우매 씨는 바닥에 쭈그려 앉은 채로, 그렇지만 허리를 꼿꼿이 편 채로, 반찬도 없이 국에 밥을 말아 먹으면서 어쩌면 밥에 국을 말아 먹으면서 땀을 뻘뻘 흘린다. 얼굴이 온통 땀으로 범벅이 됐는데도 아 시원하다, 한다.

뜨겁지 않고요?

글쎄 시원하다니까.

왜 뜨겁지 않고요.

너는 안 먹냐?

나는 우매 씨가 먹는 것만 봐도,

배부르냐?

입맛이 뚝 떨어져요.

우매 씨가 웃는다. 웃느라 밥알이 튀고 바닥에 튄 밥알을 손으로 집어 먹는다. 그러면서 웃음을 참는다. 웃음을 참느라 밥알이 튀고 바닥에 튄 밥알을 손으로 집어 먹는다.

9시 30분. 이제 잘 시간이라며 우매 씨가 이부자리를 깐다. 넷이 나란히 누울 수 있는 자리를 만들면서, 분홍과 연두와 하늘과 미색의, 이름 모를 꽃들이 난분분하게 수놓아진 이불을 펼치면서 당부한다. 자기가 숨을 쉬지 않아도 그냥 그러려니 하라고. 알겠냐고 묻기에 나는 알겠다고 한다. 가끔은 이불처럼 부드럽고 따뜻하고 폭신하고 날카로운 구석이라곤 없는 사물에도 살을 베일 것만 같다. 불을 끈 뒤 잠이 오지 않아 멍하니 누워 있는데 인기척이 느껴진다. 누구세요. 쥐 죽은 듯 묻자 전데요, 어둠 속에서 누군가 응답해온다. 저가 누군데. 곤주요. 그는 씻지도 않고 이불 위에 쓰러지듯 눕는다. 사람보다는 커다랗고 단단하고 무게가 나가는 물체를 바닥에 내동댕이칠 때 나는 소리에 가까워서 나는 조금 놀란다. 분명 무언가 우지끈 부서지는 소리가 났지만 모른 체한다.

이렇게 다 같이 자는 거 안 불편해?

아주 잠깐의 정적 뒤 그는 고독사하는 것보다는 낫잖아요, 한다. 위로 누나가 셋이라 익숙하다고도 덧붙인다.

근데 내일도 여기 계시는 겁니까?

지랄.

잘 못 들었습니다?

지랄.

아. 누가 허벅지를 밟아서 잠에서 깬다. 진짜 모르는 건지

모르는 척하는 건지 우매 씨는 신경도 안 쓰는 눈치. 일어나자마자 뭘 하나 했는데 우매 씨는 휴대폰으로 지도를 보고 있다. 익숙하다는 듯이 인천시 중구 북성동 1가, 주소를 찍자 어제 내가 지나온 거리의 풍경이 한눈에 펼쳐진다.

이것 좀 봐라.

뭐를요?

도통 무슨 소리인지 모르겠다는 표정을 짓자 우매 씨는 화면 구석, 샛길로 길게 뻗은 그림자를 가리키며 말한다. 여기 이게 네 할미다. 길이라고 부르기에도 뭐한 길이라 위성 뷰를 제공하지 않아서 그렇지만, 그랬다 치더라도 초상권 때문에 철저하게 모자이크가 돼 있었지만 할머니가 확실하다면서. 아침 댓바람부터 이게 무슨 얼토당토않은 소리인가 싶으면서도 나는 그렇구나, 이게 할머니, 아니 할머니의 그림자구나, 고개를 끄덕인다. 내가 죽어도 누군가 내 그림자를 알아봐주려나. 그런 쓸데없는 생각이나 하면서.

오늘은 너한테 있어. 언제 깼는지 오늘도 어김없이 물어오는 미진에게 하는 말. 미진은 잠을 잘못 잤는지 삭신이 쑤시다며 앓는 소리를 낸다. 내 몸이 내 몸 같지가 않다면서 기지개를 켠다. 부럽네, 네 몸이 네 몸 같지 않아서 진심 부럽네. 내가 이불을 개키는 동안 미진은 꼼짝도 하지 않는다. 오늘 날씨 진짜 죽여준다. 창밖이 저렇게나 흐린데 나는 나도 모르게 거짓말을 한다. 빨리 일어나. 미진은 굴하지 않고 좀만 더 있다가, 한다. 우리 조금만 더 이렇게 있자. 5분만, 아니 1분만.

조금 더 이렇게 있는다고 뭐가 달라지냐. 나는 그렇게 말하려다 만다.

바람이 너무 많이 불어서 꼬챙이에 꽂힌 감자가 날아간다. 그래서 회오리 감자인가 봐. 마음이 통했는지 미진과 나는 동시에 웃는다. 간만이다. 사면이 바다라서 이렇게 추운가. 미진의 말에 나는 그게 아니라고, 월미도는 삼면이 바다라고 정정한다. 옛날에 일제강점기 때 펄을 메워서 육지가 된 지 오래라고. 그래서 우리도 배가 아니라 버스를 타고 왔잖아. 종점인데 안 내린다고 기사가 우리한테 막 화를 냈잖아. 싹 난감자 도려내듯 봤잖아. 아, 춥다. 내 말 한마디에 미진은 어디론가 허겁지겁 달려가 핫 팩을 사 온다. 나는 왜 쓸데없는 짓을 했냐며 미진에게 면박을 준다. 그래도 성의를 봐서 이리 줘봐, 한다. 비닐 포장을 뜯고 마구 흔들면 손바닥에 열기가 전해져온다. 손바닥보다 작은 핫 팩에서 손바닥보다 작은 열기. 원리가 궁금하지만 굳이 찾아보지는 않는다. 너무 알려고 들면 다치니까.

언젠가 몸에 핫 팩을 붙인 채로 잠들었다가 크게 화상을 입은 적이 있다면서 미진이 웃는다. 화상 부위가 미친 듯이 가려워 병원에 갔더니 의사는 상처가 낫고 있다는 증거니까 아주 좋은 현상이라면서 마구 간지럼을 태웠다고. 진짜 웃기는 사람이었다고. 응응 진짜 웃기네, 배꼽 빠지네. 우리는 여전히 손님이라곤 없는 디스코 팡팡에 가서 똑똑, 부스 문을 두드린다. 살짝 열린 문틈으로 핫 팩을 건넨다. 오다 주웠어. 아직 뜨거워. 안 그래도 추워 죽는 줄 알았다며 곤디는 잽싸게 핫 팩을 건네받는다.

오, 나쁘지 않지 말입니다.

응?

이거 핫 팩이요. 나쁘지 않다구요.

그는 자꾸만 나를 오해한다.

한번 타보실래요? 공짜로 태워준다고 하기에 나는 좋다고 한다. 무서우면 너는 안 타도 된다고 했는데 혼자 타면 무슨 재미냐면서 미진이 내 손을 꼭 잡는다. 정말 괜찮냐고 묻자 정말 괜찮다고 장담을 한다. 매뉴얼대로라면 최소 다섯은 타야 하는데 그래야 손해가 아니라는데 곤디는 들키면 사장님한테 혼나지 말입니다, 하고 서두른다. 우리는 기구가 작동하기 전부터 안전 바를 꼭 쥔다. 자 신나게 한판 놀아볼까요. 마이크 때문인지 그의 목소리는 평소와 비교도 안 되게 크다. 빠른 비트의 음악에 맞춰 기계가 좌로 우로 회전하면 나와 미진도 좌우로 빙글. 몸이 자꾸만 위아래로 양옆으로 들썩여서 내 몸이 내 몸 같지가 않네. 그만 멈추라고 소리치고 싶은데 맘이 맘 같지가 않네. 손잡이를 쥔 손에 힘이 빠지고 마침내 나는 자리를 이탈한다. 꽉 잡아. 미진이 내게 뻗은 손을 잡았다가 놓는다.

쇠비린내. 손잡이 좀 잡고 있었을 뿐인데 손에서 쇠비린내가 나. 자꾸만 중얼거리는 미진에게 나는 말한다.

나한테도 너 냄새 나.

테마파크 뒤쪽으로 난 길을 따라가면 야트막한 둘레길이 나온다. 급체로 세상을 뜨기 불과 몇 시간 전까지 할머니가 우매 씨와 함께 걸어 올랐을 길. 속이 울렁거려 중간중간 멈춰 서느라 나는 미진보다 한참 뒤처진다. 죄다 뻥이었나? 트라우마가 있다던 미진은 멀쩡하다 못해 쌩쌩하다. 정상까지는 108미터. 산행이라고 치기엔 조금 민망한 높이인데도 왜일까 숨은 계속 차오른다. 코로 입으로 후후하하 숨을 들이쉴 때마다 투명하게 찬 공기가 몸속까지 번져온다. 굼벵이냐? 내가 뒤따라오지 않아 걱정됐는지 미진이 왔던 길을 되돌아온다. 어제 본 걸인 아저씨를 좀 전에 저기서 봤다면서, 저기서 아저씨가 야호, 하고 소리치는 걸 똑똑히 봤다며 떠들어댄다. 분명 그 사람이 맞았다고. 소리가 그렇게나 컸는데 아무것도 못 들었냐고. 내가 다리는? 하고 묻자 미진은 어리둥절한 표정을 짓는다.

다리?

다리는 있었냐고.

그게 있는 것 같기도 하고 없는 것 같기도 하고.

나는 없었으면 했다. 추위를 추위로 더위를 더위로 다스리듯, 부끄러움으로 부끄러움을 넘어설 수 있도록.

정상까지 오르는 대신 우리는 전망대에 멈춰 선다. 날이 좋으면 실미도나 팔미도까지도 볼 수 있다는데 날은 좋지도 나쁘지도 않다. 저기 저거 아니냐. 나는 미진의 손끝에 닿은 저기 저거를 바라본다.

저기에 있다.

응응 저거다.

아니다 저건가.

응응 저거다.

저쯤이 우매 씨 집이려나.

응응 저거다.

미진이 저 멀리 흐릿하게 보이는 인천대교를 두고 인천대교네, 하는 동안 나는 살짝 젖은 벤치에 앉아 숨을 고른다. 부재중 전화가 찍혀 있어서 전화를 건다. 아는 번호면 안 받고 모르는 번호면 받는데 모르는 번호다. 그래서 나는 미진의 번호가 없다.

여보세요.

내가 왜 네 여보냐.

누구신데요?

누구긴 누구야. 이리로 전화하라며. 기계가 돈을 먹었잖아, 씨발. 당장 튀어 와서 뱉어내라.

그때 미진이 내 휴대폰을 뺏는다. 그럼 기계니까 먹지 사람이면 먹겠냐 이 새끼야. 그런 뒤 일방적으로 전화를 끊는다. 그런데 정말 그런가. 나는 괜히 억울해졌다가 종내에는 잔뜩 화가 나서는 미진에게 네가 뭔데 나 대신 전화를 받냐고, 왜 그런 짓을 해서 굳이 먹지 않아도 될 욕을 처먹냐고 성을 낸다. 우리는 남남이고 법적으로 가족도 연인도 아니고 냉정하게 말해서 언제든 갈라설 수 있는 사인데 대체 왜 그러는 거냐고.

이제 말 다 끝났냐? 곱게 서리가 내려앉은 전망대 난간을 붙잡으며 미진이 말한다. 모름지기 산을 탔으면 야호, 소리를 크게 내질러야 하는 게 아니냐면서. 그게 무슨 뜬딴지같은 소리야. 내가 딴지를 걸기도 전에 미진은 야호! 하고 소리친다. 소리치는 건 미진인데 나는 내 안에서 무언가 조용히 빠져나가는 걸 느낀다.

산 위에서는 왜 더 추울까. 해랑 이렇게나 가까이 있는데 왜 그럴까. 아무런 말도 아무 기적도 없이 나는 미진의 그림자를 밟고 선다. 발끝으로 심장께를 꾹 밟은 채로, 입김을 쥐어보려 손을 뻗는다.

돌아가는 길엔 미진이 앞장선다. 길 같지도 않은 길. 가로등도 없고 젖은 낙엽이 뒹굴고 얼굴에는 자꾸 거미줄이 걸린다. 아씨. 내가 멈춰 서자 플래시 불빛에 의지해 걷던 미진도 뒤돌아선다.

왜?

그냥 거미줄 걸렸다.

거미줄 떼어내는 시늉을 하면서 나는 동그랗게 환한, 우리
가 지나가고 나면 언제 그랬냐는 듯 다시 어두워질 길을 내려
다본다. 왜 낯이 익지 했는데 우매 씨가 아침에 보여줬던 바
로 거기다. 나는 미진의 등을 쿡쿡 찌르면서 저기 보이냐, 하
고 묻는다. 보이긴 뭐가 보여. 그렇게 말할 줄 알았는데 미진
은 보인다고, 저기 뭔가가 있다고 대답한다.

보이긴 뭐가 보여.

끝이 보인다, 끝이.

집에 돌아오기가 무섭게 우매 씨는 막국수를 먹자고 한다.
또요? 내 말에 우매 씨는 너도 하루에 몇 번씩 약 먹더구먼,
빛깔이 아주 알록달록하더구먼, 정곡을 찌른다. 구독자 99명
의 유튜버답게 카메라 앞에 선 우매 씨가 면을 삶는 동안 나
와 미진은 채소를 준비한다. 당근을 까고 양배추와 오이를 채
썰고 깻잎 꼭지를 딴다. 손을 베일 뻔한 순간이 여러 번. 손가
락 말고 채소를 잘라야 되는 거 알지? 위험하게시리 미진이
내 등짝을 때린다. 맞은 자리에 얼얼하게 열기가 오른다. 미
진의 손이 뜨거워서 그런 건지 마찰 때문에 순간적으로 열이
오른 건지 알 수 없다.

이리 내놔봐라. 그래서 언제 다 되겠냐며 우매 씨가 말한다.

가만히 좀 계셔요.

나 죽기 전까지 다 되는 거냐.

우매 씨가 죽긴 왜 죽어요.

죽을 때 되면 죽어야지.

그럼 딱 여든셋까지만 살다 가세요.

나는 올해 우매 씨가 여든셋이라는 걸 안다.

6월에 태어난 우리는 다 삶아진 면에 미리 손질해둔 채소와 양념장을 넣고 한데 섞는다. 너무 되니까 사이다를 넣어서 농도를 좀 잡아봐라. 우매 씨의 말에 나는 그런 건 듣도 보도 못했다며 딴지를 건다. 인천에서는 그렇게 안 하는데.

여기도 인천인데 무슨 소리냐. 우매 씨가 말한다.

티격태격하는 사이 어느새 저녁 시간은 한참 지나 있다. 정성껏 만든 막국수를 남김없이 비운 뒤에야 우매 씨는 면의 유통기한이 이틀이나 지났다며 노발대발한다. 이미 지난 일을 어쩌겠냐며 체념하면서도 이 망할 여편네가, 얼어 뒤질 여편네가, 하고 구시렁댄다. 꼿꼿이 허리를 펴고 앉은 채로 망해라, 망해라, 그래도 적당히 망해라. 나는 고작 그게 다냐면서 우매 씨를 타박한다.

우매 씨는 좀 더 나빠질 필요가 있어요.

그럼 조금만 더 망해라.

애개개.

아주 얼씨구 망해라.

144

애개개.

어떠냐.

그게 뭐라고 한참을 고민한 끝에야 나는 입을 연다.

나쁘지 않았어요.

후식은 팥빙수. 춥다고 옷을 껴입은 곤주가 팥빙수를 먹자
해서 좋다고 한다. 제빙기가 없어 우유 팩을 살짝 얼리고 그
걸 깨부술 포크가 없어서 숟가락을 쓴다. 우매 씨가 비녀 대
신 애용하던 방짜 숟가락을 깨끗이 씻은 뒤 힘껏 휘두른다.
찌그러진 양은 냄비에 크고 작은 얼음 조각들을 쏟는다. 근데
팥이 없네. 그래서 쌍쌍바를 잘라 넣는다. 팥이라곤 하나도
찾아볼 수 없지만 어쨌거나 팥빙수. 한번 응용해볼까. 미진이
없으면 미진이 없는 대로 우매 씨가 없으면 우매 씨가 없는
대로 나는 나대로. 이기지도 지지도 못하면 이기지도 지지도
못하는 대로.

팥빙수를 먹다 말고 곤주는 곧 디제이를 그만둘 예정이라
고 한다. 이제 그만 고향으로 돌아갈 생각이라나. 고향이 어
딘데? 내가 묻자 곤주는 강화도요, 한다. 강화도 어디? 갑곳
리 근처요. 나는 갑곳리 어디? 하고 되묻는 대신 나도 거기 가
본 적 있는데, 한다. 거기 아이스크림을 아주 잘하는 집이 있
다고. 그러자 곤주는 아이스크림을 암만 잘해봐야 아이스크
림 아닙니까, 그 달고 시원하고 머리가 땅한 게 결국 다 공장
에서 온 거 아닙니까, 하면서 헛헛헛 웃는다. 목이 아픈지 간

헐적으로 가래 끓는 소리를 내지만 뭔가를 뱉어내지는 않는다. 말하자면 잘린 셈이지 말입니다. 그러면서 그는 꼴깍, 침을 삼킨다. 만성 편도염. 편도선이 부으면 다시 원상태로 돌아가야 하는데 부기가 빠져야 하는데 빠지지 않으면 수술로 떼어내야 하는데 떼어내지 않으면 잘 때 숨이 잘 안 쉬어지고 떼어내려면 근무 시간 조정이 불가피한데 사장은 아프려면 미리 말을 하고 아파야지 왜 네 맘대로 아프냐는 둥 막무가내로 화를 내면서 그만두라 했다고.

보증금은 천천히 주셔도 됩니다. 그가 말하자 우매 씨는 못 줘, 한다. 어리광을 피우듯 못 줘, 죽어도 못 줘. 이럴 때 보면 애나 어른이나 다를 바가 없다. 나는 늙어서 우매 씨처럼 살고 싶지 않다. 그 나이까지 존나게 버텨야 한다니, 생각만 해도 끔찍해서 팔뚝을 긋고 싶어진다.

여기 봐라. 나는 아아아, 입을 벌리면서 내 목구멍을 보여 준다. 나도 옛날에 편도선을 떼어낸 적이 있다. 그래도 살아가는 데 아무런 지장이 없더라. 심장이나 간이나 폐 같은 거랑은 다르더라.

근데 돌려달라고 하니까 안 주더라고.

뭐를 말입니까?

곤주가 말한다.

편도선을.

그거 가지고 뭐 하려고?

미진이 말한다.

꼭 뭐를 해야 되나?

꼭 그런 건 아니어서 우리는 동그랗게 둘러앉아 팥빙수를
먹는다. 각자의 앞접시에 각자의 팥빙수를 덜어 먹는다. 차갑
다. 나는 아무도 눈치채지 못할 만큼 조심조심 엉덩이를 들썩
인다. 최대한 부산스럽게 최대한 나답게, 그렇게 무던히 애쓰
는 와중 발각되고 만다.

가만히 좀 있어봐라, 이 자식아.

푹 젖었다 마른 낙엽 같은 손으로 우매 씨가 내 등짝을 때
린다. 하나도 아프지 않은데 왜일까 눈물이 다 난다.

녹슨 대문에서 출발해 금방이라도 무너질 듯한 적벽돌 담
장을 지나 감자밭을 지나 모텔 앞 가짜 야자나무를 지나 막
국숫집을 지나, 우리는 테마파크 쪽으로 향한다. 삼삼오오 모
여든 사람들이 허공에 폭죽을 쏘아 올리는 걸 보면서 걷는다.
시시하네. 미진의 뒤에서 내가 말하면 시원찮네, 내 뒤에서
우매 씨가 말한다. 곤주는 저만치 뒤에서 혼자 밤바람을 맞는
다. 환한 녹색 불이 들어온 등대로를 지나는데 우매 씨가 사
진을 찍어주겠다고 한다. 여길 또 언제 와보겠냐면서 둘이 한
번 서봐라, 집요하게 부추긴다. 한사코 됐다고 해도 좀처럼
물러나지 않아 우리는 마지못해 함께 선다. 바닥의 나무 덱이
비스듬히 경사져 있어 키가 나란해진다. 까맣게 펼쳐진 바다

를 배경으로 브이, 억지웃음을 짓는데 수평을 땅에 맞춰야 할지 바다에 맞춰야 할지 모르겠다며 우매 씨가 곤란한 표정을 짓는다. 그러면서 우매 씨는 옛날에 이태리에 갔을 때 이야기를 한다. 피사의 사탑인가 뭔가를 보러 갔는데 아주 전쟁 통 피난길이 따로 없었다고.

들어봐라. 하도 유명하다니까 살면서 다시 올 일 없다는 걸 아니까 땀이 다 날 정도로 부지런히 사진을 찍었지 뭐냐. 근데 돌아오는 기차에서 찍은 사진들을 보는데 글쎄 탑이 일절 기울어져 있지가 않은 거다. 무너질 듯 말 듯 아슬아슬 기우뚱한 걸 보려고 그 위태로운 걸 보겠다고 거기까지 간 건데 그게 명물인데 글쎄 그걸 제 맘대로 다 똑바로 바로잡아서는.

울화통이 터진다는 듯 우매 씨가 주먹으로 가슴을 두드릴 때 허공에 폭죽이 터진다. 멀리서 우오오, 함성이 들려오지만 금세 잦아든다. 이제 시작인 줄 알았는데 맥없이 끝나버린다. 우리는 기어코 뭔가를 확인받고 싶은 사람들처럼 뭐야 끝났나, 진짜 끝난 건가, 서로에게 거듭 되묻는다.

우두커니 한참을 서 있고 난 뒤에야 우리는 이제 그만 돌아가기로 한다. 근데 그냥 가기는 좀 아쉽네. 미진의 말 한마디에 모두 기다렸다는 듯 대관람차 쪽으로 걸음을 옮긴다. 야경볼 생각에 신이 난 미진에게 나는 월미도는 야경이랄 게 없다고, 야경이라 부르기엔 부끄러운 수준이라고 말해주지 않는다. 매표소에서 티켓을 샀는데 검표원은 이제 운행 시간이 끝났다며 손을 내젓는다. 아직 4분이나 남았는데, 9시 56분밖에 안 됐는데 끝나긴 뭘 끝납니까. 곤주가 따지고 들자 그는 마지못해 우리를 들여보내준다. 관람차가 아주아주 느리게 움직여서 그런지 두려움은 배가된다. 사람이니까 높은 곳을 무서워할 수 있고 나는 높은 곳보다도 나 없이 남겨질 미진이 더 무섭다. 우리는 한참 동안 아무 말도 하지 않는다. 바이킹이나 롤러코스터처럼 스펙터클한 긴장과 함성은 없지만 그보다 무서운 침묵. 관람차 안은 온통 낙서로, 수많은 날짜와 이름과 찌그러진 하트 들로 빼곡하다. 바래고 흐릿해진 글씨 위에 다시 쓴 글씨들. 사람들이 펜을 갖고 다니는 게 신기하지 않냐는 미진의 말을 들은 체 만 체하면서, 나는 바깥 풍경을 가리킨다. 눈을 질끈 감은 채로, 뭐가 있는지 잘 모르겠지만 저기 저거 좀 보라니까요.

어느덧 정상에 오른 관람차는 다시 하강하기 시작한다. 나는 창보다는 작고 숨구멍보다는 큰 구멍에다 대고 야호, 작게 소리친다. 저 아래에 있는 누군가 들어주기를 바라면서, 적어도 미진만은 그러기를 바라면서,

야호.

관람차에서 내리자마자 기다렸다는 듯 조명이 꺼진다. 꺼지기 직전의 빛은 얼마간 눈부시고 나는 어둠 속에서도 잘 보고 걸을 자신이 있다가도 없고 없다가도 더 없다.

뭉근한 피로가 몰려와 집에 돌아오기가 무섭게 뻗어 눕는다. 이불을 머리끝까지 덮은 뒤 후후하하 숨을 내쉬면서, 나는 이제 돌아갈 때가 되었다고 생각한다. 인천에 돌아가면 정말 미진을 놓아줘야지. 나보다 덜 우울하고 덜 나쁜 사람을 만나. 그렇게 말해줘야지. 그래봐야 미진 하나쯤, 사람 없이도 잘 돌아가는 세상이니까 아무 걱정 없다.

깜빡 졸았구나, 생각하는데 미진이 나를 부른다.

한아야, 일어났냐?

아무 소리도 안 들려서 깼어.

그랬더니 미진이 이상하네, 하면서 웃는다. 보통 무슨 소리가 들려서 깨는 게 정상 아니냐고. 그런가, 그게 또 그렇게 되나, 하는 사이 미진은 미닫이문을 밀고 밖으로 나선다. 몇 시냐고 묻는데 못 들었는지 아님 못 들은 척하는 건지 묵묵부답. 주변이 온통 어두워 나는 걸음을 내딛다가 뭔가를 밟는다. 다리인가 허벅지인가 분명 뭔가 물컹하면서 단단한 걸 밟았는데 우매 씨는 미동도 없다. 숨을 쉬지 않아도 놀라지 말라고 했으니까 딱히 놀라지는 않는다.

뭐 해?

여기 처마에 고드름 열렸다.

고드름이 대추도 감도 아니고 열리는 게 뭐냐. 내가 웃자 미진은 가지에 상처가 나지 않도록 조심조심 열매를 따듯, 기다랗게 잘 익은 고드름을 따 온다. 차갑다는 말로는 부족할

만큼 차갑다며 입 안에 고드름을 넣는다. 어릴 때 동네에 겨울이 많이 오면 이렇게 고드름을 녹여 먹었다면서. 그래도 여긴 아직 오염이 덜 돼서 먹을 만하다. 달달한 편이다.

맛이 어떤데?

둘이 먹다 하나가 죽어도 모르는 맛.

미진은 입 안에서 녹아 어느새 끝이 뭉툭해진 고드름으로 나를 찌르는 시늉을 한다. 으윽. 나는 마루에 쓰러지듯 눕는다. 간밤에 눈이 왔는지 마룻바닥은 물기를 잔뜩 머금고 있다. 오늘은 어디에 있어? 오늘도 미진이 묻고 나는 검지를 입술에 가져다 댄다. 쉿, 소리를 내지 않으면서 쉿, 한다. 죽은 사람은 말이 없으니까. 그런 내 옆에 미진은 나란히 눕는다. 침묵 위에 쌓이는 침묵처럼, 함부로 내 그림자에 몸을 포갠다. 그렇게 나는 잠시 삼면이 슬픔 한면이 너인 사람이 된다.

있잖아……. 내가 말하자 이번에는 미진이 쉿, 한다.

나는 왜 언제부터 나이고 미진은 왜 언제부터 미진일까. 우리는 얼마나 더 우리일까. 우매 씨는 언제쯤 잠에서 깰까. 오늘은 잘 모르겠어. 아직은 한밤중이어서 우리는 고드름이 다 녹을 때까지만 기다려보기로 한다.

무관한 겨울

사고 소식을 들은 건 12월의 첫날이었다. 운전자의 말에 따르면 전동 킥보드를 몰던 영문이 갑자기 차도로 튀어나왔다고 했다. 어떠한 예측도 방어도 불가능했고 그러니 정말이지 억울하다고. 브레이크가 들지 않는 상태로 빙판에 미끄러진 영문은 맞은편에서 달려오던 9인용 승합차에 그대로 들이받혔다. 오른쪽 다리가 부러지긴 했지만 불행 중 다행으로 골절면이 아주 예쁘다나 뭐라나.

"서영문 환자분 정말 운이 좋으신 거예요. 평생 쓸 운 다 끌어와 쓰신 줄 아세요, 아시겠어요?"

원형탈모 조짐이 있는 의사가 휑한 정수리를 콕콕 두드리며 말할 때 나는 일순 영문의 표정이 굳는 걸 지켜보았다. 평생 쓸 운을 다 써버렸다면 앞으로 영문의 삶은 불행 그 자체일 테니까. 영문에게 남은 게 있다면 석고 깁스와 그 위에 적힌 글씨뿐이었다. '잠만보 언니 존나 빨리 낫지 마!' '잠만보 언니 다리는 백만 불짜리 다리!' 영문과 같은 404호 병실 쌍둥이가 꾹꾹 눌러쓴 문장들. 기스가 좀 나긴 했지만 킥보드는 이상 없이 작동했다. 브레이크 역시 마찬가지였다.

나노휠 NQ-03은 동화책에 들어갈 삽화를 그리고 페이 대신 받은 것이었다. 정확히 말하면 책 다섯 묶음에 전동 킥보드까지. 제대로 된 등가교환은 아니었지만 애초에 이렇게 될 수밖에 없었다고 생각하면 매사에 무덤덤해졌고, 살면서 전동 킥보드 하나쯤 가져보는 것도 그렇게 나쁜 일은 아닌 것 같았다. 무엇보다 제때 충전만 해두면 아무 힘들이지 않고 앞으로 나아갈 수 있다는 점이 마음에 들었다. 비록 무면허이긴 했지만.

동화책은 나무에서 떨어져 엉덩이가 빨개진 원숭이가 무리에서 쫓겨나 모험을 시작한다는 내용이었는데, 만약 내가 아이를 갖게 된대도 그런 책은 절대 사 읽히지 않을 것 같다. 그러니까 그건 너무 동화적이었다. 동화가 동화적이라는 건 전혀 문제 될 게 없지만 나의 경우에는…… 문제였다. 늑대에게 잡아먹혀 뼈가 으스러진 빨간 망토는 진짜. 나무 꼭대기에서 암만 떨어져도 죽지 않는 원숭이는 가짜. 그래서인지 결과물은 생각만큼이나 잘 나오지 않았고 출판사 쪽에서도 거듭 수정을 요구해왔다.

"작가님, 원숭이를 좀 더 귀엽게, 동화답게 안 되겠어요? 지금은 약간 좀 뭐랄까, 너무 냉해. 사람이 그린 것 같지가 않아."

사람이 아니면 원숭이가 그렸게? 뿔테 안경을 쓴 뚱뚱한 여자는 어떤 문장이든 명령조로 탈바꿈시키는 재주가 있었다. 나는 알겠다고 고개를 끄덕이면서 속으로만 말했다. 그건 안 되겠다고.

"그러려면 네가 먼저 귀여운 사람이 되어야겠네."

언젠가 뿔테의 말을 전했을 때 영문은 신음 섞인 대답을 뱉어냈다.

"그건 내가 안 귀엽다는 말?"

"바늘을 들고서 그런 걸 물어보는 사람은 너밖에 없을 거야."

"나쁜 년, 말이라도."

실실 웃음을 흘리긴 했어도 마음에 불쾌가 번지는 건 시간문제여서 나는 바늘을 쥔 손가락에 힘을 더했다.

방은 총 세 개로 적은 편은 아니었지만 전 주인이 무리하게 가벽을 세운 탓에 공간이 턱없이 부족했다. 나란히 누워 있기만 해도 방이 꽉 찰 정도로. 벽을 허물 생각을 안 해본 건 아니었는데 업체에서는 터무니없이 높은 금액을 불렀고 계획은 자연스레 무산되었다. 때로는 없는 걸 있게 하는 것보다 있는 걸 없게 하는 데에 더 큰 값을 치러야 했으므로. 그냥 이름을 부르면 될 걸 영문은 언제나 노크하듯 벽을 두드렸다. 거기 있어? 귀에다 대고 속삭이는 것처럼 고스란히 전해져오는 소리에 나는 최대한 숨을 죽였다. 여기 없다. 없음을 말하면서 있음을 확인시켜주는 것. 그건 결코 위반해서는 안 될 우리의 규칙이자 즐거움이었다.

바늘을 더 깊숙이 찔러 넣자 영문은 금방이라도 울 것 같은 얼굴이 되었다. 물론 울 것 같은 얼굴이 우는 얼굴이 되는 경우는 없었다. 그건 의지보다 자격의 문제였고 영문은 자신이 그럴 자격이 없다는 걸 알았다.

"아파?"

"응."

"지금은?"

"괜찮아."

"여기는 어때?"

"더 해줘."

"아프진 않고?"

"아파."

"그만 좀 아파라, 이년아……."

나는 어떻게 하면 영문을 더 아프게 할 수 있을까, 그런 뾰족함을 도모하는 데 전력을 다했다. 그건 아무래도 귀여움과는 거리가 멀었지만, 멀어도 너무 멀었지만…… 나는 그랬다.

킥보드를 타면 병원까지 금방이었다. 병문안을 가기 위해 선 사고가 났던 사거리를 지나야 했는데 거기엔 언제나 호떡 트럭이 서 있었다. 매년 겨울이면 하루도 빠짐없이. 주문과 동시에 조리한 호떡을 주면 좋으련만 아줌마는 언제나 미리 만들어둔 호떡을 담아주었다. 호떡은 미지근하고 눅눅하고 눅눅한 호떡은 안 먹는 것만 못하지만 계속 먹다 보면 배가 차긴 했다. 그럼에도 시시때때로 마음이 날카로워지는 건 호떡으로도 약물로도 상담으로도 그 어떤 마음가짐으로도…… 도무지 어쩔 수가 없는 일이었다.

그렇게 인상 쓰면 복 달아나 이 사람아. 아줌마의 말이었는데 사실 더 달아날 복도 없었다. 불어나는 체중과 별개로 돈은 쪼들리고 대놓고 말은 안 했어도 엄마는 뚱뚱한 데다가 남자를 좋아할 수 없는 딸을 부끄러워했으니까. 그런 엄마한테 나는 매번 손을 벌려야 했으니까. 박복도 전염이 되는 건지 영문 또한 직장을 잃은 거로 모자라 어린이집 원장들 사이에 은밀히 공유되는 교사 블랙리스트에 이름이 올라 재취업이 거의 불가능해진 상태였다. 그렇다고 그런 불행이 전적으로 내 잘못이냐 묻는다면 나는 네버, 절대 아니라고 항변하고 싶었고 그런 생각을 하면 할수록 또 짜증이 마구 솟구쳤다.

"호떡맨 존나 짜증나. 호존짜 호존짜!" 호떡맨은 쌍둥이가 아줌마에게 붙인 별명이었다. 옛날 옛적 호랑이가 담배 피우던 시절—그래봤자 2년 전 쌍둥이가 지금보다 조금 덜 아팠을 때에 불과하지만—에는 붕어빵을 팔다가 쫄딱 말아먹고 이제 호떡맨이 됐다고 했다. 보나 마나 또 금방 말아먹을 거라고. 나는 매년 겨울마다 출몰하는 호떡맨의 봄과 여름과 가을은 어떨까, 붕어빵도 호떡도 아닌 다른 무언가로 채워져 있을까 궁금했지만 궁금증이 밥 먹여주는 건 아니었다. 대신 영문의 사고 현장을 목격했느냐고 물었다. 혹시 며칠 전에 킥보드를 타던 여자가 갑자기 차도로 휙, 그러니까 고의로 휙, 하지는 않았느냐고. 호떡맨은 영문을 모르겠다는 표정으로 호떡 한 개를 더 담아주었다. 나는 기름이 밴 종이봉투를 품 안에 넣은 뒤 핸들을 꼭 쥐었다. 순간 불행하다는 기분이 엄습했지만 그건 내 잘못이 아니었다.

그러나 영문의 불행은 영문이 선택한 것이라고 나는 생각했다. 어린이집 원장이 아이를 학대해왔다는 사실을 알고 있었다는 점에서. 원장이 CCTV가 없는 곳에서 아이의 발바닥을 수차례 바늘로 찔렀다는 사실까지 모두 알고 있었다는 점에서.

한번은 주소를 어떻게 알았는지 아이 엄마가 집까지 찾아오기도 했다. 늦은 밤이었고 마침 영문은 담배를 사러 나간 참이었다. 패딩 안주머니에 아껴둔 아프리카 몰라가 들어 있으면서도 왜일까 나는 남은 게 하나도 없다고 거짓말을 했다. 딸기 사과 라임 오렌지 콜라, 그중 어떤 캡슐이 나올지 몰라서 몰라. 차를 내가기 위해 물을 끓이며 나는 한밤의 손님이 누구인지 기억해낼 수 있었다. 어느 날 난데없이 전화를 걸어와 영문의 카톡 프로필 사진에 대해 물었던 사람이었다.

"사진에 같이 있는 짧은 머리는 누구예요?"

그건 질문이면서 질문이 아니기도 했으므로 영문은 얌전히 사진을 내렸다. 혹시 서운해? 영문이 물었고 나는 아니라고 했다. 나였어도 분명 그랬을 것이고 나였다면 애초에 그런 사진을 프로필로 지정해두지 않았을 테니까.

머리가 허리까지 오는 아이 엄마의 목적은 영문을 증인석에 세우는 거였다. 두 분은 아이를 낳지 않을 수도 있으니 잘 모르시겠지만 자기 입장에서도 한 번만 생각해달라고. 한참 뜸을 들이다 알겠다고 답하긴 했지만 내가 영문에게 전한 건 긴긴 침묵뿐이었다.

그러니까 내가 영문에게 해줄 수 있는 일이라고는 이미 식어버린 호떡이 더 식기 전에, 조금이라도 빨리 병문안을 가는 것뿐이었다. 두 다리를 킥보드에 실은 채로, 자가 동력은 아니지만 그럼에도 최선을 다해서.

"성원숭 언니 왔다!"
"성원숭 언니 또 왔다!"

색칠 놀이에 빠져 있던 미소와 소미는 링거대를 끌면서 달려와 잽싸게 호떡 봉투를 채갔다. 첫 만남부터 쌍둥이는 다짜고짜 나를 성원숭 언니라고 불렀는데, 그게 뭐냐고 물으니

돌아온 건 어른이 돼서 그것도 모르냐는 핀잔뿐이었다. 어른이 돼가지고 그런 것도 몰라서 미안해…… 미안하지도 않으면서 미안을 가장하는 건 언제부터 생긴 버릇이었을까. 검색해보니 곧장 뜨는 사진은 잔뜩 성이 난 얼굴의 포켓몬이었다. 썩 듣기 좋은 별명은 아니었지만 적어도 쌍둥이는 내가 꽤 마음에 드는 눈치였다. 10년 인생에 자기보다 머리가 짧은 여자 사람은 처음 본다면서. 이제 우리는 빡빡이 이총사가 아니라 삼총사가 됐다면서. 조심스레 영문도 끼워주면 안 되냐고 묻자 쌍둥이는 한참을 고민하더니 좀 더 고민해보겠다고 했다.

"언제까지?"

"언제까지라고 안 물어볼 때까지!"

일란성 쌍둥이인 미소와 소미는 서로 완전히 판박이인 데다가 같은 환자복까지 입혀놓으니 구별하기가 여간 어려운 게 아니었다. 무꺼풀인데도 미니 호떡처럼 땡그란 눈과 짝짝이 보조개, 코끝의 점까지. 듣기로는 벌써 입원한 지 2년이 다 되어갔는데 부모가 갈라서면서 아이들을 거의 방치해둔 상태라고 했다. 입원비만 축내는 기계라며 힐난하는 걸 누가 들었다고도 했다. 한날한시에 태어난 두 아이가 같은 병에 걸릴 확률은 얼마나 희박할까. 그런 점에서 쌍둥이는 운이 지지리도 없는 편이었다. 반대로 생각하면 운이 좋은 것이기도 했다.

"미소미야, 호떡 너무 많이 먹으면 탈난다."

쌍둥이는 내 말을 듣는 둥 마는 둥 하면서 금세 호떡을 먹어치웠다. 우리에게는 권하지도 않고 사이좋게 한 개 반씩. 자꾸 애들한테 그런 걸 주면 안 된다고 수간호사한테 싫은 소리를 듣기도 했지만, 엄밀히 말해 준 게 아니라 뺏긴 거였으므로 그 누구도 나를 탓할 자격은 없었다.

한번은 누가 누구인지 도무지 감이 잡히지 않아서 진짜 영문을 모르겠다, 그치? 하고 물었다. 내심 웃어주기를 바랐는데 영문은 웃음기가 쫙 빠진 표정만을 고수할 뿐이었다. 입꼬리가 미세하게 처진 애가 미소, 그 반대가 소미. 아무 관심 없는 척할 땐 언제고 금세 쌍둥이의 구별법을 고안해낸 영문은 부러 틀린 답을 내놓으며 바보, 멍청이, 똥개, 해삼, 말미잘을 자처하곤 했다.

"너가 미소."

"땡!"

"너는 소미."

"땡이라고 했잖아! 멍청한 잠만보!"

"멍청해 존나 멍청해!"

"잠만보 언니가 자꾸 틀려서 언니가 대신 미안해……."

습관처럼 울먹이는 영문을 보며 나는 어쩌면 이렇게 된 게 차라리 잘된 일인지도 모른다고 생각했다. 영문이 누군가를 돌봐야 한다면 그건 다름 아닌 자기 자신이었으니까.

그래서일까, 딱딱한 보호자용 침대에 누워 있다 보면 등이 배겨왔고 그렇게 등이 배긴 채로 계속 누워 있다 보면 새삼 내가 영문의 보호자라는 사실이 낯설게 느껴졌다. 영문의 아빠는 지방에서 도지사까지 올라 힘깨나 쓰는 사람이었고 영문의 엄마 또한 대학에서 한자리 꿰차고 있다는데 정작 영문의 옆에 있는 건 나였으므로. 잠만보라는 별명의 소유자답게 영문은 온종일 잠만 잤지만 나는 그 긴긴 숙면의 시간들이 영문의 최선이었을 거라 생각했다. 병원에서 주는 밥을 꼬박꼬박 잘 챙겨 먹고 똥오줌이 마려울 땐 참지 않고 곧장 화장실에 가고 재활을 위해 무던히 애쓰지는 않더라도 몸이 뻐근하면 뻐근한 대로 몸을 움직이고 가끔 나쁜 생각이 들 때면 아예 생각이란 걸 할 수 없는 잠의 상태로 자신을 밀어 넣는 것만이 지금 영문의 최선일 거라고. 나는 빨갛게 홍이 진 영문의 발바닥에 손을 얹었다. 자? 내 손이 닿자마자 영문은 움찔했다.

직장을 잃고 방 안에만 틀어박혀 있던 영문은 내게 바늘을 쥐여주며 말했다. 자기 발바닥을 좀 찔러주면 안 되겠냐고. 나는 그게 체했을 때 손을 따고 부항을 뜨는 것과 완전히 다르다는 걸 알면서도 알겠다고 했다. 제대로 된 연인이라면 무슨 말도 안 되는 소리냐고, 생판 남이 저지른 일에 부러 죄책감을 독박 쓸 필요는 없다고, 최대한 설득도 해보고 뜯어말리는 게 정상이겠지만 왜일까 나는 물 좀 떠오라는 말에 물이 반쯤 찬 컵을 건네듯 알겠다고 했다. 행여나 영문이 억울이라는 단어의 이응 자라도 꺼낸다면 찐한 피를 보게 해줄 테다 결심하기도 하면서. 영문은 정말 아무것도 몰랐다고 했지만 나는 믿지 않았다. 전적인 믿음은 너무 해로우니까. 허공에 흩어지는 담배 연기처럼. 사과를 기대하면 꼭 사과 말고 딸기가 걸리는 담배 캡슐처럼. 그런 점에서 나 같은 애인을 둔 영문도 썩 운이 좋은 편은 아니었다. 어쩌면 운이 나쁜 게 당연했다. 박복한 년이 박복한 년을 만나면 따따블로 박복해질 일밖에 없을 테니까.

"너는 진짜 독한 년이야. 찔러도 피 한 방울 안 나오는 것 봐."

"그런가 봐."

"너는 낯짝이 두꺼운 것보다는 발바닥이 두꺼운 게 최대 장점이야."

"참나, 장점일 게 따로 있지."

"너는 발에 각질도 참 많다. 각질 부자네 각질 부자야."

"쓸데없는 소리 좀 그만해, 제발!"

어쩌면 그 쓸데없음이야말로 내가 영문에게 건넬 수 있는 최선이 아니었을까. 영문을 떠나고 싶었지만 그럴 수 없었던 그때, 기껏해야 웃음기가 쏙 빠진 농담을 던지거나 올리브영 세일 날만을 손꼽아 기다렸다가 각질 제거 스크럽을 사다 주는 것만이.

병원을 제집처럼 드나들며 나는 어느덧 코를 찌르는 알코올 냄새에도 익숙해졌다. 여자 화장실에서 나를 마주치고 흠칫 놀라는 사람들에게 불치병이래요, 무심히 일러주는 것 또한. 머리를 민 데에는 별다른 이유가 없었는데 사람들은 이유를 캐내지 않으면 직성이 풀리지 않는 것처럼 굴었다. 아무 이유 없다고 해도 어차피 믿지 않을 거면서. 정작 아무렇지 않은 건 영문이었다. 처음 내 머리를 본 영문은 그저 새치 염색을 하거나 상한 머리를 좀 다듬은 사람을 대하듯 시큰둥하게 머리가 어디로 다 도망갔네, 할 뿐이었다. 도망간 머리가 제 발로 돌아오기라도 할 것마냥.

병원에서 보내는 시간 대부분은 영문과 나란히, 그렇지만 각자의 침대에 누운 채로 흘러갔다. 겉보기엔 죽은 듯 누워 있는 것처럼 보여도 나는 쏜살같이 흐르는 시간의 물살 속에서 허우적대는 중이었다. 시간은 수평으로 흐르는 게 아니라 위에서 아래로, 폭포처럼 수직으로 흐르는 것 같아. 안 하느니만 못한 얘기를 재밌는 얘기로 위장해 쌍둥이에게 들려주기도 하면서.

의사가 회진을 돌고 간호사가 주사를 놓고 쌍둥이가 꺼져! 꺼져! 하면서 난리를 피울 때도 나는 가만히 누워 구인 공고를 확인하고 있었다. 깨작깨작 그림을 그리는 것만으로는 도저히 생활비를 충당할 수 없어 장난감 판촉 아르바이트 면접을 보기도 했는데 면접관은 사진과 다른 내 헤어스타일을 보자마자 한숨을 쉬었다. 아무래도 고객에게 거부감을 주는 외모는 좀 곤란하다면서. 다른 데도 아니고 하필이면 완구 코너에. 나는 왜 머리가 짧은 여자는 장난감 판촉에 적합하지 않은지 따져 물었지만 말을 내뱉으면 내뱉을수록 거절의 이유나 당위 따위를 납득하게 되었고, 그건 스스로를 저버리는 것과 다름없다는 점에서 더더욱 비참한 일이었다.

"있잖아요. 야한 걸 많이 봐요. 아니면 개 샴푸로 머리를 감거나."

"네?"

"개 샴푸로 머리를 감으라고. 그럼 머리가 아주 순풍순풍 잘 자란다니까."

"아주 개소리를 하시네요." 나는 짖듯이 말했다.

한번은 눈을 꼭 감고 있는 영문에게 그 얘기를 들려주었다. 정말 자고 있는지 아니면 자는 척을 하는 건지 영문은 아무런 반응도 없었고 그럴 때면 병원 난방이 잘 되어 있는 것과는 별개로 나는 조금 쓸쓸해졌다. 쌍둥이는 텅 비어 있는 페이지에 알록달록 색을 채워 넣느라 분주해 보였다. 사과는 노란색, 사과 옆의 애벌레는 빨간색, 애벌레 옆의 나무는 보라색, 나무 꼭대기에 거꾸로 매달린 두 마리 원숭이는 파란색과 초록색.

"그럼 안 돼 얘들아, 그거 틀려……."

나는 하마터면 완전히 내뱉을 뻔한 말을 꾹 삼켰다. 다행이라면 다행이었다.

　쌍둥이는 자꾸만 재밌는 얘기를 해달라고 졸랐다. 진짜 없
어, 하면 진짜 없지 마! 진짜 미안해, 하면 진짜 미안하지 마!
하는 식이었다. 암만 머리를 쥐어짜도 마땅히 떠오르는 게 없
어 나는 결국 SOS를 요청했다. 물론 영문은 간곡한 내 구조
요청을 외면할 만큼 냉혈한이었지만. 넌 진짜 나쁜 년이야.
그렇게 말하긴 했어도 속으로는 나름 영문을 이해해보기 위
해 애쓰고 있었다. 모르긴 몰라도 지금 영문 또한 자꾸만 불
어나는 시간의 물살 속에서 끈질기게 버티는 중일 거라고. 한
참 시간이 지난 뒤에야 나는 아! 하는 탄성을 냈다.
　"재미없으면 뒤져!"
　기대에 잔뜩 부푼 얼굴로 쌍둥이가 소리쳤다.
　"재미있으면?"
　"재미있어도 뒤져!"
　기대에 부합할 수 있는 사람이 된다는 건 어떤 걸까. 그런
생각은 담배나 불량 식품처럼 몸에 해롭다는 걸 알면서도 좀
처럼 끊을 수가 없어서…… 나는 서글퍼지곤 했다.
　"옛날 옛날에 인영이라는 여자애가 있었어. 너네보다 쪼금
더 키도 크고 머리도 긴."
　"이년이! 이름 완전 죽여준다!"
　"이년이 아니라 인영이."

"그거나 그거나."

인영의 엄마는 인영이 뭔가를 잘못했을 때면 항상 벽을 보고 서 있게끔 했는데, 그건 그날 역시 마찬가지였다. 늦은 밤야자를 마치고 돌아온 인영은 말했다. 자긴 여자를 좋아하는 것 같다고. 집에서도 단정한 투피스 차림으로 카레를 만들던 엄마는 인영의 예상과 달리 그래서 그게 뭐 어쨌단 거니, 무심히 대답할 뿐이었다. 인영은 식탁에 앉아 식전 기도를 올렸고 이내 기도는 무색해졌다. 카레에는 인영이 싫어하는 브로콜리가 잔뜩 들어 있었으니까. 그제야 엄마는 인영에게 벌을 주었다. "네가 뭘 잘못했는지 알겠니?" 원하는 대답을 들을 때까지 잘못을 추궁하는 방식으로.

그렇지만 온밤 동안 벽을 보고 서 있던 그 시간이 그렇게 나쁘지만은 않았다고 인영은 생각했다. 벽면을 가득 채운 세 잎클로버 개수를 세다 보면 사람을 대할 때와는 달리 마음이 편안해졌으니까. 무엇보다 천장과 벽이 맞닿은 부분에서 네 잎클로버를 발견했을 때에는 세상에서 가장 운이 좋은 사람이 된 것 같은 기분이었으니까. 그건 단지 프린팅이 잘못돼서 생긴 불량이나 하자에 불과했겠지만, 인영은 그런 순간이 있었기에 여태 자신이 떠밀려가지 않고 버틸 수 있었던 거라 믿었다.

"아 완전 노잼! 재미없어!"

"재미없어? 언니가 자꾸 미안하네."

"그래도 맘에 들어."

"뭐가?"

"브로콜리 카레! 브로콜리는 맛있고 맛있으면 또 먹으니까!"

"이년이가 남기면 내가 다 먹을 테다!"

"존나 먹어치워버릴 테다!"

"응응, 언니가 안 뺏어 먹을게……."

크리스마스를 이틀 앞둔 날엔 눈이 왔다. 눈이 온다고 했는데 정말 눈이 왔고 나는 그게 새삼 신기했다. 킥보드를 충전해놓는 걸 까먹은 터라 병원까지는 걸어갈 수밖에 없었다. 산성 눈을 맞으면 머리가 죄다 빠져버릴지 모르는 일인데도. 운 좋게도 집을 나서자마자 눈은 그쳤고 운이 나쁘게도 나는 아무짝에 쓸모없어진 장우산을 디룽디룽 흔들며 걸어야 했다. 절반쯤 갔을 때는 땀이 눈 오듯 쏟아지며 역시 뚜벅이는 될 게 못 된다는 신세 한탄이 터져 나오기도 했지만 그럼에도 열심히, 최선을 다해서. 때로 힘에 부칠 때면 버스를 탈 마음도 없으면서 정류장 벤치에 가만 앉아 있기도 했다. 사람들은 내가 벌써 수십 대의 버스를 그냥 보냈다는 걸 알고 있을까, 영영 답을 들을 수 없는 질문을 속으로만 던져보기도 하면서. 이번에야말로 기필코 갓 만들어 따끈한 호떡을 사 가려고 했는데 트럭은 온데간데없었다. 나는 카레를 두 그릇이나 먹고 나왔는데도 배가 고팠다. 역시 세 그릇을 먹어야 했는데. 병원에 들어서기 전엔 눈을 꼭꼭 뭉쳐 주머니에 넣어두었다. 손이 겁나 시렸던 것에 비해 돌아온 건 하여간 성원숭 언니는 참 귀여워, 같은 미지근한 반응뿐이었지만.

"그딴 쓰레기는 왜 가져왔냐!"

"너 쓰레기라니, 이게 얼마나 예쁜데!"

"그렇긴 해!"

"마음에 들어?"

"응! 너무너무 예쁜 쓰레기!"

"성원숭은 귀여워! 쓰레기는 예뻐!"

"미소미야. 방금 무슨 소리 못 들었어?"

나는 웃음의 주인이 영문이라는 걸 알면서도 시치미 뗐다.

"누가 그러는데 많이 웃어야 병도 빨리 낫고 쑥쑥 큰대. 웃는 건 자격이 필요한 것도 아니고 뭣보다 공짜야."

누가 청개구리들 아니랄까 봐 쌍둥이는 최선을 다해 오만상을 지었다. 나는 못생김과 예쁨이 공존하는 쌍둥이의 얼굴을 보며 마구 소리 내 웃었다. 그렇게 계속 웃다 보면 영문이 있는 겨울은 영문이 없는 겨울보다 나을 거라고, 아마 영문도 마찬가지일 거라고, 속는 셈 치며 믿어보고 싶어졌다.

"옆으로 좀 가봐."

꿋꿋이 자는 척을 하는 영문을 밀어내며 나는 말했다. 다리를 잘못 건드렸는지 영문이 아프다고 소리쳤지만 이번만큼은 그런 엄살에도 절대 물러나지 않을 작정이었다. 그러게 옆으로 좀 가보라니까. 거구의 여자 둘이 한 침대에 눕는 건 불가능하다는 걸 알면서도, 나는 그렇게 했다. 처음 전동 킥보드가 생겼을 때 어떻게든 함께 타보려고 애썼던 것처럼. 설명서에 따르면 킥보드의 최대하중은 160킬로그램, 79.5 더하기 79.5는 159이므로 이론상 아무런 문제도 없어야 했지만 왜인지 바퀴는 좀처럼 굴러가지 않았다. 역시 싸구려는 싸구려인 이유가 있다니까. 누가 먼저랄 것 없이 우리는 동시에 말했고 동시에 찌찌뽕, 하고 외쳤다. 만약 나와 같은 마음이었다면 영문 역시 알고 있지 않았을까. 그건 단지 기계만의 문제가 아니었다는 것을.

"그만 진짜 그만. 나 진짜 떨어질 것 같애."

계속되는 호소에도 불구하고 나는 어떻게든 영문의 옆과 곁을 비집고 들어갔다. 그 결과 우리는 각자의 몸 절반을 허공에 걸친 채로, 위태로운 반반의 상태로 함께 누울 수 있었다.

"이제 자는 척보다 웃는 척을 해보는 게 어때? 그게 힘들면 자면서 웃어보든가."

"어디서 개 짖는 소리 안 들려?"

웬일로 잠자코 있던 쌍둥이는 야생의 잠만보가 깨어났다! 외치며 달려왔다. 얼레리꼴레리 얼레리꼴레리. 잠만보랑 성원숭이랑, 얼레리꼴레리…… 좀 시끄럽긴 해도 듣기에 그렇게 나쁘지만은 않은 노래를 부르면서.

아닌 밤중에 영문은 몇 번을 뒤척이다가 몸을 일으켜 세웠다. 제대로 걷지도 못하면서 혼자 어딜 간다는 건지. 나는 그저 가만히 누운 채로, 나를 깨우지 않기 위해 애쓰는 영문의 분투와 헛수고를 지켜보고 있었다. 누구처럼 깨어 있는데 굳이 자는 척을 할 마음은 없었다.

"쉬 마려우면 나 깨우라니까."

"쉬 아니야."

"그럼 똥이야?"

"것도 아니야."

"그럼 뭔데."

"쉬랑 똥……."

영문을 화장실까지 무사히 바래다준 뒤에도 나는 계속 문을 지키고 서 있었다. 혹시 모를 나쁜 일을 대비해야 할지도 모르니까. 그런 나를 의식했는지 영문은 도무지 편히 일을 볼 수가 없다고 했다. 똥오줌이 안 나오는 게 뭐 그리 큰일이라고 자꾸만 울먹이면서. 너무 부끄럽다고. 너무너무 부끄럽다고. 그런 영문에게 해줄 수 있는 일이라고는 고작 쾌변을 기원해주는 것뿐이어서 나는 아주 조금 부끄러웠다.

결국 나는 알겠다고, 밖에 나가 있겠다고 거짓말을 했다. 나름 치밀하게 문을 여닫는 소리까지 낸 뒤 살금살금 옆 칸에 들어가 앉았는데 눈치 빠른 영문이 그걸 모를 리 없었다.

"인영아, 옆에 있지?"

"인영이 여기 없다."

"누굴 바보로 아나."

"인영이 여기 없다니까……."

어쩌면 영문이 확인하고 싶었던 건 정말 나의 없음일지도 모르지만, 비록 똥 냄새가 조금 많이 지독했을지언정 나는 그렇게나마 영문의 옆에 있어주고 싶었다. 아니, 영문이 내 옆에 있었으면 했다. 응원도 방관도 아닌 그 사이의 어중간한 형태로. 영문의 부끄러움을 끝끝내 영문 혼자만의 몫으로 남겨두고서.

속을 비우자마자 뭘 또 그리 채우고 싶은지 영문은 담배를 딱 한 입만 피우고 싶다고 했다. 뼈도 아작난 애가 담배는 무슨 담배냐고, 그게 말이야 방귀야 아니면 똥방귀야 핀잔을 주긴 했지만 나는 차마 그 간곡함을 저버릴 수가 없었다. 생각해보면 담배 정도야 내가 없을 때 충분히 구할 수 있는 건데 굳이 내게 요구하는 걸 보면 어떻게든 나를 자신과 연루시키려는 속셈인지도 몰랐다. 그 와중에 그런 생각을 하는 내가 참 별로긴 했지만 나는 꿋꿋이 내 몫의 죄책감을 덜어내려 애썼다. 굳이 하지 말라는 걸 해서 회복이 지지부진해지더라도 그건 전적으로 영문의 탓이라고. 오히려 나는 아끼고 아껴둔 돗대를 뺑 뜯기는 거나 다름없다고.

몇 주간 병원을 드나드는 동안 옥상은 처음이었다. 정원 한

가운데 설치된 주목나무 트리 때문인지 예상외로 따뜻한 느낌이었고 영문은 그게 꽤 마음에 드는 눈치였다. 나는 무엇보다 크고 작은 나무들이 난간을 가리고 있는 구조라는 게 마음에 들었다. 담배를 꺼내기 위해 패딩 안주머니를 뒤졌는데 손에는 아무것도 잡히지 않았고, 주머니가 텅 비었다는 걸 알면서도 나는 자꾸만 그 안에 손을 넣어보았다.

"성원숭 언니야, 이거 찾아?"

뒤를 돌아보니 어떻게 알고 왔는지 쌍둥이가 음흉한 미소를 지으며 서 있었다.

남의 물건에 손대는 건 나쁜 거야, 정색하며 말하자 웬일로 주눅이 든 쌍둥이가 곧장 사과를 건넸다. 그럴 땐 조금 뜸을 들여주는 게 인지상정이었다.

"언니야 언니야, 근데 발기부전이 뭐야?"

나와 영문의 시선이 담뱃갑에 적힌 글자에 꽂혔다. '발기부전의 원인 흡연! 그래도 피우시겠습니까?' 짐짓 심각한 얼굴을 한 쌍둥이를 보고 있자니 피식 웃음이 새어 나왔고 영문 또한 웃는 척을 하는 건지 아니면 진짜 웃긴 건지 숨이 넘어갈 듯 웃고 있었다.

나 역시 담배가 몹시 당기긴 했지만 남은 건 딱 한 대였다. 애들한테 간접흡연은 절대 안 된다며 멀찌감치 떨어진 뒤에야 영문은 담배에 불을 붙였다. 나는 저 멀리, 한쪽 발을 허공에 띄운 채 위태롭게 서 있는 영문을 가만 지켜볼 뿐이었다. 지금 영문이 피우고 있는 건 다섯 가지 맛 중에 무슨 맛일까, 딸기일까 아니면 사과일까, 그건 영문이 바라던 바였을까…… 궁금해하면서. 엉덩이가 조금씩 축축해지는 느낌이 썩 유쾌하진 않았지만 빡빡이 삼총사는 벤치에 나란히 앉아 허공을 올려다보았다. 별은 꾹 짜버리고 싶은 좁쌀 여드름마냥 드문드문 나 있었고 별 감흥은 없었다. 오히려 쌍둥이는 저 멀리 야간 비행 중인 비행기를 가리키며 다퉜을 뿐.

"나는 이담에 커서 스튜디어스가 될 거야!"

"뭐래 병신아! 스튜디어스가 아니라 스튜어디스야!"

"뭐래 병신아! 스튜어디스가 아니고 스튜디어스야!"

틀렸다는 말이 사라지면 시간은 조금 더 나은 방향으로 흐르게 될까. 그런 일은 없을 거란 걸 알면서도, 나는 대답해주고 싶었다.

"그거나 그거나."

크리스마스에는 비가 왔다. 비록 화이트 크리스마스는 물 건너갔어도 기분이라는 걸 좀 내보고 싶어서 나는 사놓고 한 번도 입은 적 없는 원피스를 꺼내 들었다. 언젠가 어울려? 하고 묻자 영문이 한 치의 망설임 없이 안 어울려, 했던. 그새 또 살이 쪘는지 단추는 터지기 일보 직전이었지만 그래도 오늘만큼은 뭔가를 꼭 기념해두고픈 마음이었다. 영문의 퇴원일이 코앞이었거니와 무엇보다 행운의 쌍둥이가 태어난 날이었으니까.

　빨간날이라 안 오면 어떡하나 걱정했는데 다행히 아줌마는 거기 있었다. 전에는 왜 안 오셨냐고 물으니 아줌마는 그냥, 했다. 나이를 먹어도 하루 정도는 아무것도 안 하고 싶은 날이 있다고. 갱년기인가 보다고. 괜히 멋쩍어져서 날이 참 좋죠, 아무 말이나 던졌는데 아줌마는 날이 너무 따뜻해서 문제라며 인상을 팍 썼다. 따뜻하면 호떡이 안 팔린다고. 추워야 호떡집에 불도 나고 그런 거라고. 나는 이번에야말로 미리 만들어둔 호떡은 싫다고, 엄청 싫은 건 아니어도 조금 싫다고 불평해볼 작정이었다. 독심술이라도 구사하는 건지 계획은 금방 무산돼버리고 말았지만. 좀 오래 걸리긴 했어도 아줌마는 서두르지 않고 천천히, 호떡 열 개를 만들어 담아주었다.

　"뜨거우니까 조심해."

　고작 그런 말에도 나는 눈물이 나려 했다.

　호떡을 겹겹이 쌓은 케이크로 깜짝파티를 하려고 했는데 쌍둥이의 관심은 온통 색칠 공부에 팔려 있었다. 어느새 책은 단 한 장만을 남겨두고 있었다. 대망의 마지막 테마는 하늘. 문제는 하늘을 무슨 색으로 칠하느냐는 거였는데 미소는 연두색이 좋겠다고 했고 소미는 분홍색이 딱이라고 했다. 내 말을 들을 것도 아니면서 굳이 의견을 물어오는 쌍둥이에게 나는 공평하게 반반씩 칠하는 건 어떠냐고 했다. 언니는 존나 멍청하고 귀여워. 언존멍귀야 언존멍귀! 쌍둥이는 자기들끼리 머리를 맞댄 채 한참을 고민하다가 호떡이 완전히 눅눅해지고 난 뒤에야 완성! 하고 외쳤다. 그래서 무슨 색인데? 암만 물어도 돌아오는 대답은 한결같았다. 쉿. 그건 아무리 삼총사여도 비밀이라나.

우리는 호떡 케이크에 기다란 초 네 개를 꽂았다. 우리 네 살 아닌데 왜 네 개밖에 없어? 쌍둥이의 물음에 나는 작은 복수를 했다. 이담이란 건 다시는 없을지도 모르지만, 이담에 너희가 크면 알려주겠다고. 초에 불을 붙인 뒤 우리는 짝짝짝, 박수 소리에 맞춰 생일 축하 노래를 불렀다. 왜 태어났니. 왜 태어났어. 사랑하는 미소미 왜 태어났니…… 자꾸만 어긋나는 불협화음 속에서 쌍둥이가 후, 하고 촛불을 끌 때 나와 영문도 질세라 동참했다.

"언니들아, 언니들은 소원 빌었어? 우리는 빌었다!"

나는 우리 모두 아프지 않았으면 좋겠다고, 그중에도 특히 내가 아프지 않았으면 좋겠다고 빌었다는 걸 일급 기밀로 부쳐둘 생각이었다.

"어차피 뭐냐고 물어봐도 비밀 아니야?"

"아닌데! 내 소원은 진화하는 거야."

"진화?"

"응 진화! 피카츄가 라이츄가 되는 것처럼."

"그럼 언니들도 그거 소원 하지 뭐."

"바보들! 성원숭이랑 잠만보는 진화 못 해. 그게 끝이야."

언니가 또 미안해, 습관처럼 내뱉으려는데 돌연 영문이 울음을 터뜨렸다. 언니는 울 때가 제일 예쁘다! 누가 쌍둥이 아니랄까 봐 둘은 이구동성으로 말했다. 매일 그렇게 울어주면 안 되냐고. 그럼 빡빡이가 아니어도 특별히 사총사에 끼워주겠다고.

난데없는 영입 제안에 안 어울리는 눈물을 질질 짜던 영문이 피식 웃었다.

"어어? 웃지 말고 울라니까!"

"울다가 웃으면 똥구멍에 털 난다!"

애써 울음을 참느라 도로 못생겨진 영문이 대답했다.

"이 바보들아, 왁싱하면 괜찮아."

그렇게 진화는 물 건너갔을지언정 우리는 호떡을 아주아주 천천히, 꼭꼭 씹어 먹었다. 혹시나가 역시나. 만사에 불행이 빠지면 섭한 내게 예외란 없었지만.

수간호사에게 들키지 않겠다고 몰래 숨어서 호떡을 먹던 쌍둥이는 난데없이 뭔가가 이상하다고 했다. 암만 씹어도 안에 꿀이 안 들어 있다고. 이런 이상한 호떡은 난생처음이라고. 아줌마가 설탕 넣는 걸 깜빡하셨나 보다. 나름 변명해보려는데 쌍둥이는 예상과 달리 잔뜩 신이 나 있었다.

"우리 당첨인가 봐!"

나는 아니라고, 그건 진짜 재수도 옴팡지게 없는 일이라고 반박하는 대신 맞장구를 쳤다.

"너희 진짜 운도 끝내주게 좋다. 너진운끝이야 너진운끝!"

크리스마스에도 병원은 평소와 다르지 않았다. 여전히 누군가 병들어갔고 누군가 회복했고 누군가 아픈데 아프지 않은 척을 했고 누군가는 여전히 내 짧은 머리를 보고 흠칫흠칫 놀랐다. 그래도 조금 다른 게 하나 있다면 선물 교환이랄까. 그건 교환이라기보다 일방적인 증정에 더 가깝긴 했지만. 쌍둥이에겐 『빨간 엉덩이 원숭이의 모험』을 선물해주었는데 반응은 시큰둥했다. 동화 졸업한 지가 언젠데 또 동화냐면서. 까칠하게 굴 땐 언제고 쌍둥이는 주인공 원숭이가 꽤 마음에 드는 눈치였다. 어딘가 화나 있는 게 나를 쏙 빼닮았는데 그래서 너무너무 귀엽다나 뭐라나. 무엇보다 쌍둥이는 결말에 자꾸 마음이 간다고 했다. 동물 친구들이 상처투성이인 원숭이의 엉덩이에 빨간약을 발라주는 부분은 겁나게 유치한데도 왜일까 자꾸만 펼쳐보게 된다고.

"그래서 우리 점수는 10점 만점에 5점!"

"애걔걔, 겨우?"

비록 반토막 난 점수이긴 했지만, 점수와는 별개로 나는 조금 기뻤다. 마음이 간다는 건 그런 거니까. 그런 마음의 움직임은 공짜지만…… 돈 주고도 못 하는 거였으니까.

내 건 없어? 하고 묻는 영문에게 넌 생일 아니잖아, 퉁명스레 답하긴 했지만 실은 준비한 게 있긴 했다. 크리스마스가 몇 분 남지 않았을 때에야 나는 어둠 속에 뻣뻣이 누워 있는 영문의 손에 선물을 쥐여주었다. 내가 이거 찾으려고 동네 문방구를 얼마나 뒤졌는지 몰라. 노고를 알아주길 바라면서. 영문이 손에 꼭 쥐고 있는 건 반짇고리 세트였다. 그것도 케이스에 포켓몬이 잔뜩 그려진. 나쁜 생각이 들 때 그걸 쓰면 조금 덜 나빠질 수 있을지도 몰라. 내 말에 영문은 코웃음 쳤다. 나는 사실 플랜 에이는 따로 있었다고, 원래는 매니큐어 세트를 생각했는데 예산이 좀 달렸다는 말은 하지 않기로 했다.

"아픈 사람한테 이런 말 하긴 좀 그런데 말야."

"뭔데?"

"비밀인데, 난 사실 너보다 내가 더 아프지 않았으면 좋겠어."

"난 또 뭐라고."

"실망했어?"

"아니. 나도 이제 네가 병문안 안 와도 실망하지 않을게."

"그런 말은 진즉에 하지 퇴원할 때가 다 되니까 하냐?"

"지는."

"그럼 쌤쌤이네."

"응, 쌤쌤이다."

그런 싱거운 대화를 끝으로 우리는 각자의 자리에 발 뻗고 누웠다. 영문의 코골이 때문에 잠을 좀 설치긴 했지만 그렇다고 코를 틀어막을 수도 없는 노릇이었다. 병원에서의 마지막 밤이었다.

퇴원 수속을 마친 뒤 우리에게 남은 일이라곤 돌아가는 것뿐이었다. 어디로? 보일러를 외출로 돌려놓긴 했어도 완전 냉골일 게 분명한 집으로. 작별 인사 대신 나는 굳이 한 침대에서 자고 있는 쌍둥이의 머리맡에 단추를 놓아두었다. 지난밤 깔깔 웃는 통에 결국 뜯어져버리고 만. 그러다 문득 철저하게 비밀에 부쳐진 색칠 공부 책이 떠올랐고, 아주 약간의 죄책감과 함께 나는 책을 펼쳐 들었다. 연두와 분홍 중에 어떤 색을 골랐을까, 혹시 내 말대로 반반은 아닐까, 내심 기대해보면서. 그러나 암만 눈 씻고 봐도 책에선 연두나 분홍, 그 비슷한 것조차 찾아볼 수 없었다. 비밀이란 게 무색하게 하늘은 아무런 색도 칠해지지 않은 채 그저 공백으로 남아 있을 뿐. 거기 뭐 볼 게 있다고 나는 텅 빈 페이지를 오래도록 내려다보았다. 가끔 생각나면 호떡 사 올게. 근데 안 올 수도 있어. 완벽한 범죄 현장을 들키지 않게끔 속으로만 속삭이면서.

환자 탈출한 소감이 어때? 병원을 나서며 물으니 영문은 다리가 가려워 죽는 줄 알았다고 했다. 아쉽게도 진짜 죽지는 않았다며 웃었다. 눈이 내리고 있었는데 바깥은 실내보다 따뜻했고, 세상은 그렇게 영문 모를 일투성이였다. 알아두면 쓸

데가 있겠지만 계속 모르는 채로 내버려두고픈. 머리가 시리
긴 시려서 가는 길에 호떡을 사 먹으면 좋겠다고 생각하던 참
에 영문은 말했다.

"우리 버스 타지 말고 걸어가볼까? 무리하지 말라고 하긴
했는데 무리 좀 해보지 뭐."

마지못한 척 발을 내디디며, 나는 좋다고 했다.

밤의 반만이라도

그 겨울, 우리는 어두워지는 데 일가견이 있었다. 빛조차 감지하지 못하는 전맹인 네 엄마 덕택에 너희 집 불은 대개 꺼져 있었고, 나는 활동 보조사로 일했던 새엄마를 따라 경사가 가파른 계단을 한발 한발 내려갈 때마다 몸이 훅 꺼지는 듯한 기분을 느끼곤 했다. 언덕 경사로에 위치해 입구만 지하에 나 있을 뿐 반대쪽에서 보면 엄연한 지상층이었는데도 동네 사람들은 너희 집을 반지하 집이라고 불렀다.

"내가 못 살아. 왜 이렇게 어둡게 하고 있어!"

한번은 불이 켜져 있음에도 새엄마가 이렇게 말했고, 나도, 너를 낳고 기른 미수 씨도, 아무도 그 말이 잘못되었다는 사실을 바로잡지 않았다. 오직 너만이 작지만 모두에게 충분히 가닿을 법한 소리로 말할 뿐이었다.

"아줌마 얼굴이 제일 어두워 보여요!"

비밀스러움. 네겐 어딘지 모르게 비밀스러운 구석이 있었고, 그건 네가 너와 세상 사이에 아무런 비밀을 두지 않으려고 했기 때문에 생겨났다. 비밀이 없는 것이 오히려 너를 비밀스럽게 만들었다. 너는 시각장애인이라는 말을 슈퍼에서 파는 백 원짜리 싸구려 불량 식품처럼 스스럼없이 입에 올렸다. "우리 엄마는 시각장애인이고, 애네 엄마가 일주일에 세 번 우리 집에 활동 보조하러 와!" 하고 속사정을 훤히 내보였다. 그때 이미 너는 한쪽 눈의 시력을 거의 잃은 상태였고 나머지 한쪽 눈의 시력도 서서히 잃어가고 있었다. 그런데도 너는 마치 네가 잃어버린 게 몽당연필이나 연필 꽁지에 달린 지우개인 듯 굴었다. 그래서 어려운 친구를 도와줘야 한다는 지령을 받은 반 애들은 도움받는 사람으로서 마땅한 저자세를 취하지 않는 너를 겉돌곤 했다. 그러니까 너로 말할 것 같으면 학교에서 선생님이 둘! 하고 외쳤을 때 언제나 짝 없이 혼자 남겨지는 사람이었다. 셋! 하고 외쳤을 때 언제나 짝 없이 혼자 남겨지는 사람이었다. 넷! 하고 외쳤을 때 언제나 짝 없이 혼자 남겨지는 사람이었다. 그러나 너는 둘과 셋과 넷밖에 외칠 줄 모르는 얼빠진 선생에게 "근데 있잖아요, 왜 하나! 하고는 안 해요?"라고 요구할 줄 아는 사람이었다. 그러다 아주 잠시, 나로 인해 하나 같은 둘이 되어버린 사람이었다.

"까만색 칠하게 크레파스 좀 빌려줄래?"

아무도 너와 짝이 되고 싶어 하지 않아 우리가 처음으로 짝이 된 날, 텅 빈 도화지를 앞에 둔 너는 새엄마가 생일 선물이랍시고 내게 준 30색 크레파스 세트를 가리키며 물었다. 그무렵 반 애들의 책상에는 기다란 세로선이 그어져 있었고, 누군가 그 선을 넘으려 들 때마다 금, 하고 말했다. 금 넘으면 죽어! 초짜처럼 소리 높이는 대신 최소한의 말만 간추렸다. 이쪽과 저쪽을 구분 짓지 못해 안달 난 아이들. 나는 '5쾌'라고 적힌, 칠판 위에 삐뚜름하게 걸려 있는 급훈 액자를 바라보고 있었다. 유쾌, 상쾌, 통쾌, 경쾌. 여기까지는 유추 가능했는데 딱 하나가 빠졌다. 삐뚠 게 내가 아니라 액자라는 사실을 재차 확인했다. 흰 도화지를 까맣게 칠하는 방법에는 두 가지가 있었고, 나는 네가 검은색 크레파스로 손쉽게 검은색을 칠하는 아이와 검은색만 뺀 나머지 29색을 미련스레 덧칠하는 아이 중 어느 쪽일지 궁금했다. "빌려가도 되냐니까?" 나는 손 떼라고 소리 높이는 대신 최소한의 말만 간추렸다.

"금."

이쯤에서 잠시 짚고 넘어가자면, 내 이름은 미숙이었다. 겉보기에도 촌스럽기 짝이 없는데 요모조모 속을 뜯어봐도 촌스럽기 짝이 없는 이름. 사실 따돌림의 이유만 다를 뿐 나 역시 너와 처지가 그렇게 다르지 않았다. 내 잘못은 아니었고, 당시 쓰레기 매립지 관리소장으로 일하던 아빠가 외간 여자와 바람을 피우고 있었기 때문이었다. 아빠의 죄가 동네방네 탄로 나면서 나는 그 죄를 고스란히 물려받았다.

"그 여자랑 뭘 하든 다 좋은데, 내 눈에 띄지만 마."

아빠 몸에서 불가리 향수 냄새보다 쓰레기 냄새가 더 많이 나기 시작할 무렵 나는 안방에서 쥐 울음소리마냥 찍찍 울려 퍼지는 새엄마의 목소리를 몰래 엿보곤 했다.

엿듣기가 아닌 엿보기. 그건 내가 귀에 들려오는 소리를 통해 방 안의 풍경을, 목욕을 마친 지 얼마 되지 않아 물방울이 맺혀 있는 새엄마의 흑갈색 머리카락을, 핏줄이 잔뜩 선 아빠의 목울대를, 소리가 새어 나가지 말라고 부러 틀어둔 생태 다큐멘터리 속 맹꽁이의 모습을 생생하게 들여다보는 것처럼 느꼈기 때문이었다. 희한하게도 그 풍경은 눈을 감고 있을 때 더욱 선명해졌다.

이건 비밀인데, 그 당시 나는 몹시 들키고 싶었다. 뭘 들키고 싶은지도 모른 채 그저 들키고 싶다는 마음으로 충만했다. 어쩌면 그날도 너에게 내 마음을 들켰는지도 몰랐다. 아무렇지 않다는 듯 금을 침범한 네 손끝이 내게 닿았을 때 나는 나도 모르게 눈을 질끈 감았다. 그리고 첫눈에 반하는 것의 필요조건이 누군가를 처음 본 순간이 아니라, 눈을 감아도 누군가 눈앞에 아른거리는 순간이라는 걸 깨달았다.

세상 모든 일들을 보여야만 할 수 있는 일과 보이지 않아도 할 수 있는 일로 나눌 수 있다면 새엄마는 점자 스티커 붙이기나 못 박기나 삶음 코스로 세탁기 돌리기처럼 앞이 보여야만 할 수 있는 일을 했다. 가끔은 진짜 보는 눈이 있어야만 할 수 있는 일을 하기도 했다. 예컨대 미수 씨가 쓴 이야기를 봐주는 것 같은. 미수 씨는 동사무소에서 무료로 대여한 시각장애인 보조 기구로 소설을 썼고, 비록 반환점을 돌았다가 완결을 내지 못하고 맥없이 끝나버린 이야기이긴 해도 새엄마는 그것을 읽고 "그런데 얘는 도대체 무슨 꿍꿍이인 거지?" 몇 마디 얹곤 했다. 왜일까 그녀는 속내나 속마음이나 속사정같이 곱고 예쁜 단어를 놔두고 꿍꿍이라는 단어를 즐겨 썼다.

"지금 뭐 하고 있어요?"

한번은 궁금증에 못 이긴 내가 둘이 무슨 얘기를 하고 있는 거냐고 묻자 미수 씨는 애들은 몰라도 된다면서 나를 밀어냈다. 그러나 알다시피 열세 살은 알 만한 건 다 아는 나이였다. 알아서 좋을 게 하나 없는 것들까지 속속들이 알게 되는 나이였다. 어떤 앎은 앓음을 동반한다는 사실까지도.

당시 나는 몹시 떠나고 싶었다. 어디로? 하고 묻는다면 나로부터 최대한 먼 곳으로, 바다 건너 외국으로, 스물아홉으로, 이야기 속으로. 이야기가 어떤 세계로든 떠날 수 있는 여권과도 같다는 점에서 나는 그것을 간절히 필요로 했다. 그러나 접근 금지령이 내려진 이야기를 내가 몰래 훔쳐보려 — 정확히는 훔쳐 들으려 — 할 때마다 미수 씨는 어떻게 낌새를 알아채고는 "세상에! 저리 안 가?" 하고 소리쳤다.

세상에. 그건 미수 씨가 세상을 향해 자신을 증명하려 들 때마다 꺼내 드는 단어였다. 기쁠 때도 슬플 때도 사랑을 연필로 쓰라는 유행가를 흥얼거리다가도 세상에! 만약 미수 씨로부터 그 단어를 앗아간다면 미수 씨의 세상은 어떻게 될까? 속수무책으로 무너져버릴까? 이야기의 바깥으로 추방돼 있을 곳을 잃어버린 나는 방 한구석에 쭈그려 앉아 모눈종이 위 찌그러진 하트를 지우개로 문질렀다. 지우개 똥이 나오면 꾹꾹 뭉쳐 지우개를 만들었다. 새로 생긴 지우개로 찌그러진 하트 자국을 문지르면 이번엔 아무것도 지워지지 않았다. 지워지지 않아서 계속 문질렀다. 그러다 보면 딱 지우개 똥만 한 또 하나의 질문이 동그랗게 뭉쳐졌다.

세상에 내가 없었다면 나는 어떻게 됐을까.

내가 없는데 내가 어떻게 되냐니. 말이 안 되는 말이었지만 세상의 모든 것들이 꼭 말이 돼야 하는 건 아니었다. 안 그래? 내가 물었고, 너는 윙크하듯 한쪽 눈을 찌푸린 채로 나를 바라보며 말했다.

"있잖아."

"응."

"왜 사람들은 뭘 말할 때 꼭 있잖아, 라고 할까?"

"있잖아."

"응."

"나도 잘 모르겠어."

"진짜 몰라?"

"응."

너는 그럼 그건 아냐며 운을 떼더니 "우리 반 거시기 선생님이랑 옆 반 홍애자 선생님이랑 그렇고 그런 사이인 거" 하고 말했다. 나는 여자끼리 그렇고 그런 사이가 될 수 있다는 사실에 깜짝 놀라면서도 다소 들뜨고 부푼 마음으로 모른다고 했다.

"그럼 입동이 겨울로 들어간다는 뜻이 아니라, 겨울이 똑바로 선다는 뜻인 건 알아?"

나는 닭살 돋은 맨살을 매만지며 모른다고 했다. 이윽고 내가 두 눈을 감은 채 동상 걸린 두 발로 어디론가 힘차게 걸어가는 겨울의 뒷모습을 상상하는 동안 너는 "그럼 그것도 알아?" 하고 재차 물었다. 내가 알 턱이 없다는 걸 알면서도.

"옛날 옛적에 영어로 'down'은 밑이 아니라 언덕을 뜻했대."

너는 말했고, 나는 몰랐다는 말 밖에는 아는 게 없었다.

"그러니까 어떻게 보면 내 이름은 언덕인 셈이야."

언덕. 네가 이야기를 이어가는 동안 나는 네가 내 귓가에 부려놓는 야트막한 이야기를 느릿느릿 오르고 있었다. 물론 정상에 가닿기도 전에, 꼭대기에 다다라 우리가 무언가를 교환하기도 전에 미수 씨는 어떻게 알고 훼방 놓기 일쑤였지만.

"다운아, 뭐 하니?"

이름을 불리기가 무섭게 너는 침묵 속으로 숨어들었다. 다운아, 지금 몇 시야. 다운아, 물휴지 좀 가져와. 다운아, 너 어디 숨었어, 다운아, 너 대답 안 하면 죽어. 미수 씨는 네가 입을 꾹 닫은 채 기꺼이 자신의 눈이 되기를 거부하려 들 때마다 너를 다그쳤고, 그럴수록 너는 있는 힘껏 소리 죽였다. 어느 날엔가는 애타게 너를 찾던 미수 씨에게 "그런데 엄마는 나를 왜 낳았어?" 하고 묻기도 했다. 지난겨울 코트 주머니에 넣어두고 깜빡 잊어버린 귤을 건네는 듯한 투였다. 귤처럼 노란 질문을 까 하얗게 뒤집으면 이랬다. 그런데 엄마는 왜 나를 지우지 않았어? 다른 사람 같았다면 최대한 대답을 얼버무리며 자리를 피했을지도 모르지만, 미수 씨는 깊이 파묻혀 있는 비밀을 손수 파헤쳐볼 권리가 네게 있다고 생각했다.

쌓인 눈의 무게를 못 이겨 나뭇가지가 하얗게 부러지던 어느 겨울밤이었다. 보험금을 탈 요량으로 전맹 행세를 하던, 종로에서 시각장애인 안마사로 일하던 남자와 홑겹 이불처럼 얇고 추운 밤을 보낸 뒤 몇 주가 지났을 무렵이었다. 남자와 연락이 닿지 않던 미수 씨는 약국에 가서 임테기를 샀고, 변기에 쪼그려 앉아 오줌 줄기를 임테기 흡수부에 겨냥했다. 문제는 한 줄인지 두 줄인지 결과를 '보는' 거였다. 미수 씨는 살면서 두 번째로 수치스러웠던 순간으로 그때를 꼽았다. 임신 사실을 가장 먼저 알게 되는 사람이 자기 자신이 아니라는 점에서. 누군가의 눈과 입을 경유해야만 한다는 점에서. 미수 씨는 흰 지팡이 하나만 달랑 챙긴 채 집 근처 공원으로 향했다. 활동 보조사에게 연락을 취할 마음은 없었다. 지금 뭐 하고 있어요? 눈앞에 무슨 일이 펼쳐지고 있는지 알 수 없었기에 미수 씨는 일주일에 세 번 집을 방문하던 활동 보조사에게 "지금 뭐 하고 있어요?" 하고 끊임없이 물어댔고, 그 말을 자신을 향한 의심으로 해석한 활동 보조사는 이불 빨래를 하다 말고 집을 나선 뒤 다시는 돌아오지 않았다. 미수 씨는 살면서 가장 수치스러웠던 순간으로 그때를 꼽았다. 조금 전까지 함께 있던 사람이 자신이 곧 떠날 것이고, 다시는 돌아오지 않을 거라는 말 한마디 남기지 않았다는 점에서. 혼자 덩그러니 남겨져 있는데도 남겨졌다는 사실을 모른 채 "지금 뭐 하고 있어요?" 허공에 대고 끊임없이 물어야 했다는 점에서.

공원 벤치에 앉아 적당한 대상을 물색하던 미수 씨는 어디선가 모래성이 무너지는 소리를 듣고 애야, 하고 말했다. 소리가 머리 높이에서 나면 알 만한 걸 아는 어른이겠지만 무릎께에서 났기 때문에 뭣 모르는 코흘리개라는 사실을 쉽게 알아챌 수 있었다. "꼬마야, 내가 문제 하나 내볼까?" 미수 씨는 아이와 눈을 맞추기 위해 눈이 있다고 예상되는 지점을 뚫어져라 쳐다보았다. 시선을 교환하기 위해 애썼다. "이게 몇 줄이니?" 조급함에 못 이겨 자기 패를 까발려버린 그녀는 다급히 질문을 정정했다. "이게 몇 줄이게?" 답이 빤한 질문을 건네받은 아이는 손에 묻은 모래를 훌훌 털면서, 모래 알갱이에 딸려온 두려움과 불쾌와 자신이 우위에 있다는 사실에서 기인한 흥분까지 가뿐히 털어내면서 "보면 몰라요? 한 줄이잖아요" 했다. 얼마 뒤 배가 불러왔을 땐 애를 떼기엔 너무 늦은 시점이었고, 너는 그 코흘리개 꼬마 덕분에, 혹은 그 꼬마 탓에 세상의 빛을 볼 수 있었다.

"다운아, 뭐 하냐니까?"

미수 씨가 소리 높였고 우리는 소리 죽였다.

"있지, 아줌마는 너를 진짜 끔찍이 생각하나 봐."

"모르는 소리 마. 엄마는 나를 끔찍하게 생각해."

이내 다운아, 하고 미수 씨가 네 이름을 재차 불렀을 때 너는 있는 힘껏 안쪽으로 웅크렸다. 그 순간 너는 없는 사람처럼 존재하는 게 아니라 없어도 되는 사람처럼 존재하길 원했겠지만, 적어도 내게 너는 없는 사람도 없어도 되는 사람도 아닌 없어선 안 되는 사람이었다. 너와 함께 있을 때면 심장이 빨리 뛰었고, 그건 내 심장에 사랑이 새어 들어왔다는 증거였다. 사랑과 나는 초면, 첫사랑이었다.

그러나 당시 나는 그것을 사랑이라 이름 붙이지 않았다. 그렇다고 사랑을 먹구름이나 귤이나 캐스터네츠라고 바꿔 부르지도 않았다. 내게 사랑은 거시기한 것에 가까웠다. 당시 우리 반에서는 말끝마다 그 단어를 붙이는 게 유행이었다. 부임한 지 꽤 됐을 텐데도 초짜 티를 풀풀 풍기던 담임은 아직 어린 학생들의 눈높이에 맞는 단어가 떠오르지 않을 때마다 "거시기, 그 뭐냐" 하고 중얼거리곤 했다. 낯선 단어가 풍기는 야릇한 낌새를 낚아챈 아이들은 너 나 할 것 없이 거시기! 하고 외쳤다. 이것도 아니고 저것도 아닌, 양쪽에 애매하게 걸쳐진 것들을 지칭하는 참 쓸 데 있는 단어. 그런 점에서 내게 사랑은 사랑스러운 것이라기보다는 거시기한 것에 가까웠다.

그래서일까, 새엄마가 더도 말고 덜도 말고 한 달에 딱 118시간만 너희 집을 찾았다면 나는 너를 보고 싶다는 마음으로, 한편으로는 네가 나를 봐주었으면 좋겠다는 마음으로 너희 집을 찾았다. 활동 보조사 자격증을 따기 전까지 모조 귀금속을 팔았다던 새엄마에 따르면 그건 절대 남는 장사는 아니었다. 그러나 나는 너와 함께 있는 동안 내가 늘 너에게 무언가를 받고 있다고 생각했다. 물성이 있어 손에 잡히지 않아도 마음에 오래 남는 무언가를.

주머니에 땡전 한 푼 없어도 네 마음을 사는 데 정신이 팔려 있던 어느 날이었다. 이제 막 겨울이 걸음마를 뗀 12월 초입이었는데도 안방 티브이 속에서 맹꽁이가 맹꽁맹꽁 울던 날이었다. 아니, 사실 그 말에는 오류가 있었다. 매일 밤 내가 훔쳐본 다큐멘터리에 의하면 맹꽁이는 맹꽁, 하고 우는 게 아니라 맹 또는 꽁, 하고만 울 수 있었으니까. 한쪽이 맹, 하고 울면 다른 한쪽이 꽁, 하고 울면서 서로의 울음과 침묵과 리

들을 조율했으니까. 혼자서는 절대 자기 자신이 될 수 없는 외롭고 소란한 동물.

그리고 그 순간만큼은 나는 너와 함께 꿍꿍이가 되고 싶었다. 네가 꿍, 하고 울면 내가 꿍, 하고 울고, 내가 꿍, 하고 울면 네가 꿍, 하고 울길 바랐다. 세상 모든 맹꿍이의 이름이 꿍꿍이로 변해버릴 때까지 언제까지고 그렇게 꿍꿍꿍꿍꿍 한바탕 울어젖히고 싶었다. 새엄마가 무슨 꿍꿍이속이냐며 나를 몰아붙이든 말든 내 안에 산처럼 쌓여 있는 울음을 모조리 밖으로 내보내고 싶었다. 그렇게 나를 텅 비우고 싶었다.

"있잖아, 이건 비밀인데."

나는 네 쪽으로 일보 전진하며 말했다. 몸이 닿고 마음이 섞이지 않을 정도로만 적당히 가까워져야 했다.

"나는 오늘 하루 종일 네가 보고 싶었어."

비밀이 더 이상 비밀이 아니게 되는 순간.

"그리고 나는 네가 꼴도 보기 싫어."

그날 점심시간에 우리는 경찰과 도둑 놀이를 했다. 뭘 잘못 먹었는지 반 애들이 순순히 우리를 놀이에 끼워주었고, 너와 내게 주어진 유일한 역할은 도둑이었다. 달리기에 소질이 없던 너는 금방이라도 뿔난 경찰에게 붙잡힐 것 같았지만 그런 일은 벌어지지 않았다. 마음 씀씀이가 헤픈 아이들이 너를 봐줬기 때문이었다. 눈 뜨고 보기만 한 게 아니라 봐'주었기' 때문이었다.

간과할 수 없는 또 다른 문제 하나는 내가 도둑이 되고 싶지 않았다는 거였다. 정확히는 도둑만 되고 싶지 않았다는 거였다. 민중의 지팡이와 교활한 쥐새끼. 나는 내 멋대로 두 역할을 동시에 맡기로 결심했다. 양자택일은 개나 주고 양다리를 걸쳤다. 나도 참 이런 내가 싫었다. 아니, 이런 내가 싫은 것 같기도 싫지 않은 것 같기도 했다. 한마디로 반신반의. 그리고 나를 믿든 나를 의심하든, 중요한 건 이런 나 자신을 아무에게도 들키지 않는 거였다. 들킨대도 반만 들켜야 했다. 이런 내 마음을 알 리 없는, 조금 전까지만 해도 죽일 기세로 나를 쫓던 여자애는 돌변한 내 모습에 지레 겁을 먹더니 꽁무니를 빼고 그러다 제 발에 걸려 우스꽝스러운 폼으로 나자빠졌다.

"지금 뭐 하는 거야!"

어디선가 갑자기 나타난 담임이 세상 떠나가라 소리쳤을 때 나는 지금 내가 뭘 하고 있는지조차 알지 못한다는 점에서 쥐구멍에라도 숨고 싶은 기분이었다. 그러나 암만 주변을 둘러봐도 나를 둘러싼 세상은 탁 트여 있었고, 작디작은 구멍이라곤 찾아볼 수 없었고, 나는 나 자신이라는 쥐구멍에 이 한 몸 기꺼이 숨기고 싶었다. 숨을 곳과 숨길 것이 일치한다는 걸 알게 되는 기분은…… 뭐랄까, 참 거시기했다.

"안 되겠다. 부모님 데리고 와."

나 하나 갖고는 부족했는지 담임은 나를 쏘아붙였다.

"저한테는 엄마가 없는데요."

그러나 내가 진실을 내놓았음에도 불구하고 담임은 나를 거짓말쟁이 취급했다. 새엄마는 새엄마고 헌엄마는 헌엄마. 새엄마가 암만 오래돼봐야 낡고 오래된 새엄마일 뿐이라는 점에서 나는 억울했지만 거짓말을 일삼는 아이처럼 보여진 것에 내 잘못이 전혀 없다고 할 순 없었다. 나는 궁지에 몰려 있었고, 때로 궁지는 내 둥지나 다름없었다.

그날 거짓말을 한 죄로—정확히는 거짓말쟁이로 보여진 죄로—나는 텅 빈 교실에서 투명 의자를 했다. 의자를 만드는 가장 손쉬운 방법은 여기 의자가 있다고 상상하는 것. 의자의 없음을 눈감아주는 것. 앉은 자세를 유지하느라 몸에서는 땀이 줄줄 흘렀고, 다리가 후들거렸고, 하늘은 서서히 핑 돌며 노래져갔다. 그리고 마침내 내 존재의 무게를 견디고 있던 의자가 무너져내렸을 때에서야 담임은 "그만 가봐" 하고 말했다. 물론 내 마음은 이미 거기 있지 않았지만.

학교를 나선 뒤 나는 곧장 집으로 향하는 대신 너희 집으로 갔다. 거기서 뭘 했냐고 묻는다면 〈프라이드 그린 토마토〉나 〈델마와 루이스〉 같은 영화를 봤다. 물론 우리 모두가 그것을 '봤다'고 할 수는 없었다. 미수 씨는 네 입을 경유한 장면을 통해서만 그것을 볼 수 있었으니까. 그날 티브이 화면 속에는 나와 딴판으로 생긴, 금발에 새하얀 피부를 가진 여자가 등장했고, 우리는 화면 귀퉁이에 '청소년 미만 관람 불가' 글귀가 선명하게 박혀 있는데도 그걸 모른 체했다. 그러는 것이 우리에게 유리하다는 걸 본능적으로 알아챘기 때문이었다. 영화 속에서 여자는 한 남자와 사랑에 빠졌고, 수심 깊은 사랑에 빠져 허우적거렸고, 한번 사랑에 발을 담근 사람은 함부로 거기서 발을 빼지 못했다. 사랑에 빠진 이에게 선택지란 그 대상과 하나가 되거나 하나가 되지 못하는 것뿐이었고, 운 좋게도, 혹은 운이 나쁘게도 여자는 남자와 하나가 되었다. 사랑스러우면서 징그러운 하나의 덩어리. 그리고 그 낯부끄러운 장면을 번역할 때 네가 택한 단어는 '하다'였다.

"지금 둘이 하고 있어요."

목적어를 덧붙이지 않아도 의미가 온전히 전달될 만큼 오염될 대로 오염되어버린 단어. 순간적으로 나는 거시기 선생과 홍애자 선생이 하는 모습을 그려보려 했지만 머릿속 도화지는 여전히 텅 빈 채였다. 그림이 좋고 나쁘고를 떠나 여자끼리 하는 건 애초에 그림이 되지 않았다.

"다운이 너, 당장 눈 감지 못해?"

너는 분부대로 했고 나는 눈 똑바로 떴다. 미수 씨가 내게는 눈을 감으라고 말해주지 않았다는 사실에 얼마간 상처 입기도 했다. 무엇보다 나는 사람들이 '하다'라는 단어를 내뱉을 때 속으로 은밀히 생각하는 단 한 가지 행위를 제외한 모든 것을 너와 하고 싶었다. '하다'라는 말이 그 바깥의 모든 것들을 의미하는 날이 올 때까지 너와 단둘이 하고 싶었다. 나는 너를 끔찍이, 그리고 끔찍하게 생각했으므로.

엔딩크레딧이 올라가고도 한참이 지난 뒤, 감기 기운이 있는 것 같다는 네 말에 미수 씨는 찬장에서 약을 꺼내 왔다. 알약을 삼키기만 하면 모조리 토해내던 너를 위해 미수 씨는 새하얀 절구에 새하얀 알약을 새하얗게 빻았고, 너는 결코 단 구석이라곤 없을 곱고 흰 가루를 달게 받아먹었다. 왜 단 한 번도 칭얼대거나 울먹이거나 얼굴을 찡그리지 않을까. 입에 쓴 약을 아무렇지 않게 삼키는 너를 보면서 내가 속으로 생각하는 동안 미수 씨는 깜짝 놀라며, 혹은 깜짝 놀란 척을 하며 나를 향해 소리쳤다.

"세상에, 너 아직도 여기 있었니?"

그 순간, 나는 내가 여기 있다는 사실을 가장 효과적으로 증명하기 위해 최대한 숨죽인 채 침묵이 내 곁을 떠나가지 못하도록 했다.

"너. 거기서 쥐새끼처럼 뭘 하고 있는 거니?"

"아무것도요."

"아무것도? 얘는 대체 누굴 닮아서 이렇게 아무것도 모를까."

"네?"

"지금 네가 거기 있는데 대체 뭐가 아무것도 안 하고 있다는 거야."

그 말과 함께 자리를 뜬 미수 씨는 이내 플라스틱 쟁반에 사과 한 알과 과도를 담아 왔다. 몇 번 허공을 더듬었다는 것 빼고는 앞이 보이지 않는다고 생각할 수 없을 만큼 정확하고 민첩한 동작이었다. 그녀는 자기 앞에 너와 나를 앉혀놓고 왼손으로는 사과를, 오른손으로는 과도를 쥐었다. 그러곤 푸르스름한 사과 껍질을 얇게 벗겨내는 동시에 자신이 딱 절반까지 썼다던 이야기의 껍질을 깠다. 어느새 너는 내 어깨에 머리를 기댄 채 꾸벅꾸벅 졸고 있었고, 나는 내 손을 꼭 붙든 이야기가 나를 데리고 이 세상에서 실종되어주기를 바랐다. 언제까지? 밤처럼 까만 이야기의 머리카락이 하얗게 새버릴 때까지.

"들어봐. 내가 딱 너 나이만 할 때, 우리 엄마는 고속도로 휴게소에서 밤을 팔았단다."

내가 "밤이요?" 하고 말하려 들기가 무섭게 미수 씨는 이야기를 이어나갔다.

"그땐 밤이 아주 귀했거든. 날이면 날마다 오는 게 아니었지. '밤이면 밤마다'라는 단어는 애당초 존재하지도 않았고 말이야. 세상 사람들 모두가 조금이라도 더 어두운 밤을 얻어내기 위해 무던히 애썼단다. 어두우면 어두울수록 더 많이 사랑받을 수 있었으니까."

나는 그늘질 대로 그늘진 미수 씨의 얼굴을 바라보았다.

"그거 아니? 사람들은 누구나 밤을 갖고 태어나. 갓난아이 속에 갓 난 어둠이 있는 셈이지. 그런데 사람의 몸속에 밤이 심겨 있는 건 아주 잠깐뿐이야. 보통 사람들은 탯줄처럼 밤과 연결되어 있다가 밤에게 버림받아. 너도 그렇고. 그런데 나랑 내 딸은 버림받지 않았단다. 밤이 우리 안에 뿌리내리기를 선택했고, 내가 계속 밤을 품고 있기를 선택한 거야. 너, 내가 앞이 안 보인다고 눈에 뵈는 것도 없는 여자라고 생각하지? 천만에. 나는 네가 지금 무슨 생각을 하는지, 속에 무슨 꿍꿍이가 들어차 있는지 속속들이 들여다보고 있어. 다 내 밤 덕분이지. 그리고 너도 이미 잘 알고 있겠지만, 이담에 나는 내 딸한테 내 밤을 물려줄 거란다."

그 대목에서 너는 내 어깨에 기대둔 머리를 떼더니 "깜빡 잠들어버렸네" 하고 중얼거렸다. 아까부터 깨 있었으면서 뻔히 들여다보이는 거짓말을 했다. 그러거나 말거나 미수 씨는 못다 한 여분의 이야기를 깔때기를 통과하는 검고 끈적한 액체처럼 내 귓속으로 흘려보냈다.

"그러니 다운이 옆에서 얼쩡거리는 건 이제 그만해. 그러기에 너는 너무 환하니까."

"그런데 있잖아요, 아줌마."

"왜 그러니?"

"아줌마는 사람 잘못 봤어요. 나한테도 있어요, 나만의 밤이."

"틀림없니?"

"네, 틀림없어요."

하지만 내 수중에 '틀림없이'라는 패가 들어온 적은 살면서 단 한 번도 없다는 걸 나는 알고 있었다. 어떻게 알았냐면 그냥 그렇게 됐다. 어느 날 연필 꽁지에 달린 지우개를 잃어버리듯이. 시간이 훌쩍 지나 스물아홉이 되어 철 지난 외투 주머니 속에 들어 있던 지우개를 발견하듯이. 지우개 똥으로 만든 지우개를 살살 문지르면 지우개 똥이 새살처럼 돋아나듯이.

"아줌마, 그거 알아요? 우리 엄마, 그러니까 새엄마 말고 내 진짜 엄마는 꽁꽁이었어요. 안방 침대 위에서 어떤 여자랑 꽁꽁꽁꽁 울어대는 걸 내가 다 봤어요. 봐버렸어요."

겉과 속이 다르다는 걸 내보여서 좋을 게 하나 없다 한들 나는 내가 꽁꽁 싸매놓은 본색을 잠시 그녀에게 드러내볼 작정이었다. 빨주노초파남보. 일곱 색깔 크레파스로 바탕을 칠한 뒤 온통 까맣게 뒤덮인 도화지를 끝이 날카로운 사물로 긁어내는 것과 흡사했다. 알다시피 상처는 때로 가장 훌륭한 붓이었으니까. 그러나 거실에서 울려 퍼진 쨍그랑 소리에 모든 일은 미수에 그쳐버리고 말았다. 정신을 차려보니 내 옆자리를 지키고 있던 너는 어디론가 사라져 있었고, 미수 씨는 날선 눈빛으로 허공을 쏘아보면서 "내가 못 살아! 내가 너를 아주 반 죽여놔야겠어?" 하고 소리쳤다.

"있잖아요. 그거, 저도 한번 해보면 안 돼요?"

"뭘 말이니?"

"방금 아줌마가 그랬잖아요. 반 죽여놓겠다고. 저도 눈 딱 감고 반만 죽어볼게요. 다운이 옆에도 딱 반만 같이 있을게요. 그럼 다 괜찮은 거죠?"

반만 죽겠다는 말은 반만 살겠다는 말과 동의어일까, 아님 반의어일까. 반만 좋아한다는 말은 반만 미워한다는 말과 동의어일까, 아님 반의어일까. 반쪽짜리 삶과 사랑을 간절히 바라면 바랄수록 몸과 마음에 피가 도는 아이러니. 이를테면 그건 성장의 느낌이었고, 나는 내가 나도 모르는 사이 조금씩 자라나고 있다는 사실이 유쾌하고 상쾌하고 통쾌하고 경쾌하면서도 참을 수 없을 만큼 불쾌했다.

조금 뒤 미수 씨는 작고 주름진 내 손에 매끈하게 잘 깎인 사과 한 조각을 쥐여주며 말했다.

"너 그거 아니? 밤에 먹는 사과는 독이나 다름없다는 거. 그러니 오늘 밤은 이걸로 끝, 다 끝났으니까 어서 집으로 돌아가. 근데 너, 설마 내가 한 말을 곧이곧대로 믿는 건 아니겠지? 방금 내가 말한 건 다 거짓말이야. 거짓말은 거짓말인데 감쪽같은 거짓말. 뭐 하니 너? 어서 먹지 않고."

아. 나는 고작 몇 분 사이 거짓말처럼 갈변된 사과를 꼭꼭 씹어 먹었다. 떫고 신, 한마디로 틀려먹은 맛이었다.

*

"애가 아직 어려서 뭘 몰라서 그래."

사람들은 종종 어린아이에게 그렇게 말하곤 하지만, 그건 정말이지 모르는 소리다. 어린아이는 자신이 어떤 세계를 마주하고 있는지 모르기 때문에 오히려 세계를 더 깊이 들여다볼 수 있다. 예컨대 너는 맹꽁이가 멸종위기종이라는 사실을 알고 있는 사람이었고 언제 어디서건 여자끼리 뭔가를 했다가는 사람들의 표적이 된다는 걸 알고 있는 사람이었고 부모에게 물려받을 거라곤 다정한 병病뿐이라는 사실을 알고 있는 사람이었다. 내가 너의 눈이 되어줄게. 그 말을 내뱉은 순간 내가 네가 아닌 너의 너머를 보고 있었다는 걸 알고 있는 사람이었다. 무엇보다 어느 겨울날 아침, 미수 씨가 보물찾기를 하러 가자고 했던 이유를 알고 있는 사람이었다.

그날 도시락을 싸기 위해 꺼내 든 계란에는 눈이 내린 듯 새하얀 곰팡이가 점점이 피어 있었다. 여기 곰팡이가 생긴 것 같다는 내 말에 너는 별것 아니라는 듯 프라이팬 가장자리에 껍질을 깨려 했고 미수 씨는 네가 그러지 못하게 했고 나는 이러지도 저러지도 못한 채 둘 사이에 어정쩡하게 서 있었다. 그러나 이러지도 저러지도 못하는 사람도 결국은 이것과 저것 중 하나를 택해야 하기 마련이었다. 그때 네가 내게 단단히 등 돌린 이유도 그 때문이었다.

"네가 본 걸 있는 그대로 말해봐."

코와 볼이 빵빵한 게 영락없이 뽕뽕이를 빼닮은 남자애의 만년필이 사라진 날, 담임은 아프다는 핑계로 체육 시간에 너와 단둘이 교실에 남아 있던 내게 추궁하듯 물었다.

있는 그대로.

기억을 더듬어보자면 우리는 교실 책상에 나란히 앉아 있었다. 사랑을 연필로 쓰고 있었다. 경찰과 도둑 놀이에 빠진, 뭉치면 죽고 흩어지면 사는 창밖 풋내기들을 내려다보고 있었다. 공교롭게도 교실엔 우리 둘뿐이었다. 보는 눈이 하나도 없었으므로 너는 뻥뻥이의 책상 서랍 깊숙이 처박혀 있던 만년필을 꺼내 들었다. 사랑을 만년필로 쓰려 했지만 그새 잉크가 굳었는지 종이에는 아무것도 묻어나지 않았다.

"우리, 같이 해볼까?"

너는 장난스레 말했고 나는 못 들은 체했고 너는 그런 나를 조용히 눈감아주었다. 이윽고 네가 내 쪽으로 무너지듯 몸을 기울이려던 순간 나는 말했다.

"금."

여기까지가 있는 그대로에 가까운 일이었지만 '있는 그대로'라는 건 애당초 이 세상에 존재하지 않았다. '있는'과 '그대로'는 절대 짝이 될 수 없었다. 이 세상의 있음이란 내가 본 것이 아니라 내가 보려 하지 않은 것과 더 잘 어울리곤 했으니까. 그렇기에 나는 이렇게 말할 수밖에 없었다.

"다운이는 범인이 아니에요. 저랑 여기 꼼짝없이 앉아 있었는걸요. 다른 애들 책상에는 정말 얼씬도 하지 않았어요. 믿어주세요."

거짓말은 거짓말인데 진짜 같은 거짓말. 왜인지 그날부로 내게 잔뜩 화가 난 너는 며칠 동안이나 나를 본체만체했다. 한 번만 봐주면 안 되냐고 내가 암만 사정해도 묵묵부답이었다. 아빠가 헌엄마의 실종을, 새엄마가 아빠의 외도를 묻고 살아갔듯 너 역시 내 잘못을 묻어줄 수 있었을 텐데 그러지 않았다. 묻고 산다는 것. 그건 살면서 다시는 꺼내 보지 않을 보물을 마음속 깊은 곳에 묻어두는 행위나 다름없었다. 그러나 대부분의 사람들은 자신이 보물을 묻어두었다는 사실을 평생토록 잊지 못하기 때문에 기어이 그것이 파묻혀 있는 장소를 다시 찾아 나서곤 한다.

열세 살에서 열네 살로 넘어가던, 열세 살의 뼈 자라는 소리가 밤마다 악몽처럼 울려 퍼지던 겨울, 나는 너와 함께 보물찾기를 하러 간 적이 있다. 여기서 잠시 스포일러를 하자면, 이야기를 본격적으로 시작하기도 전에 이야기를 완전히 망쳐버리자면 그날 우리는 우리가 숨겨둔 보물을 찾지 못했다. 아니, 않았다. 섣불리 시작하긴 했으나 끝에 다다르지는 못한 반쪽짜리 여정. 그러니까 지금부터 펼쳐질 이야기는 나의 실패담인 셈이다.

준비물: 숨길 보물, 돗자리, 계란만 달랑 넣은 계란 샌드위치, 보물을 찾아 헤맬 마음.

날이 너무 추워서 수도꼭지가 얼세라 물을 더도 말고 덜도 말고 한 방울씩 틀어줘야 하는 날이었다. 소풍이나 나들이를 가기에 좋지 않은 날이었고, 그럼에도 불구하고 우리는 산을 올라보자는 결코 좋지만은 않은 결정을 했다. 원래대로라면 새엄마까지 함께하기로 한 여정이었지만 고속도로에서 차가 급발진해 가드레일을 들이받는 바람에 새엄마는 병원 신세를 지는 중이었다. 입 밖으로 꺼내진 않았지만 나는 새엄마가 어떻게든 아빠의 눈에 밟히기 위해 허튼수작을 부린 게 아닐까, 속으로 생각하기도 했다. "제가 병문안이라도 갈까요?" 내 말에 새엄마는 마음에도 없는 소리 말라면서, 이제 곧 중학생이 되는 애가 딴 데 한눈팔지 말고 공부나 열심히 하라고 했다.

"너 그러다 다운이처럼 된다."

그 무렵 새엄마는 종종 내게 이렇게 말하곤 했다. 내가 너와 뭘 하겠다고 입도 뻐끔 안 했는데도 그랬다. 그리고 너처럼 된다는 게 무엇일지 생각하다 보면 나도 모르는 사이 눈앞이 온통 캄캄해졌다. 캄캄하면 캄캄한 대로 나는 늘 너를 생각했고, 네가 어떤 사람이었나, 하고 생각하는 건 곧 내가 어떤 사람이었나, 하고 생각하는 것과 다름없었다. 한때 너는 나를 가장 잘 비춰주는 사람이었으므로. 하지만 스물아홉과 달리 열셋은 언제라도 발을 뺄 수 있는 나이였다. 안 될 것 같으면 언제 그랬냐는 듯이 왔던 길을 되돌아가 딴 길로 들어설 수 있는 나이였다. 사랑을 연필로 쓴 탓이었다. 덕분이었다.

당시 너는 앞두고 있는 게 많았다. 초등학교 졸업을 앞두고 있었고 맹학교 진학을 앞두고 있었고 나빴던 한쪽 눈의 시력이 그나마 덜 나빴던 나머지 한쪽 눈에까지 옮아가 완전한 실명을 코앞에 두고 있었다. "이제 그만 희망을 버리는 게 좋겠습니다." 빛 한 줌 없는 의사의 말을 희망을 버리라는 뜻으로 잘못 알아들은 나는 마음속에 칼 한 자루를 품은 채 너라는 언덕에서 내려올 채비를 하고 있었다.

"애, 안 오고 뭐 하니."

겨울이라는 단어조차 얼어붙을 만큼 추운 겨울날이었다. 누가 모녀지간 아니랄까 봐 미수 씨는 보랏빛이 도는 인조 가죽 코트를, 너는 자주색 점퍼를 맞춰 입었고, 나는 지금이라면 줘도 안 입을, 위아래로 온통 촌스럽고 철 지난 초록색 계열의 옷차림새였다.

언제나처럼 미수 씨는 흰 지팡이로 탁타탁탁, 땅을 짚으며 나아갔다. 도레미파솔라시도. 어떤 돌멩이를 때릴 때에는 앞의 '도' 소리가 났고 어떤 나무를 때릴 때에는 뒤의 '도' 소리가 났다. 탁, 하고 무언가 부서지는 소리가 들린 건 내가 열다섯 걸음 좀 안 되게 뒤처졌을 때였다. 나는 있는 힘껏 속도를 높여 너희 모녀와 열을 맞췄다. 옆을 돌아보니 나무둥치와 돌멩이 틈새에 박힌 미수 씨의 흰 지팡이 끝부분이 맥없이 꺾여 있었다. "이를 어째." 느낌표마냥 일직선으로 쭉 뻗은 지팡이가 어느새 각진 물음표 모양으로 휘어져 있는 걸 알아챈 미수 씨가 말했다.

"세상에. 이거 완전히 못쓰게 돼버렸네."

완전히 못쓰게 된 지팡이와 그럼에도 계속 앞으로 나아가는 이야기. 나는 미수 씨가 흰 지팡이 없이는 한 발짝도 걸음을 옮길 수 없을 거라고 생각했지만 그건 오산이었다. 이를 어쩐담. 미수 씨는 잠시 이렇게 중얼거렸을 뿐 이내 우리에게 적당한 굵기와 길이의 새 나무 막대기를 구해오라는 명령을 내렸다. 내게 주어진 선택지란 그녀의 말을 따르거나 거스르거나 둘 중 하나였고, 나는 분부대로 했다.

우리는 나뭇가지를 서로의 손가락에 대보면서 굵기를 가늠하고 서로의 키에 맞춰보면서 길이를 가늠했다. 그리고 딱 이거다 싶은 나무 막대를 발견했을 때쯤 하산하던 노부부와 정면으로 마주쳤다. 아. 몸이 부딪치지 않았는데도 나는 아, 소리를 냈다. 꼴값 좀 떨었다.

"너 괜찮니?"

둘도 없어 보이지만 결코 하나라고도 볼 수 없는 그들은 형광색 등산복 주머니에 손을 넣더니 그 좁고 네모난 공간이 이곳이 아닌 다른 세상과 이어져 있기라도 하다는 듯 오래도록 뒤적거렸다. 이윽고 주머니 속에서 빠져나온 건 더도 말고 덜도 말고 귤 하나였다.

"아가, 이거 먹어가면서 하렴."

아직 설익었는지 꼭지 부분이 푸르스름한 귤 한 알을 손에

권, 얼굴에 검버섯과 주름이 그득한 게 서로를 쏙 빼닮은 그들은 우리가 뭘 하고 있는지조차 잘 모르면서 허허허 웃어 보였다. 사람 좋은 웃음이었지만 좋은 사람일지는 미지수였다.

세상에 공짜는 없단다.

그건 새엄마가 내게 건넨 말 중에 지금까지도 가장 쓸모 있는 말이었다. 세상에 공짜는 없었고, 무언가 나눠 받기 위해서는 그에 마땅한 대가를 치러야 했다. 돈으로 안 되면 몸으로, 몸으로 안 되면 마음으로 때워야 했다. 이번에는 뭐로 때우게 될까. 아. 나는 눈 딱 감고 귤을 건네받았다.

"나는 너희가 날 버리고 간 줄 알았지 뭐니. 그 뭐야, 고려장처럼 말이야."

적당한 나무 막대를 구해 가져갔을 때 미수 씨는 버림받은 사람이라고는 전혀 볼 수 없는 얼굴로 이렇게 말했다.

"그걸 원하시는 거면 그렇게 한번 해볼게요."

내 말에 미수 씨는 "하여간 너는 속도 참 깊구나" 호수에 돌멩이 하나를 툭 던지듯 말했다. 문제는 내 속이 그녀가 생각한 것보다 훨씬 더 깊다는 거였다. 돌멩이를 도로 찾아 쥐기 위해 발을 담그면 발끝이 바닥에 닿지 않을 정도로. 이를테면 그 무렵, 속이 깊어도 너무 깊은 나는 겉으로는 보송보송하게 서서 아무것도 안 하고 있는 것처럼 보여도 속으로는 늘 수심 깊은 호수에 빠진 채 허우적거리고 있었다.

이내 가까스로 내 안에서 헤엄쳐 나온 나는 주머니에 찔러 넣은 한쪽 손으로 계속 귤을 주물렀다. 헌엄마가 말하길 귤은 주무르면 주무를수록 달아지는 과일이었다. 귤을 주무르면 손에서는 귤 냄새가 나고 귤에서는 손 냄새가 나고 그건 마치 작은 포옹 같았다. 겨울엔 귤이 제철이라면 열세 살에는 뭐가 제철일까. 손에 잔뜩 밴 귤 냄새를 맡으며 귤이 얼마나 달아졌을지 상상하는 동안 나는 바보 같게도 준비물을 두고 왔다는 사실을 깨달았다. 소중한 것. 놓칠 수 없는 것. 무슨 일이 있어도 절대로 잃어버리면 안 되는 것. 미수 씨는 이 세 가지 조건에 부합하는 것을 잊지 말고 챙기라고 했고, 나는 그만 그걸 까맣게 잊어버렸다.

"어떡하죠? 집에 다시 갔다 올까요?"

나는 빵 부스러기를 이정표 삼아 제 갈 길을 갔던 동화 속 코흘리개들처럼 혼자서도 너끈히 집으로 돌아갈 수 있다는 듯 의기양양하게 말했다. 그러나 미수 씨는 그럴 필요 없다는 얼굴로 먼 허공을 응시하면서 "비가 오는구나" 할 뿐이었다.

비가 왔을 때 사람들의 반응은 대개 둘로 나뉘었다. 비를 맞거나 비를 피하거나. 그러나 미수 씨와 너는 그 사이에 어중간하게 걸쳐 있는 사람이었다. 나무 그늘에 얌전히 몸을 맡기면 잠시나마 비를 피할 수 있을 텐데 미수 씨는 우산이 있으면서도 쓰는 둥 마는 둥 한 채 끝없이 앞으로 걸었다. 젖어도 되는 옷이 아닌 것 같았는데도 옷이 젖어드는 걸 아랑곳

하지 않았다. 발이 나무뿌리에 차이고 진창에 빠져 종종 멈춰 서기도 했지만 가만 서 있는 동안에도 두 다리는 곧장 나아갈 준비를 하고 있었다. 앞으로 나아가면 갈수록 무언가 자꾸 나를 잡아당기는 느낌.

이 세상 바깥에서 우리를 내려다본다면 우리는 비를 피하는 사람처럼 보일까, 비를 맞는 사람처럼 보일까, 아니면 비처럼 보일까.

비는 그칠 생각조차 하지 않았고, 우리는 물에 젖은 나뭇가지와 낙엽을 모아 불을 지펴볼 작정이었다. 어디에서 났는지 미수 씨는 주머니에서 라이터를 꺼내 들었다. 수차례 부싯돌을 튕겼지만 불은 좀처럼 붙지 않았고 붙었다 한들 금세 꺼져 버렸다. 빗물을 머금은 계란 샌드위치에서는 불길하고 역한 냄새가 났다. 나는 윽, 하고 숨을 참았다. 숨을 참으면 숨이 잘 쉬어지지 않고, 사실 숨이 잘 쉬어지지 않는 건 내 안에 너 있기 때문이었다. 쓰레기로 포화 상태인 매립지처럼 내 안이 온통 너로 꽉 차 있기 때문이었다.

"무서워요."

너무나도 무서웠기에 나는 용기를 내어 무섭다고 말했다.

"뭘 했다고 무서워."

"그냥, 전부 다 무서워요."

그 무렵 나는 나를 둘러싼 모든 것들이 무서웠다. 과학 시간에 손수 배를 가른 개구리, 투명 의자, 향수 향과 한데 섞인 쓰레기 냄새……. 정확히는 시간이 흘러도 무서움이 사라지지 않을까 봐 무서웠다. 무서움을 열었는데 그 안에 또 다른 무서움이 들어 있을까 봐 무서웠다. 밤이 지났는데 그 뒤에 또 다른 밤이 도사리고 있을까 봐 무서웠다. 다른 여자와 눈맞춘 죄로 아빠에게 매 맞던 헌엄마가 꿍꿍꿍 울지 않고 엉엉 울었단 걸 똑똑히 봤기에 무서웠다. 너의 나쁨과 나의 나쁨이 한데 어우러질까 봐, 그렇게 평생 무서움과 짝지어 살게 될까 봐 무서웠다.

반면 미수 씨는 대수롭지 않다는 듯 "그래?" 하더니 무서울 때는 무서운 게 직방이라고, 자기가 무서운 얘기를 하나 해주겠다고 했다. 무서움의 최대치를 향해 자신을 몰고 가다 보면 어느새 그 어떤 것도 무섭지 않은 순간이 올 거라고.

그리고 지금 여기, 나 말고는 딱히 무서울 게 없는 스물아홉의 나는 종종 열세 살의 내게 "그 정도 무서움쯤은 아무것도 아니야" 속삭여주곤 한다. 기꺼이 나 자신의 스포일러가 된다. 그 말 덕분인지 그 말 탓인지, 열세 살의 나는 말했다.

"무섭지만 한번 들어볼게요."

"얘, 그럼 못 써. 무섭지만 들어보는 게 아니라 무서운 채로 들어봐. 알겠니?"

그러나와 그리고. 당시 나는 둘의 차이를 제대로 인지하지 못했음에도 네, 속으로 대답했다. 미수 씨는 우리를 둘러싼 침묵이 어떤 의미인지 연연하기보다 서둘러 자신의 이야기를 부려놓았다. 애석하게도 이야기는 거기서 끝나버렸다. 이야기꾼이 이야기를 멈춰서가 아니라 이야기에 귀 기울이던 사람이 자리를 떴기 때문이었다. 그녀가 혼자만의 이야기 속에서 비를 피하는 동안 너는 내 손을 잡아채고서 빗속으로 나를 이끌었다. 나는 뭐 하는 거야, 속으로 생각하면서도 그 말을 차마 입 밖으로 내뱉지 못했다.

"지금 뭐 하는 거야."

한참이나 걸음을 옮긴 뒤에야 내가 물었고, 너는 아무런 답도 하지 않았다. 하늘을 올려다보니 진녹색 우듬지와 우듬지가, 연둣빛 잎사귀와 잎사귀가 서로 거리를 벌린 채 우수수 흔들렸다. 어디선가 멧비둘기가 멧돼지처럼 까맣게 울었다. 연보라색 먹구름이 꼭 물에 젖은 솜사탕 같았다. 구름 뒤에 숨은 노란 해가 보일락 말락 했다. 춥고 목이 탔다. 빛과 달리 섞으면 섞을수록 어두워지는 색. 너는 내 손을 잡아끈 채 계속 앞으로 나아갔고, 이윽고 우리는 두 갈래 길에 다다랐다. 너는 어느 한쪽 길을 선택하기보다 더 이상 길이 없으니 들어오지 말라는 팻말이 박혀 있는 진입 금지 구역 쪽으로 걸음을 옮겼다. 사람이 다니지 않는 길로 들어섰으므로, 그길로 우리는 길을 잃어버리게 되었다.

"어떡해. 길을 잃어버렸나 봐."

나는 혹시라도 네가 그 사실을 모르고 있을까 봐, 앞일을 전혀 생각하지 않고 이런 짓을 벌인 걸까 봐 네게 넌지시 "우린 이제 혼자야" 하고 말했다. 그리고 생각했다. 만약 우리가 이대로 실종되기라도 한다면 세상은 어떻게 될까. 속수무책으로 무너져 내릴까. 아무 일도 없었다는 듯 멀쩡히 잘 돌아갈까. 네가 없는 세상은 네가 있는 세상보다 밝고 환할까. 내가 무서움에 떨고 있던 반면 너는 당장 우리에게 닥친 상황이 조금도 무섭지 않은 것 같았다. 그래 보였다. 마치 네가 길을 잃어버린 게 아니라 길이 너를 잃어버린 듯 굴었다.

그렇다면 나는 어때 보였을까? 내가 떨고 있다는 걸 느끼기라도 했는지 너는 괜찮다고, 다 괜찮아질 거라고 내 손을 붙들며 말했다.

"너한테는 내가 있잖아."

나한테 네가 있어서 나는 종종 더 혼자 같았다.

그렇게 혼자가 돼버린 우리 앞에는 커다랗고 움푹한, 한 사람이 들어가기에 적당한 크기의 구덩이가 있었다. 아니, 자세히 보니 그건 구덩이가 아니라 무덤이었다. 무덤은 무덤인데 속이 파헤쳐져 아무것도 묻혀 있지 않은 무덤. 글씨가 흐릿해지긴 했지만 분묘 이장 안내 팻말에는 '무연분묘'라는 단어와 함께 연고자의 연락을 기다린다는 문구가 깨알같이 박혀 있었다. 무연분묘. 무슨 뜻인지 정확히 알지는 못해도 나는 그 단어가 어딘가 쓸쓸해 보인다고, 짝 안 맞는 양말이나 장갑처럼 외따로 혼자 남겨진 낱말 같다고, 무엇보다 너와 나 같다고 생각했다. 나는 주머니 속에 넣어둔 귤을 계속 주물렀다.

얼마나 주물러댔는지 껍질이 살짝 터진 귤에서 끈적한 즙이 새어 나왔고, 손에 귤 물이 스며들었고, 그 느낌이 참을 수 없을 만큼 불쾌했지만 아랑곳하지 않았다.

"있잖아, 미숙이 너 그거 알아?"

"알아."

"진짜? 뭔데?"

"몰라."

"뭐야, 그럼 나도 모를래."

"아씨, 너 나 따라 하지 마."

너는 말없이 고개를 푹 숙이더니 깽깽이걸음으로 무덤 주위를 몇 바퀴 돌았다. 나는 그런 너를 눈으로 좇다가 비에 젖은 수풀 사이를 헤집고 섰다. 숨을 생각은 아니었는데 나도 모르게 숨어버렸다. 초록 수풀과 하나가 된 초록 사람. 눈에 띄지 않을수록 보호받는 느낌. 너는 그런 나를 코앞에 두고는 "너 어디 있어?" 초짜처럼 소리 높였다.

"나 여기 있어."

"어디?"

"여기 있다니까."

장난치지 말라면서 울먹이던 너와 그런 너를 바라만 보던 나. 그제야 나는 수풀 밖으로 나와 "한 번만 봐줘" 하고 너를 달랬다. 그리고 한참 시간이 지난 뒤에야 울음을 그친 너는 다시는 그런 짓을 하지 말라고 화를 내거나 이제 그만 미수 씨에게 돌아가자며 걸음을 내딛는 대신 이렇게 말할 뿐이었다.

"우리, 여기에서 해볼까?"

목적어가 쏙 빠진 문장을 넘겨받은 나는 "뭘 말이야?" 멍청하게 되물었다.

"여기까지 왔는데 해야지, 그거. 보물찾기."

너는 마구 파헤쳐진 무덤 쪽으로 성큼 다가서더니 검은색 천으로 꽁꽁 싸맨 물체를 그 안에 내려놓았다. 그러곤 사람들이 손쉽게 보물을 찾지 못하도록 흙이나 젖은 낙엽이나 나뭇가지로 그것을 숨기는 대신 그대로 내버려두었다. 지나가는 사람 누구든, 땅을 보며 걷는 사람이나 하늘을 보며 걷는 사람이나 뒤돌아보며 걷는 사람이나 모두 눈 감고도 찾을 수 있을 정도로 보물은 무방비하게 노출되어 있었다. 제대로 숨기지도 않았는데, 굳이 찾아 헤맬 필요도 없이 눈앞에 떡하니 있는데 이게 무슨 보물찾기냐고, 나는 쏘아붙였다.

"알면서." 손바닥에 묻은 진흙을 질척하게 털어내며 네가 말했다.

어떤 끝은 소리 없이 잠잠하게, 엷은 도화지에 물감이 번지듯 아스라이 시작되기도 한다. 또 시작이구나, 하고 생각할 새도 없이 끝나버리곤 한다. 어느새 비는 그쳐가고 있었고, 물에 젖은 솜사탕 같은 구름 뒤에 숨어 있던 해가 빼꼼 고개를 내밀었다. 그런데 물에 젖은 솜사탕이란 게 이 세상에 존재할 수 있는 걸까?

미수 씨가 다급히 네 이름을 부른 건 비가 그치고 밤이 조금 더 깊어진 무렵이었다. 그녀는 우리가 구해다 준 나무 막대는 얻다 버려뒀는지 좀 전에 자신이 부러뜨린, 끝이 물음표처럼 곡선으로 휜 지팡이를 그러쥐고 있었다.

내려가는 길에는 네가 앞장섰고, 불과 몇 시간 전 우리가 불을 지피려 모아둔 낙엽과 나뭇가지 잔해를 지나칠 즈음 어디선가 총소리가 연달아 울려 퍼졌다. 아니, 그건 산 너머에서 들려오는 불꽃놀이 소리 같기도 했다.

"어디서 누가 총을 쏘나 봐요. 빵, 빵, 빵."

너는 말했고, 왜일까 네가 그 소리의 정체를 총소리라고 주장하면 할수록 나는 그게 불꽃놀이 소리일 것이라 확신하게 되었다. 나는 검지로 하늘을 쿡쿡 찔러대며 "저기 저것 좀 봐" 했다. 높다란 산등성이에 가려져서인지 애초에 불꽃놀이가 아니었기 때문인지 불빛 비슷한 거라곤 하나도 보이지 않았음에도 그랬다. 그 순간 나는 주머니에 손을 찔러 넣은 채 애타게 귤을 주무르고 있었고, 귤이 얼마나 달아졌는지 확인하기 위해 껍질을 까보려 마음먹었다가 먹은 마음을 도로 토해냈다. 돌멩이를 던진 호수에 물결이 일듯 속이 울렁거렸다. 심호흡과 천호흡을 수차례 왕복했다. 얕았다가도 금세 깊어지는 숨, 시간, 슬픔. 왜인지 그 순간은 무척이나 길게 느껴졌다. 누군가 우리를 둘러싼 시간을 오선지의 줄처럼 길게 늘어뜨려놓은 것 같았다. 보이지는 않았지만 소리로 미루어봤을 때 불꽃놀이는 이제 막 절정에 다다르기 일보 직전이었다.

"저기 좀 봐!"

저길 좀 보라고 재차 말하면서도 나는 질끈 눈을 감았다. 떴다. 다시 감았다. 눈을 감아도 네가 잘 보이지 않았다. 한 번 보고 두 번 보고 자꾸만 보고 싶지 않았다. 실종 신고라도 해야 할 판이었다. 언제 어디서 누가 어떻게 왜 행방불명됐나요? 누군가 물어본다면 그저 이렇게 대답할 수밖에. 사랑.

집에 돌아와 덜 마른 옷을 허물처럼 벗어 던진 뒤, 나는 병원에 꼼짝없이 갇혀 있을 새엄마에게 전화를 걸었다.

"그래, 오늘 재미 좀 봤니? 아무 일도 없었고?"

목소리로 보건대 그녀는 기분이 무척 가라앉아 보였다. 오늘 비가 많이 와서 아주 혼났다는 내 말에 새엄마는 "그래? 이상하구나" 어딘가 못마땅한 듯 말하더니 자신이 있는 곳에는 비가 한 방울도 오지 않았다고 했다. 그날 밤은 유독 어두웠고, 나는 암만 우리가 같은 세상 아래 있더라도 내 밤이 그녀의 밤보다 환할 것이라 확신했다.

"어쨌든 별일 없었던 거지?"

마치 별일이 있었기를 바라기라도 한 듯한 새엄마에게 나는 대답했다.

"네, 엄마."

그러나 정말 그날 우리에겐 아무 일도 없었던 걸까? 나는 반신반의하지 않고, 아주 분명하게 알고 있었다. 밤사이 아무일도 일어나지 않았지만, 우리 각자의 밤 사이에는 커다란 틈이 생겨났다는 것을.

*

여전히 미숙한 어른이, 이름값을 하는 스물아홉이 되고 나서 나는 너를 만난 적이 있다. 미수 씨의 장례식 날이었다. 새엄마에게 부고를 전했을 때 그녀는 프라이팬 가장자리에 계란을 깨트리며 "오늘은 어떻게 해줄까?" 하고 물었고, 나는 말했다.

"늘 하던 대로요."

살면서 나는 종종 익어가지 못하는 것이 어떤 의미인지 골몰하는 데 마음을 쓰곤 한다. 그 무렵 아빠가 일하던 쓰레기 매립지는 근린 야생화 단지로 탈바꿈했고, 산처럼 쌓여 있던 쓰레기들은 모조리 땅 밑으로 파묻혀버렸다. 보이지는 않지만 그렇다고 완전히 없어진 것도 아니었다. 연필을 깎으면 몽당연필이 남고 몽당연필을 깎으면 몽당연필의 없음이 남듯이.

반쪽짜리 사랑이 제철이던 생애 열세 번째 겨울이 지나고, 새엄마가 활동 보조사 일을 그만두게 된 데다가 내가 서울의 중학교에, 네가 맹학교에 진학하게 되면서 우리는 자연스레 서로에 대한 마음을 접었다. 아주 잠깐이긴 하지만 한때 나는 우리의 마음이 한 마리의 나비 같다고 생각한 적이 있었다. 그냥 나비가 아니라, 한쪽에만 물감을 칠한 도화지를 반으로 접은 뒤 펼쳤을 때 너울너울 날아오르는 까맣고 환한 나비.

장례식장에서 다시 만난 너는 "진짜 보고 싶었어"나 "우리 마지막으로 본 게 언제더라?" 같은 하나 마나 한 소리로 침묵을 메꾸는 대신 다짜고짜 제일 마지막으로 울어본 게 언제냐고 물었다. 자신은 오늘이라고 했다. 그러니까 네 눈물이 터진 순간은 염을 하며 뽀얗게 분칠된 네 엄마의 얼굴에 손댔을 때였다. "어머님의 용안에 눈물이 떨어지면 편히 가실 수 없으니 주의해주시길 바랍니다." 장의사의 말이 떨어지기가 무섭게 너는 눈에서 눈물을 떨궜다. 엉엉엉 울음을 쥐어짜면서 죽은 이의 얼굴이라는 과녁에 눈물을 겨냥하면서 너의 엄마가 되도록 편치 않게, 조심히 어렵게 가기를 바랐다.

전등이란 전등은 죄다 켜두었는데도 다소 어두컴컴한 식장에서 너는 오른손에 흰 지팡이를 쥐고 이리저리 쏘다녔다. 편육이나 동그랑땡이 든 일회용 접시를 한 손에 세 개씩 들고 이곳저곳을 활보했다. 턱이 있으면 턱을 넘어가고 사람이 있으면 사람을 비켜 가고 아무것도 없으면 아무것도 피해 가지 않았다.

동그랑땡을 네모나게 잘라 먹다 말고 너는 "같이 어디 가볼 데가 있어" 하고 비밀스럽게 속삭였다. 오래전 미수 씨가

224

그랬듯이 흰 지팡이를 쥔 너는 탁타탁탁, 일정한 리듬으로 땅을 터치하며 걷다가 장례식장 뒤편을 향해 길게 뻗은 길로 나를 이끌었다. 가끔 자전거나 볼라드나 흐드러진 나뭇가지가 앞을 가로막을 때면 "아씨!" 하면서도 이내 그것을 비켜나 네 앞에 펼쳐진 풍경 속으로 유유히 걸어 들어갔다. 너는 선형 타일 위에서는 거침없이 걸었고 점형 타일 위에서는 고민 없이 멈췄고 난데없이 점자 블록이 끊겨 있는 곳에서도 당황하거나 허둥대지 않고 걸음을 옮겼다. 나는 네가 내는 탁타탁탁 소리에 발을 맞춰 걸어보려 하다가도 자꾸만 그 리듬에서 벗어나 혼자 앞서거나 뒤서며 너와 거리를 벌렸다.

　얼마쯤 걸음을 옮겼을 때 너는 "여기쯤일 텐데" 하고 혼잣말을 했다. 분명 여기에 뭔가를 숨겨두었다는 거였다. 너는 기억을 더듬는 동시에 흰 지팡이를 쥐고 있지 않은 손으로 옆의 건물을 조심조심 더듬었다. 진입 금지 안내문이 붙어 있는 펜스를 잠시 살피는가 싶더니 이내 그것을 가볍게 뛰어넘었다. 나는 그런 폴짝임, 아무런 도움닫기 없이 가볍게 펜스를 통과하는 네 모습을 먼발치에서 건너다보며 네가 나와 완전히 다른 부류의 사람이라는 걸 다시금 깨달았다. "그런데 요즘 너는 어떻게 지내?" 아무것도 아니라면 아무것도 아닌 근황 얘기를 부랴부랴 꺼내놓자 너는 최근에 요가 학원을 끊었다고 했다.

　"왜 그만뒀는데?"

"응?"

"그만둔 이유가 뭐냐고."

너는 "아, 나는 새로 시작했다는 말이었는데" 하고 말하면서 한쪽 외벽이 무너진 건물 앞에 멈춰 섰다. 내부 골조가 딱지처럼 떨어져 나간 게 당장 완전히 주저앉아버려도 전혀 이상할 게 없었지만 너는 개의치 않고 한 발 더 가까이 다가섰다. 멀리서 볼 때는 몰랐는데 가까이서 보니 가로로 기다랗게 벌어진 틈을 중심으로 크고 작은 균열들이 끝없이 뻗어나가고 있었다. 체구가 작은 사람이라면 어떻게든 몸을 욱여넣을 수 있을 정도의 크기였다.

"여기 뭐가 있는지 알아?"

있기는 뭐가 있어, 하고 되묻기도 전에 너는 더듬더듬 외벽을 살피더니 갈라진 틈 속으로 오른손을 집어넣었다. 나는 너와 똑같은 자세로, 완전히 똑같이, 그렇지만 반대 방향으로 쭈그려 앉아 벽에 몸을 기댔고, 이 세상의 많고 많은 것들과 한 번쯤 닿거나 닿지 못했던 왼손을 구멍에 집어넣었다. 손에서 땀이 나기 시작했지만 애써 태연한 척을 하며. 눈을 질끈 감은 채로. 완전한 대칭으로.

너는 "있잖아" 하고 운을 떼더니 옛날 옛적에 자기 엄마가 들려줬던 이야기를 기억하냐고 했다. 사정은 이랬다. 몇 달 전 너는 미수 씨가 쓰다 만, 완성되지 못한 채 중간에서 뚝 끊겨버린 이야기를 물려받아 이어서 쓰기 시작했고, 끝내주는 반전으로 이야기를 마무리하고 싶은 마음에 밤이면 밤마다 머리를 꽁꽁 싸매봤지만 결국 처참히 실패해버리고 말았다.

"근데 있잖아, 문득 이런 생각을 하게 된 거야. 반전 있는, 그러니까 전개가 일순간에 뒤집히면서 보는 이의 시선을 낚아채는 반전이 아니라, 무언가 역전되고 전도되고 판이 완전히 뒤집히면서 희열을 안기는 반전이 아니라, 반만 온전한 상태로 뚜벅뚜벅 걸어가다 맥없이 끝나버리는 이야기도 괜찮지 않나? 따지고 보면 그런 이야기도 반전半全이 '있다'고 말할 수 있는 거 아닌가, 하는."

점점 다리가 저려오는 와중 너는 이어서 말했다.

"근데 찾았니?"

"아직."

"아직도?"

"아무것도 없는 것 같은데."

"아니, 거기 있다니까."

"있긴 뭐가 있어."

"비밀이야."

뭐가 있다는 건지 도통 모르겠다고 생각하는 와중에 너는 건물 외벽의 틈 속으로 팔을 끝까지 밀어 넣었고, 나는 그런 너를 똑같이 따라 했고, 내 손에 잡히는 건 차고 축축하고 끈적한 누군가의 손뿐이었다. 순간 나는 급히 손을 뺀 다음 일보 후퇴하며 "해 지기 전에 빨리 돌아가자" 하고 말했다. 너는 싫다고 했고, 나는 "그래도 가야지" 했다.

"한 번만 더 그 말 하면 나 너 다시는 안 봐."

나는 말했다.

"그래도 가야지."

"콜라? 사이다?"

자판기 앞에 멈춰 선 네가 묻기에 나는 물, 했다. 너는 콜라와 사이다 버튼 위치만 외워놔서 물을 뽑을 확률은 매우 희박하지만 노력해보겠다고 했다. 그러나 그건 노력보다는 운의 문제였으므로 결국 네가 뽑아 건넨 건 차가운 아침햇살이었다.

건배! 너는 내가 손에 쥔 캔이 아니라 허공에 대고 자꾸만 건배! 하고 외쳤다. 어느새 해는 뉘엿뉘엿 지고 있었고, 길이 끝나는 곳에 풍경 좋은 호수가 있다는 얘기를 언뜻 들은 것 같기도 한데 길은 끝없이 이어지기만 했다. 그렇게 서서히 어두워지는 하늘과 언덕. 시간은 오르막과 내리막으로 이루어진 높다란 언덕 같은 것이어서, 경사가 가파른 시간 속에서 길을 잃거나 되돌아가고 싶거나 이대로 시간이 멈췄으면 좋겠다는 생각이 들 때마다 나는 앉을자리를 물색하곤 한다. 그래서 우리는 호수를 찾기는커녕 그대로 주저앉아버렸다. 겨울잠에 빠진 맹꽁이가 잠꼬대로나마 울음소리를 들려줬다면 좋았을 텐데 그럴 리는 없었다. 속으로만 꽁, 꽁, 침묵에 가까운 울음을 냈을 뿐이었다.

우리는 서로 다리를 포갠 자세로 한참을 앉아 있었다. 네 살은 데일 듯 뜨거웠고, 나는 그런 너와 거리를 벌리는 대신 잠자코 뜨거움을 견뎌내고 있었다. 그리고 이대로 우리 두 사람이 두 그루의 나무가 된다면 어떨까 생각했다.

오래전, 우리가 보물찾기를 했던 무연분묘 옆에는 이름 모를 까맣고 동그란 열매가 주렁주렁 열린 나무 한 그루가 서 있었다. 아니, 자세히 보니 나무는 혼자 있는 게 아니라 둘이 있었다. 둘은 둘인데 마르고 앙상한 가지가 한데 엉켜 있어 마치 하나처럼 보이는 둘이었다.

"저기 뭐가 그렁그렁 열렸네."

까맣게 울창한 나무 우듬지를 올려다보며 네가 말했고 나는 그런 너를 말없이 바라보았다. 그때 내가 네 말에 동조했더라면, "그렁그렁이 아니라 주렁주렁이겠지" 하고 네가 담아낸 한 폭의 풍경을 함부로 덧칠하려 들지 않았다면 우리는 서로 무언가를 나눠 가질 수 있었을까.

"잠깐 팔꿈치 좀 빌려줄 수 있어?"

밤조차 길을 잃어버릴 만큼 주변이 온통 어두워졌을 무렵, 너는 자리에서 일어나 엉덩이를 툭툭 털며 말했다. 나는 네게 팔꿈치를 건넸고 너는 내 팔꿈치를 붙들었다. 저 멀리서 내려다본다면 우리는 언덕 위에 나란히 선 두 그루의 나무처럼 보일지도 몰랐다. 있잖아. 네가 말했고 나는 못 들은 척했고 너

는 예나 지금이나 그런 나를 조용히 눈감아주었다. 그리하여
너는 밤나무 나는 너도밤나무 그 사이엔 손에 잡힐 듯한 바람.

고독기(考讀期)

작년 이맘때 은오는 밀양에 있는 조부의 배추 농장에 일손을 보태러 가야 할 것 같다고 했다. 코로나 때문에 외국인 근로자를 못 쓰게 되었다고. 배춧값보다 인건비가 높아지는 바람에 피와 땀과 눈물로 기른 그 많은 배추를 수확해야 할지 전량 폐기해야 할지 이러지도 저러지도 못하는 상황이라고. 은오는 "소리 너 배추 썩는 냄새가 얼마나 지독한지 알……" 까지 말하고는 세상 무너질 듯 큰 소리로 엣취! 했다. 정확히는 고개를 돌려 마스크를 벗고 엣취! 한 다음 아무 일도 없었다는 듯 도로 마스크를 썼다. 비말이나 감염이나 격리 같은 단어가 내 머릿속에서 윙윙거리는 동안 은오는 휴대폰 지도 앱을 켜 인천에서 밀양까지의 거리를 한 화면에 담아 보여주었다. 지금 썩어가고 있는 게 배추만이 아니라는 걸 몰랐다.

아님 모르는 척했거나.

사실 얼마나 멀고 얼마나 오래 걸리는지는 중요하지 않았다. 마음에 걸리는 건 언제나 물리적 거리보다 정신적 거리였다. 인천에서 밀양까지, 무려 392킬로미터나 떨어져 있는 상황임에도 나는 매일같이 SNS에 올라오는 은오의 일거수일투족을 훔쳐보았다. 그저께 새벽 은오는 어떤 여자와 함께 배추를 잔뜩 넣은 마라상궈를 먹는 사진을 올렸다가 빛의 속도로 삭제했고, 내 눈과 손은 종종 빛보다 빨랐다. 음…… 이게 말로만 듣던 환승 이별이란 건가?

"냄새가 난다, 냄새가 나."

내가 혼잣말하자 볼일을 보던 엄마가 다급히 뒤를 닦고 물을 내리고 바지를 추어올렸다. 손 세정은 가뿐히 건너뛰고서 주방 가스레인지에 올려둔 압력밥솥으로 향했다.

"소리야, 넌 코가 없니? 밥 타는 거 안 보여?"

나는 밥 타는 냄새가 어떻게 눈에 보일 수 있나 싶었지만 잠자코 소리를 죽였다. 무려 17시간을 화장실에 꼼짝없이 갇힌 뒤로 엄마는 방문이고 화장실 문이고 닫아두는 법이 없었다. 엄마가 변기에 쪼그려 앉은 채 수돗물과 오줌 중 뭘 마시는 게 생존에 더 도움이 될지 고민하는 동안 나는 자포자기, 홀로 떠나버린 은오의 앞날에 벌레가 잔뜩 꼬이기를 바라며 홍대 술집을 전전하고 있었다. 그런데도 엄마는 밖에서 문을 잠근 게 혹시 내가 아니냐는 말도 안 되는 의심을 품었다. 그럴 리 없다는 걸 뻔히 알면서도 경비원을 닦달해 아파트 복도 CCTV까지 돌려보았다. 나는 한데 섞인 똥내와 탄내를 맡으며 잠시 뜸을 들이다가,

"엄마, 나 오늘 진짜 학원 가기 싫어."

"가지 마 그럼."

"내가 선생인데 어떻게 그래."

"그럼 가야지. 너는 어차피 네 마음대로 할 거면서 뭘 묻니?"

읽고 싶지 않은데도 자꾸만 읽게 되는 숨은 의미와 행간들. 나는 볼일을 봤으면 제발 손이나 좀 씻으라고 쏘아붙이며 현관 중문을 열어젖혔다. "주옥아, 주걱 어디다 뒀니 주걱" 하고 혼잣말하던 엄마가 밥주걱으로 밥을 마구 뒤섞는 동안 나는 구둣주걱으로 신발 뒤꿈치를 쑤셨다. 집 나가기 전에 스스로에게 물었다. 소리야, 두고 나온 거 없지? 휴대폰. 지갑. 제정신. 제일 중요한 마스크.

신이 나를 만들 때 뭘 넣고 뭘 빼먹었을까. 한참 전에 인터넷에 떠돌던 테스트가 요즘 원생들 사이에서 유행이었다. 이름 석 자만 입력하면 끝이라 재미 삼아 해보기 좋은 것 같았다. 문제는 내가 그런 걸로 재미를 보지 못하는 사람이라는 거였다. 순도 99.9퍼센트의 우울이나 일주일 묵은 숙변처럼 시커먼 가난은 너무 맞는 말이라 그렇다 치더라도 과묵이나

소심 같은 단어가 나오면 곤란했다. '과묵하고 소심하며 친구들 사이에서 혼자 겉도는 면이 있음.' 중학교 2학년 때 담임은 어째서인지 내 생활기록부에 그런 문장을 적어두었고, 그날 부로 나는 더더욱 과묵하고 소심한 사람이 되었다. 집에 꼼짝 없이 처박힌 채 폭식과 거식을 왕복하며 살았다.

"언제까지 그렇게 살래, 소리야."

코로나로 인한 활로 축소를 이유로 20년간 몸담던 농수산식품유통회사에서 해고된 부로 엄마는 나한테 그 소리를 밥 먹듯이 했다. 송별회 날 사장은 퇴직 선물이랍시고 과일 바구니도 바나나도 아닌 바나나 걸이대를 품에 들려주었고, 엄마는 새 제품인데도 흠집이 가득한 스테인리스 걸이대에 바나나가 아닌 마스크를 걸어두면서 자기 맘대로 용도를 달리했다. 한번은 집 근처 역전우동집 면접을 보고 온 엄마가 마스크가 바뀐 것 같다며 나한테 소리를 지르기도 했다. "소리 너 엄마 마스크 쓰지 말랬지!" 순간 나는 마스크가 바뀌었다는 것보다 엄마가 그렇게 큰 소리를 낼 수 있는 사람이었다는 사실에 화들짝 놀랐다. 중학생 때 아빠가 옆 동 사는 털보 아저씨와 ―아줌마가 아니라― 바람피우는 현장을 검거했을 때도, 같은 반 양아치 친구가 깨진 사이다병으로 내 얼굴을 긋는 바람에 뺨을 일곱 바늘이나 꿰맸을 때도, 은오와 홀딱 벗은 채 한 이불 덮고 있는 걸 들켰을 때도 이 정도는 아니었으니까. 하긴 사람도 사람 마음도 사람 사는 세상도 바뀌지 말란 법은 없긴 했다.

"책이 세상을 바꿀 수 있다고 믿나요?"

정석속독학원에 면접을 보러 갔을 때 파란색 컬러 마스크를 쓴 원장은 다짜고짜 내게 그렇게 물었다. 테이블에는 좌뇌와 우뇌 발달 비결이 적힌 프린트가 잔뜩 쌓여 있었고, 그 옆에는 오랫동안 물을 주지 않았는지 표면이 바싹 마른 화분 하나가 놓여 있었다.

"저희 엄마는 가와바타 야스나리의 『산소리』를 냄비 받침으로 쓰시는데요. 그 책이 아니었으면 저희 집 식탁은 금방 못쓰게 됐을 거예요. 그런 점에서 책이 식탁의 삶을 바꿨고, 저는 식탁에서 많은 일을 하니까 결과적으로 제가 사는 세상을 아주 조금은 바꿨다고 생각합니다" 하고 대답했다. 원장은 그럼 별로 안 바꿨다는 말로 들리는데, 중얼거리더니 "근데 그 마스크 말이에요" 하고 물었다.

그 순간 나는 난독증이 있다는 사실이 탄로 나는 것보다 행여나 마스크를 벗어보라는 말을 듣게 될까 봐 마음의 식은땀을 삘삘 흘리고 있었다. 아닌 게 아니라 나는 마스크를 쓰는 삶이 좋았고 적성에 맞았다. 사람들은 코로나 때문에 마스크를 써야 한다고 불평불만을 늘어놓았지만 나는 코로나 덕분에 마스크를 쓰게 되어서 기뻤다. 여자인데 콧수염 난다고 놀림받지 않아도 되고, 입 부근에 대각선으로 찍 그어진, 언뜻

보면 팔자 주름 같은 흉터도 완벽하게 가려졌다. 이를테면 내게 마스크는 제2의 피부이자 비빌 언덕이자 믿는 구석이었다. 물론 이전의 수많았던 채용 면접에서 낙방한 이유가 마스크를 벗지 않았기 때문은 아니었다. 혹시 마스크 좀 벗어볼 수 있나요? 그런 요구를 받자마자 나는 빛의 속도로 마스크를 벗었고, 그러기가 무섭게 사람이 너무 음해 보인다는 말이 돌아왔다. 음…… 너무 맞는 말이라 억울하지는 않았다.

"안 조여요?"

그러나 내 예상과 달리 원장은 이렇게 물어왔고,

"네?"

"귀 안 아프냐고요."

원장은 실리콘 귀 보호대를 툭 던져주더니 무심히 말했다.

"나는 코로나 걸리는 것보다 귀 통증이 훨씬 무섭더라고."

그리하여 지금 내 눈앞의 투명한 아크릴판. 암만 주의를 줘도 그때뿐인 코스크와 턱스크. 속독은 안 하고 속닥거리기만 하는 아이들. 나는 시폭 확대 훈련을 위해 화이트보드에 점 두 개를 찍었고, 그러기가 무섭게 꺄르르 깍깍 하는 새된 소리가 좁아터진 강의실을 울렸다. 점이 꼭 젖꼭지 같다고 누군가 말한 뒤로 애들은 웃음 바이러스라도 터진 것처럼 큭큭 쪼갰다. 새부리형 KF94 마스크가 부풀었다가 꺼지기를 반복했다. 맨 뒷자리에 앉은 비만한 남자애는 간헐적으로 흥흥, 퉤, 푸푸 소리를 내는 틱 증상을 보이기도 했다.

"그만, 양은오, 그만해."

비록 성도 성별도 다르긴 했지만 오로지 이름이 같다는 이유만으로 나는 큰 은오에 대한 감정을 작은 은오에게 투사하게 될까 봐 염려하고 있었다. 사회적 차원에서 장려되는 거리두기를 심정적 차원에서도 잘해내야만 했다. 은오는 또래 원생들 중 읽는 속도가 꼴찌였고, 글밥이 적은 책을 읽는 것조차 버거워했다. 그런 애한테 속독을 가르치는 건 더더욱 버거운 일이었다. 갈 길이 멀어도 너무 멀었다. 392킬로미터 정도 될까.

그러고 보니 큰 은오는 고향에 가겠다고만 했지 언제 돌아올 거라고는 안 했다. 처음 은오가 수확할지 폐기할지 앞날을 알 수 없는 배추 때문에 밀양으로 돌아간다고 했을 때 나는 나야 배추야? 말도 안 되는 양자택일을 요구했고, 만약 나를 택하지 않을 거라면 내 카톡도 인스타도 페이스북도 트위터도 모두 차단해버리라고 했다.

"내가 왜 너를 차단해."

결국 은오는 그 말만 남긴 채 밀양행 기차에 올라탔고, 나는 나쁜 여자가 되기 싫어서 위선 떠는 은오가 꼴 보기 싫어서 은오의 모든 SNS 계정을 차단했다. 그래도 근황이 궁금하긴 하니까 인스타 비공개 계정을 파 시시때때로 은오가 정화조 차량 운전수인 아버지와 짜빠구리를 먹는 모습이나 영혼의 불알친구라는 어떤 여자와 밤 10시가 넘은 시간에 호프집에서 수입 맥주를 마시는 모습을 훔쳐보았다. 나는 은오 너 지금 혹시 정부의 방역 수칙을 어긴 거냐고, 만약 그렇다면 절대 눈감아주지 않을 거라는 메시지를 보내려다가 여태껏 과묵하고 소심하게 살아온 사람으로서 스스로를 입 닥치게 했다.

"얘들아. 합죽이가 됩시다."

"쌤. 합죽이는 나쁜 말이어서 쓰면 안 된대요!"

"미안. 그럼 다들 잠깐만 조용히 하자."

"근데 쌤이 제일 시끄러워요!"

내가 아무 말도 않자 한 아이가 "너 때문에 선생님 마상 입었잖아!" 하고 소리쳤다. 이미 뜻을 알고 있으면서도 그게 뭐냐고 물으니 마음의 상처라는 말이 돌아왔다. 수업 시간에 운 선생이라 놀림받고 싶지 않았기에 나는 나와의 거리를 최대한 유지하기 위해 애썼다. 다른 사람과의 거리 두기는 너끈히 해낼 수 있었지만 나는 나 자신과의 거리 두기가 언제나 힘에 부쳤다. 한때는 내 우울과 고독에 전염되기를 서슴지 않았던 전 애인들도 이별의 순간이 다가올 때면 하나같이 일보 후퇴하며 이렇게 말하곤 했다. 네 잘못이 아니라, 그냥 네가 너무 너라서 그래.

내가 너무나도 나라는 것. 나는 그게 어떻게 내 잘못이 아닐 수 있는지 궁금했다.

……나는 가끔 나 같은 건 그만하고 싶었다.

이 식충아. 엄마는 코로나가 터지기 전, 기껏 검정고시를 치르고 간 지방 독어독문학과를 자퇴하고 무려 1년 동안이나 집 밖으로 한 발짝도 나가지 않던 나를 그렇게 불렀다. 정확히는 베란다에 방치하듯 기르던 화분들에게 '식충'이라는 이름을 붙여주었고, 나는 그게 나 들으라고 하는 소리라는 걸 알았다. 왜냐하면 내가 정신과에 진료를 보러 다니기 시작한 시점부로 화분을 싹 다 치워버렸으니까. 이제 엄마는 식충이라는 단어를 입에 담지 않았지만 문신충이라는 말은 종종 입에 올렸다. 며칠 전 목욕을 갔다 온 엄마가 "그 문신충이랑은 완전 끝난 거니?" 하고 물었을 때 나는 "그런 말은 어디서 배웠어? 아니, 은오 몸에 문신은 대체 어떻게 봤어?" 하고 말했다. 물론 엄마는 자꾸 딴소리만 해댈 뿐이었지만.

"순애 이모가 그러는데, 이모가 이대 교육과 나와서 옛날에 너처럼 선생이었대 글쎄."

"난 선생 아니고 그냥 알바야."

"어쨌든. 순애 이모가 바깥에 숨통 트이라고 내놓은 화분에 누가 자꾸 담배꽁초를 버려둔다고 아주 기함을 하더라고. 이모는 세상에서 싫어하는 벌레가 딱 세 마리래. 급식충. 무뇌충. 흡연충. 근데 나는 그거 받고 문신충도 싫다."

"엄마 제발. 그런 거 나쁜 말이니까 쓰지 마."

물론 은오가 나한테 한 짓이 그것보다 훨씬 더 나쁘고 악독하긴 했다. 그런데도 나는 여전히 이별의 언저리를 계속 맴

돌면서 내년 겨울 김장을 마치면 행여나 은오가 다시 내게로 돌아오지 않을까, 하는 희망을 품고 있었다. 배추는 폐기했어도 차마 나라는 사람까지 폐기하지는 못할 거란 헛된 기대와 함께.

공강 시간에 원장은 역 근처에 우동을 아주 잘하는 집이 있다면서 같이 가겠냐고 했다. 나는 우동이라면 질색이었고, 그보다 더 질색인 건 누군가와 얼굴을 맞대고 함께 시간을 보내는 거였다. 적어도 요 몇 년 간은 그럴 일이 없어서 좋았고, 살 것 같았다. 살면서 한때나마 마음을 섞은 사람들이 내가 그늘지고 음침하다는 이유로 나와 어떻게든 거리를 두려고 했다면 이제는 그런 일에 상처받을 필요가 없었다. 멀어질 수 있는 만큼 최대한 멀어지는 삶이 범국가적 차원에서 장려되었다. 사람들은 하나같이 코로나로 인해 일상이 불편해졌다고, 하루빨리 바이러스가 종식되면 좋겠다고, 코시국이라는 어두운 터널을 빠져나갔으면 좋겠다고 떠들어댔지만 나는 오히려 그 반대였다. 내겐 이제껏 꾸려온 삶 자체가 어두운 터널이었고, 종식되어야 할 문제였고, 박멸해야 하는 해충이었다. 왜냐면…… 나는 너무나도 나니까. 그런데도 어째서인지 나는 원장에게 이렇게 말했다.

"네, 우동 좋죠."

우리는 항바이러스 필름이 부착된 문손잡이를 밀고 QR코드를 찍고 그나마 환기가 잘 되는 창가 쪽 자리에 앉았다. 무언가 단단히 잘못되었다는 생각이 좌뇌와 우뇌를 번갈아 스친 건 주문을 할 때였다. 정 없게도 나는 엄마가 우동집에 면접을 보러 간다는 얘기만 들었을 뿐 어디에 있는 가게냐고도 묻지 않았다. 합격했다는 사실은 더더욱 알 턱이 없었다. 그런데 엄마는 면접 때 마스크를 벗었을까? 이 와중에도 나는 그런 쓸데없는 게 가장 궁금했다. 어쨌거나 여기 앉아 있는 나는 손님. 저기 서 있는 엄마는 직원. 우리는 징하디징한 모녀 사이. 그러나 웬일인지 엄마는 기본 우동 두 개요, 하고 주문만 받을 뿐 내게 전혀 알은체를 하지 않았다. 그러면서도 속으로는 나와 원장이 그렇고 그런 사이인지 아님 그렇고 그렇지 않은 사이인지 유심히 살피고 있을 게 분명했지만.

나는 엄마의 시선을 피해 고개를 휙 돌려버렸고, 창 너머로 보이는 건 바짝 붙어 있는 옆 건물의 회색빛 외벽뿐이었다. 그래도 어디선가 손바닥보다 작은 크기의 빛이 비쳐 들어 내 눈가에 내려앉았다. 눈부시네요. 내가 말하자 원장은 "소리 쌤은 빛이 잘 받네요" 하고 말했다. 화장이 잘 받는 것도 약이 잘 받는 것도 아니고 빛이 잘 받는다는 건 뭘까 싶었지만 듣기 좋은 말이었다.

"그건 그렇고, 일은 적성에 좀 맞아요?"

"음……"

일은커녕 나는 점점 더 사는 게 적성에 안 맞았다. 딱히 다르게 살 수 있는 방법이 없었으므로 이렇게 살아도 괜찮을까,

라는 질문 따위는 마음속 깊은 곳에 꽁꽁 숨겨두고 꺼내보려 하지 않았다. 비록 난독증이 있긴 해도 살면서 내가 가장 하고 싶었던 건 내 마음을 읽어내는 거였다. 그런데 지금껏 어찌어찌 살아오면서 알아낸 사실은 내겐 읽어낼 만한 거리가 별로 없다는 거였다. 내 삶에는 의미 있는 문장보다 여백이 많았다. 무언가로 채울 수 있는 여백이 아니라 텅 빈 채로 남겨둘 수밖에 없는 여백이었다.

마스크를 벗어 테이블에 올려두자 원장이 내 얼굴을 뚫어져라 쳐다봤다. 생각해보니 원장에게 내 민낯을 보여주는 건 처음이었다. 그러나 그것도 잠시. 주문을 받던 엄마는 식사 나오기 전까지 마스크 써주세요, 하고 가식적인 눈웃음을 지어 보였다. 엄마도 참. 솔직히 말하면 나는 원장과 함께 엄마가 일하는 식당에 온 게 부끄러웠다. "부모님은 뭐 하시나?" 하고 예의 밥 말아 먹은 누군가 물을 때 아빠는 있지만 남자랑 바람나서 없고요, 엄마는 유통업에 종사하시다가 지금은 요식업에, 역전우동집 주방 보조로 일하고 계세요, 라고 말하는 게 조금도 떳떳치 않았다. 은오랑은 달랐다.

언젠가 은오더러 아버지는 뭐 하시나, 하고 누군가 물었을 때 은오는 한 치의 망설임도 아주 약간의 미화도 없이 정화조 차량을 운전하십니다, 했다. 나는 "나를 낳은 건 엄마지만 나를 키운 건 똥오줌과 똥 냄새야!"라고 말하던 은오의 솔직함과 당찬이 좋았다. 그러나 은오는 자신의 계급 정체성은 잘

수용해도 성 정체성은 좀처럼 인정하려 들지 않았다. 연애 초 내가 밀양까지 은오를 만나러 갔던 날에도 그랬다. 급히 내려가는 바람에 마땅한 숙소가 없어 좁고 허름하고 천장에 거미줄이 잔뜩 쳐진 에어비앤비를 예약했던 날, 밤 12시가 다 되어가던 시간, 체크인을 위해 잠옷 차림의 주인이 우리를 맞이했을 때, 딱 보니 자매는 아닌 것 같은데 둘이 무슨 사이냐며 물어온 순간 나는 은오의 마음을, 그 안에 적힌 음절과 낱말과 문장과 단락과 여백까지 속속들이 읽어버렸다. 은오는 그냥 친구 사이라고 대충 얼버무리면 될 것을 굳이 저 멀리 떠나가는 주인더러 들으라는 듯 "빨리 들어가, 이 좆같은 지지배야" 하고 말했다. 누군가에게 스스로를 숨기는 건 익숙한 일이라지만 왜 굳이 그런 방식으로, 나를 상처 입히는 방식으로 우리가 연인이 아니라는 걸 증명해야 했을까.

"은오야." 온수가 나오지 않아 결국 찬물로 샤워를 한 나는 머리를 말리다 말고 은오를 불렀다. 그리고 말했다. "내가 어디서 봤는데 똥 싸려고 했다가 방귀 나오는 건 황당한 거고, 방귀 뀌려고 했는데 똥 나오는 건 당황스러운 거래. 근데 나는 둘 다야. 기분이 완전 똥이야. 똥. 똥. 똥."

"소리 쌤. 방금 뭐라고 했어요? 똥?"

"아, 우동이 진짜 맛있을 것 같다구요."

우동은 맛을 느낄 수 없을 정도로 뜨거웠다. 내가 국물을 식히려고 후, 후, 바람을 부는 동안 원장은 뜨겁지도 않은지

크, 소리를 내면서 국물을 들이켜고는 내게 물었다.

"근데 쌤. 마기꾼이라는 소리 자주 듣죠?"

"마기꾼이요? 그게 뭐지."

나는 알면서 괜히 모르는 척했다.

"마스크 사기꾼이라고 있어요."

"근데 제 얼굴이 그렇게…… 사기적인가요?"

"눈꼬리가 축 처진 게 완전 울상인데 입이랑 코랑 턱은 웃고 있길래요."

입은 그렇다 치고 코랑 턱이 웃는 건 대체 뭘까. 이게 말로만 듣던 얼평인 건가. 내가 잠자코 침묵을 지키고 있자 원장은 사람이란 자고로 뒤통수로도 웃을 수 있다고 했다. 가슴으로도 배꼽으로도 심지어 아킬레스건으로도 웃는다고. 나는 좁아터진 주방에서 우동을 삶는 엄마의 뒷모습을 힐끗 쳐다보았다. 납작한 뒤통수가 완연한 울상이었다.

우동이 코로 들어갔는지 입으로 들어갔는지 모르겠네. 먹긴 먹었는데 여전히 속이 허한 채로 나는 학원에 복귀했고 몇 타임의 수업을 마쳤고 퇴근도 했다. 공교롭게도 가게 뒷정리를 마친 엄마와 퇴근길에 우연히 마주쳤는데 엄마는 좀 아까 있었던 일에 대해서, 그러니까 내가 엄마에게 왜 알은체를 하지 않았는지에 대해서 아무것도 캐묻지 않았다. 집에 가는 길에 우리는 붕어빵을 사 먹었다. 나는 김치 붕어빵을 좋아하고 엄마는 슈크림 붕어빵을 좋아해서 김치 두 개에 슈크림 두 개를 샀다. 자식이 임용고시에 붙었다며 자랑을 늘어놓는 붕어빵 아줌마에게 엄마는 요즘 선생은 아주 헬 직업이 따로 없다던데, 열변을 토하다가 붕어빵 네 개를 한꺼번에 담지 말고 종류별로 각각 따로 담아달라고 했다. 굳이? 라고 생각했지만 김치와 슈크림 냄새가 섞이면 맛이 떨어진다는 엄마의 말은 일리가 있는 것 같기도 했다.

집까지 가는 동안 식어버릴 테니까 식으면 눅눅하고 눅눅하면 맛이 없고 맛이 없으면 마음이 상하니까 우리는 걸어가면서 붕어빵을 먹었다. 붕어는 생선이므로 가시가 있고 붕어빵은 빵이므로 가시가 없었다. 그런데도 목에 자꾸만 가시가 걸리는 듯한 이 기분은 뭘까. 어릴 때 집에서 생선을 구워 먹을 때면 엄마는 생선 살을 발라 내 숟가락 위에 얹어주었다. 나는 거기 아직 잔가시가 남아 있다는 걸 알고 있었지만 굳이 따져 묻지도, 내 손으로 가시를 발라내지도 않았다. 예나 지금이나 입 안 가득 욱여넣은 서러움을 꼭꼭 씹어 먹을 뿐이었다. 이윽고 붕어빵을 꼬리부터 먹는 엄마가 머리를 먹고 머리부터 먹는 내가 꼬리를 먹기 시작할 즈음 저 멀리서 꽃 같은 순애 이모가 걸어왔고, 엄마는 걸음을 늦추며 나와 조금씩 거리를 벌리더니 먼저 가라고 휘이휘이 손짓했다. 내가 몸에 솜털만 난 어린아이일 때 이리 오라고 손짓하던 동작과 정확히 일치했다.

"근데 엄마는 나한테 뭐 숨기는 거 있어?"

"얘, 엄마는 그런 거 없어."

"그래서 하는 말인데, 좀 숨겨."

서로를 겉돌기만 하는 말과 침묵. 생각해보면 중2 때 담임이 내게 '과묵하고 소심하고 친구들 사이에서 혼자 겉도는 면이 있음'이라는 꼬리표를 남긴 건 꽤나 일리가 있었다. 딱 하나 잘못된 게 있다면 나는 친구들 주변을 겉돈 게 아니라 스스로를, 나 자신을 겉돌았다는 사실이었다. 나를 이렇게 만든 건 나였고, 내 삶을 벌레 먹게 한 것도 나를 가장 못살게 구는 것도 나였다. 물론 엄마도 나를 못살게 굴긴 했다. 가끔 술에 거나하게 취할 때면 엄마는 술기운을 빌려 그때 내가 속옷을 입고 있었는지 아닌지에 대해 집요하게 캐물었다. 안 입고 있었어. 내가 진실을 말해도 엄마는 아니라며, 너는 분명히 절대로 꼭 속옷을 입고 있었다며 박박 우겼다. 그게 그렇게 중요하냐고 물으면 그게 그렇게 중요하다고 했다. 실오라기 같은 팬티 한 장이 엄마에게는 실낱같은 희망이 되어주었다. 그 희망이 나에겐 지옥일 테지만.

아파트 단지에 도착하자 엄마는 붕어빵 기름이 묻어 번들거리는 손끝으로 현관 비밀번호를 눌렀다. 분명 맞게 누른 것 같은데 비밀번호가 틀렸다는 음성이 연달아 흘러나왔다. 이리 나와봐. 그렇게 말하려는 찰나 엄마가 낮고 묵직한 음성으로 내 이름을 불렀다.

"소리야."

"응."

"진짜 너 아니지?"

"뭐가?"

"……아무것도 아니야."

마스크처럼 우리를 뒤덮은 아무것도 아닌 게 아닌 일들. 우리는 서로를 부끄러워했고 서로를 부끄러워한다는 사실을 더 많이 부끄러워했다.

상담 전화를 해치우고 수업을 하고 과제 문자를 돌리니 하루가 거의 끝나갔다. 몸이 두 개라면 더 바랄 게 없겠네. 엄마라면 아마 그렇게 말했겠지만 나는 아니었다. 나는 몸이 단한 개도 없었으면 좋겠다고, 아예 빵 개였으면 좋겠다고 오래도록 바라고 또 바라왔으니까. 물론 몸과 마음은 언제나 한세트였다. 그래도 성인으로서 할 일은 해야 하니까 나는 남아 있는 잡무를 처리한 뒤 교무실 테이블에 놓인 화분에 정성껏 물까지 줬다. 원장이 "근데 소리 쌤, 그거 조화인 거 알면서 왜 자꾸 물을 줘요?" 하고 말을 걸어온 건 화분 표면의 흙과 돌멩이가 잔뜩 흥건해진 뒤였다. 마음을 간파당해 무척이나 당황한 나는 마스크를 고쳐 쓰고는 미친, 어떻게 알았지, 하고 소리 없이 중얼거렸다.

"미친, 어떻게 알았지."

"네?"

"방금 마스크 속으로 그렇게 말했죠?"

나는 어떻게 내 입 모양을 읽어냈지, 싶으면서도 언젠가 나 역시 그런 적이 있다는 걸 떠올렸다. 때는 바야흐로 코로나가 막 퍼져나가던 무렵, 나와 은오의 베드신이 엄마에게 적발된 날이었다. 어우 씨발. 그날 은오가 주섬주섬 팬티를 챙겨 입고, 내가 민망함과 당혹감 사이에 끼인 채 이러지도 저러지도 못하는 와중 엄마는 분명 그렇게 말했다. 들은 건 아니어도 읽기는 했다. 얼굴 절반이 마스크로 뒤덮여 있었기에 논리적으로 말은 안 되지만 어째서인지 나는 엄마가 한 말을 똑똑히 읽어낼 수 있었다. 속독이고 묵독이고 나발이고 나는 엄마 딸이고 엄마는 내 엄마니까.

다녀왔습니다. 여느 때처럼 나는 집에 돌아와서도 마스크를 벗지 않았고, 거실에 진동하는 엄마의 똥 냄새는 마스크를 뚫고 들어와 코에 똑똑, 노크를 해댔다. 나는 화장실 문 틈새로 빼꼼 들여다보이는, 대체 뭘 먹었길래 변기에 30분 넘도록 앉아 있는 엄마에게 물었다.

"엄마, 그런데 엄마는 아직도 지옥에 사는 것 같아?"

"오밤중에 얘가 무슨 헛소리야."

"왜, 엄마가 전에 나더러 지옥에 사는 것 같다 그랬잖아."

"내가?"

"응, 엄마가."

"나는 그런 적 없는데."

"완전 있는데."

"지옥에 사는 게 아니라, 사는 게 지옥이라 그랬겠지."

"그게 다른가?"

"다르지. 우동과 어우동만큼이나 다르지. 소리야, 엄마는 가끔 너 때문에 사는 게 지옥이긴 하지만 지옥이 아니라 95년식 24평 아파트에서 산다. 것도 너랑 같이."

사랑도 미움도 배추도, 너무 잘 자라는 것들은 어떻게든 손상과 손해를 입힌다. 옛날 옛적 아빠의 정체성이 탄로 났을 때 엄마는 나를 방 안에 가둬둔 채 며칠 동안 집을 나가 있었다. 그동안 나는 방 안에 꼼짝없이 갇혀 있었고, 눈을 떴을 때는 사방이 온통 새하얀 병실 안이었다. 근데 엄마는 왜 바깥에서 문을 잠갔어? 나는 내게 불리한 상황이 닥칠 때마다 덮어놓고 그날 그 순간을 끄집어냈다. 그 이야기만 나오면 엄마는 어쩔 줄을 몰라 했고, 나는 그런 엄마 모습을 보며 삶을 견뎌냈다. 그래서 이제껏 엄마에게 진실을 말하지 않았다. 사실 그 문은 잠겨 있지 않았다고. 문고리를 돌리고 단 한 발짝만 밖으로 나서면 됐는데도 내가 스스로 갇혀 있기를 선택했던 거라고. 엄마 딸은 그런 사람이라고.

마침내 일을 다 봤는지 똥 냄새를 잔뜩 풍기며 거실로 나온 엄마는 기분이 좋아 보였다. 대성공은 아니지만 소성공 정도는 된다며 실실 쪼개다가 다짜고짜 "근데 소리 너도 내가 그렇게 주옥 같니?" 묻기까지 했다.

"오늘 어떤 손님한테 식사 나오기 전까지 마스크 좀 써주세요, 했더니 나더러 진짜 주옥 같네, 하더라고. 아니 이 양반이 내 이름은 어떻게 알았지? 하면서도 어쨌거나 내가 나 같다는 말 들으니까 참 좋더라고. 맞다, 나 윤주옥이었지 싶더라고."

"……엄마, 오늘은 붕어빵 안 먹고 싶어?"

내가 묻자 너 뭐 잘못 먹었냐는 대답이 돌아왔다. 엄마는 내가 잘해주려고 해도 왜 항상 이런 식이야? 나는 마스크 안이 침으로 범벅이 되도록 한바탕 말을 쏟아냈다. 웬일인지 엄마는 곧장 미안해, 했다. 아주 오랫동안 미안하다는 말을 듣고 싶었는데 막상 엄마가 그렇게 나오니까 마음이 이상했다. 미안해하지 마. 나는 엄마가 그냥 하던 대로 하기를 바랐다. 내 미안보다 엄마의 미안이 더 커지지 않길 바랐다. 그럼 맘 편히 엄마를 미워할 수도 없을 테니까.

은오야, 너 그거 아니? 내 주변에는 나를 못살게 구는 것 천지다. 근데 나를 못살게 구는 것들이 결국 나를 끈덕지게 살게 하더라. 나는 요새 자기 전에 다리 찢기도 하고, 자고 일어나서 물 죽염으로 가글도 해. 작심삼일을 여러 번 하자는 마음으로 꾸준히. 얼마 전엔 코로나 블루가 너무 심하다고 일하는 곳 원장 쌤한테 블루스크린 차단 안경도 선물 받았어. 나는 파란색이 너무 추워 보인다고 생각했는데 어쩌면 제일 따뜻한 색인 것 같기도 해. 배추밭은 무사히 잘 있는 것 같더라. 나도 아마 무사해. 엄마한테 지랄도 풍년이라는 말을 물리도록 들으며 산다. 어떻게 보면 삶도 마음도 온통 흉년인데 지랄만이라도 풍년인 게 참 다행이다 싶어. 있잖아, 나는 너가 지옥 같고 좆같은 삶을 살아가길 바랐는데이제 네 삶보다는 내 삶을 더 생각해보려고 해. 요즘 이런 말이 유행이래. 윤은오가 윤은오 했다. 윤주옥이 윤주옥 했다. 나는 나 하고 있을게.너도 너 하며 살아라. 너무 잘살지도 못살지도 말고 그냥 너 하면서만살아라. 안녕.

나는 충동적으로 은오에게 메시지를 보냈다. 은오가 비행기 티켓 예매 내역을 캡처해 올린 게 화근이었다. 이 시국에 대체 어딜, 누구랑, 왜? 나는 갑자기 머릿속이 새하얘져서는 누가 봐도 나인 걸 모를 리 없는 @sorry1004 비공개 계정으로 마음에 쌓아둔 말들을 후다닥 부려놓고 전송 버튼을 눌렀다. 그러자마자 일냈다는 생각이 들었다. 한번 내뱉은 말은 도로 주워 담을 수 없는 거라지만 한번 보낸 메시지는 무를 수도 있는 거 아닌가. 나는 그러고 싶은 마음이 굴뚝같았고, 문제는 내가 그 방법을 모른다는 거였다.

그때 마침 작은 은오가 교무실 문 틈새로 빼꼼 고개를 내밀었고,

"은오야. 너 혹시 인스타 하니?"

"엄마가 못 하게 하는데 몰래 하긴 해요."

"나랑 똑같네."

"쌤은 그 나이 먹고 엄마가 인스타도 못 하게 해요?"

"그거 말고 다른 거. 근데 나 뭐 하나만 알려줄래?"

"그게 지금 가르쳐달라는 사람의 자세예요?"

"한 수 가르쳐주세요."

"쌤이 그럼 제가 뭐가 돼요."

뭐긴 뭐야. 배은망덕한 학생이지.

은오는 이렇게 메시지를 꾹 누르고 있으면 전송 취소 버튼이 뜬다고 했다. 아니면 아예 상대를 차단해버리는 방법도 있다고 했다. 나는 차단까지는 됐고 취소가 좋겠다고 대답했다. 문제는 큰 은오가 이미 내가 보낸 메시지를 읽어버렸다는 거였다. 완전히 망했구나, 생각하는데 수업 시작을 알리는 종이 쳤다. 그래도 수업을 마치고 오면 은오한테 어떤 답이, 하다못해 이제 완전히 관계를 좆 내자는 말이라도 오지 않을까 생각했지만 그건 순전히 내 바람일 뿐이었다. 선생이 돼가지고 나는 수업 시간에도 자꾸만 휴대폰을 힐끗거렸다. 비행기 모드를 켜둔 것도 아닌데 진동 한 번 울리지 않는다는 사실이 우스우면서도 슬펐다.

어디선가 거듭 들려오는 흥흥, 퉤, 푸푸 소리에 나는 그만하라고 소리치는 대신 교실 맨 뒷줄에서 책에 얼굴을 박다시피 한 작은 은오를 건너다보았다. 처음에는, 아니 지금까지도 나는 그 애를 이루고 있는 작은 부분들이, 접히는 뱃살과 간헐적으로 찡그리는 미간과 두 개의 완만한 능선을 이룬 귓불이 미웠다. 마음의 문을 굳게 닫아버렸다. 그런데 아주 느리게 나마 은오는 한 발짝씩 나아가는 중이었다. 쪼그만 게 자기 자신이라는 어려운 고비를 어떻게든 넘어서려 애쓰고 있었다.

"진짜 읽을 수 있겠어?"

은오가 읽고 있지만 읽는 게 아닌 책 속에는 웃음 바이러스가 창궐한 세계에서 감염되지 않기 위해 고군분투하는 한 아이가 나왔다. 웃으면 복이 온다는데 마음껏 슬플 권리를 위해 제 발로 복을 걷어차는 꼴이라니. 은오는 언제나처럼 눈을 깜빡였다가 어깨를 움찔거렸다가 다리를 떨었다가 고개를 들고는 나를 바라보았다. 더는 못하겠다는 얼굴이었다.

"오늘은 그만할까?"

"아뇨."

"그럼 쌤이 읽어줄까?"

"쌤도 잘 못 읽는 것 같던데요."

"그럼 어떡하지."

"음, 그냥 읽어볼게요."

"그럴래?"

"네. 읽지 않으면 읽을 수가 없잖아요."

네가 나보다 낫구나. 투명 아크릴판에 반사된 은오의 얼굴을 바라보며 나는 속으로 속삭였다.

원생 중 하나가 확진되어 밀접접촉자로 분류되었다는 연

락을 받고 엄마와 함께 선별 검사소에 갔다. 많이 아플까요? 내가 묻자 전신 방역복을 쫙 빼입은 여자가 코에 잠깐 요정이 들어갔다 나오는 느낌이라고 했다. 요정이 콧속을 비집고 들어올 때 나는 나도 모르게 악! 비명을 질렀다. 요정은 요정인데 나처럼 지랄 맞은 요정이었다. 엄마는 생각보다 아프지 않았다고 했다. 안 아프다고 생각하면 하나도 안 아프다면서 나더러 엄살이 심하다나 뭐라나.

집까지 걸어 돌아와 우리는 각자의 방에 틀어박혔다. 간만에 엄마와 떨어져 있을 수 있는 기회였다. 어느새 창밖에는 눈이 내리고 있었고, 눈송이와 눈송이가 포개질수록 사방이 새하얗게 변해가고 있었고, 나는 여전히 나라는 독방에 꼼짝없이 갇혀 있었다. 그러다 문득 이런 생각이 똑똑, 하고 내게 노크했다. 안 될 거라는 걸 뻔히 알지만서도, 살면서 나도 한 번쯤은 나를 활짝 열어보고 싶다고.

갑자기 무슨 용기가 났는지 나는 노트북을 켜고 줌에 접속한 뒤 은오에게 초대 링크를 보냈다. 응할 거라고는 전혀 예상하지 못했는데 곧 접속할 테니 잠깐만 기다리라는 답장이 왔다. 잠깐이라 해놓고 은오는 한참 시간이 지난 뒤에야 얼굴을 내비쳤고, 마침내 우리는 무려 1년 만에 비대면으로 대면했다. 그런데 막상 얼굴을 마주하고 보니 생각처럼 입이 잘 안 떨어졌다. 잘 지냈냐는 은오의 닳고 닳은 물음에 나는 냄비에 눌어붙은 탄 밥처럼 잘 지내왔다고 했다. 이제껏 내 속이 타들어가는 냄새가 하나도 안 보였냐고 물으려다 말았다.

"은오야, 나는 지금 밀접접촉자라 혼자 있다."

"나는…… 그냥 있어."

"누구랑?"

"그냥 누구랑."

"은오 너 그거 아니? 바나나는 공중에 걸어두면 자기가 나무에 매달려 있는 줄 알고 안 시든대. 싱싱하게 오래간대. 그런데 나는 바나나가 되지는 않을 거야."

"……."

"무슨 헛소리인가 싶지?"

"……."

"바나나처럼 너한테 매달리지 않을 거라는 소리야."

"……."

"집에 술 있니?"

마지막으로 건배나 하자는 내 말에 은오는 화면 밖으로 사라지더니 이내 표면에 물방울이 송골송골 맺힌 맥주를 가져왔다. 우리는 서로의 캠 화면에 캔맥주를 가져다 대고 건배했다. 저편의 파울라너와 이편의 필라이트가 툭, 하고 부딪쳤다.

—코로나19 PCR 검사결과 음성입니다.

음성 결과를 받아놓고도 엄마는 만약 자기가 양성이 나오면 나도 무조건 옮아야 한다고 했다. 가족이란 그런 거라고.

죽어도 같이 죽고 살아도 같이 사는 거라고. 나는 그래, 가족은 그렇게 주옥 같은 거지, 속으로 생각했다. 며칠간 출근을 못 하게 되는 바람에 우리는 어쩔 수 없이 함께 시간을 보냈다. 엄마는 여전히 볼일을 볼 때 문을 안 닫았다. 만약 그때 내가 문을 열어주지 않았다면 엄마는 수돗물과 오줌 중에 어떤 걸 마셨을까. 정말 엄마는 내가 밖에서 화장실 문을 잠갔다고 믿는 걸까. 아니, 진짜 본인이 방문을 잠갔다고, 나를 너무 오랫동안 가둬두었다고 믿고 있는 걸까.

우리는 마스크를 두 겹씩 착용하고서 거실 식탁에 마주 앉았다. 생전 책을 가까이하지 않던 엄마는 군데군데 새빨간 김칫국물이 밴 『산소리』를 몇 장 펼쳐 보더니 도로 덮었다. 냄비 받침 용도로 쓴 몇 년 동안 아무 관심도 안 줬으면서 이제 와 "그런데 산소리는 대체 무슨 소리라니?" 하고 물었다.

"나도 아직 몰라."

"살아 있는 소리…… 그런 건가?"

나는 아마 산에서 나는 소리겠지만 엄마 말도 아주 조금은 일리가 있는 것 같다고 했다. 엄마는 집에만 틀어박혀 있으니 답답해 미칠 지경이라며 앓는 소리를 냈다. 그 소리가 듣기 싫어 나는 하루 종일 티브이를 틀어두었다. 자학적인 요소가 난무하는 코미디 프로그램을 보면서 우리는 함께 웃는 대신 함께 웃지 않았다. 어째서인지 나는 갑자기 짜증이 솟구쳐서는 "엄마만 힘들어?" 하고 소리를 질렀다. 내가 생각해도 갑자기였다. 그런데 세상에 갑작스럽지 않은 일이 있긴 할까. 이별도 실직도 확진도, 고작 이런 사람이 되어버린 것도.

"화장실에 갇혀 있을 때보다는 아닌데 그래도 힘들어. 엄마 지금 무진장 애쓰고 있어."

"내 눈에는 떼쓰고 있는 것처럼 보여, 엄마."

"것도 맞아."

"내가 말이 심했던 것도 맞고."

"딸, 말 나온 김에 때나 밀러 갈까."

"갑자기? 엄마는 코로나가 무섭지도 않아?"

"소리야. 엄마는 네가 제일 무서워."

나도 내가 무서운데 엄마는 오죽할까.

우리는 로얄보석사우나 데스크에서 얇디얇은 마스크와 수건을 한 장씩 건네받았다. 내가 패딩을 벗고 니트를 벗고 바지를 벗고 양말을 벗고 마지막으로 팬티를 벗었다면 엄마는 특이하게 양말부터 벗기 시작했다. 그리고 이미 충분히 헐벗은 나는 무언가 더 벗을 게 남아 있는 사람처럼 내 맨몸을 내려다보았다.

알몸에 마스크만 달랑 쓴 엄마는 심장에서 먼 곳부터 탕에 몸을 담갔다. 뜨겁지 않냐고 묻자 하나도 뜨겁지 않지가 않다고 했다. 엄마 배에는 나를 낳다 생긴 개복 흉터가 남아 있었다. 내가 힐끗대자 엄마는 다짜고짜 "엄마도 이참에 문신이나 해볼까?" 하고 물었다. 순애 이모의 아는 언니의 사촌의 딸이

홍대 미대를 나왔는데, 그 사람이 커버 타투를 아주 기가 막히게 한다는 거였다.

"언제는 문신 그런 거 싫다며. 끔찍하다며."

"얘가 또 모르는 소리 하네. 엄마가 순애 이모한테 들었는데 세상에 벌레가 없으면 지구 생태계가 죄다 망가져버린단다. 홍대 미대 정도 나왔으면 해충 아니고 익충인 거지. 너 원래 과일도 벌레 먹은 게 훨씬 단 거 알지?"

나는 엄마의 논리에 그만 말문이 콱 막혀버렸다. 뭐로 할 생각이냐고 묻지도 않았는데 엄마는 '아모르 파티'를 생각하고 있다고 했다. 후회하지 않을 자신 있냐고 내가 묻자 엄마는 그런 것 따위 살면서 한 번도 있어본 적이 없다고 했다. 그러더니 물기를 머금고 축 늘어진 머리카락을 여 보란 듯이 위로 바짝 묶어 올렸다. 목덜미 정중앙에는 'amor party'라고 적혀 있었다.

내가 못 살아 진짜……. 엄마는 어때? 하고 물었고 나는 솔직히 지금은 잘 모르겠지만 보면 볼수록 괜찮아질 것도 같다고 했다. 'party'가 아니라 'fati'일 테지만, 어차피 되돌릴 수 없는 거 굳이 엄마를 슬프게 만들고 싶지 않아서 나는 마스크를 쓴 채로 탕에 얼굴을 푹 담갔다. '운명을 사랑하라'나 '사랑 파티'나. 어떻게 보면 그게 그거였다.

덜 마른 머리카락과 덜 마른 몸과 덜 마른 마음으로 집에 돌아가면서 엄마는 말했다.

"소리야, 근데 엄마 너무 아프다."

"어디가 또."

"마스크 때문에 귀가 너무 아파."

"엄마, 귀가 없다고 생각해봐."

"얘, 있는 걸 어떻게 없다고 생각하니."

"언제는 딸자식 같은 거 평생 없다고 생각하고 살 거라며."

"소리야."

엄마가 내 이름을 불렀고, 나는 단 한 번만이라도 엄마가 내 진짜 마음을 읽어주기를 바라며 응, 하고 대답했다.

"귀 아프니까 그만 말해."

3일간의 자가 격리 끝에 나는 다시 세상 밖으로 나왔다. 세상은 여전히 요지경이고 나는 안에서고 밖에서고 딱히 할 일이 없어서 계양산으로 등산을 갔다. 날이 춥고 바람이 많이 불어서인지 산에는 사람이 별로 없었다. 마스크를 벗지 말라고 적힌 종이가 등산로 곳곳에 붙어 있었지만 잠시 마스크를 벗고 숨을 골랐다. 아이고 이제 좀 살겠네. 나도 모르게 내뱉은 말이었고, 순간 나는 그런가, 내가 진짜 이제 좀 살 것 같은가…… 속으로 생각하다가 어쩌면 그럴지도 모르겠다는 결론을 냈다. 그때 옆에서 누군가 나더러 아이 예쁘다, 너 왜 이렇게 예쁘냐, 말을 붙여왔다. 끝이 Y자로 갈라진 나무 지팡이를 짚은, 마스크도 안 쓴 백발의 할머니였다. 저는 마스크 쓰면 더 예뻐요. 나는 급히 마스크를 고쳐 쓰며 말했다.

"어디서 왔냐."

"밀양이요."

"몇 살이냐."

"이백 살이요."

그랬더니 할머니는 이 육시랄하게 예쁜 것아, 나도 데려가, 하고 애원했다. 데려가라면서 나랑 반대 방향으로 발밤발밤 걸었다. 할머니의 흰 뒤통수가 새까만 점이 될 때까지 나는 가만히 서서 자리를 지켰다. 내 쪽으로 작은 호를 그리며 휘어진 나뭇가지를 잡아당겼다 놓자 나뭇가지가 제자리를 찾았다. 슬쩍 마스크를 벗고 셀카를 찍었다. 눈물 셀카를 찍을 생각은 아니었는데 갑자기 눈물이 흘러 혼났다. 눈에서 나온 물은 엄마가 끓인 우동 육수처럼 슴슴하고 싱겁고 어딘가 텅 빈 듯한 맛이었다.

나는 산에서 나는 새소리와 풀 소리와 발밑 돌멩이에 그림자 드리우는 소리와 길이와 굵기가 적당한 나뭇가지가 부러지지 않고 동그랗게 휘는 소리를 손바닥에 가득 담아 아껴 들었다. 그러다 문득, 내가 진짜 원했던 건 사는 것보다 살아가는 것이라는 생각이 들었다. 살면서 나는 해가 돋고 저무는 게 좋았고 달이 차고 이지러지는 게 좋았고 샛노랗던 바나나가 갈색으로 시들어가는 게 좋았다. 붕어빵 반죽이 노릇노릇 익어가는 게 좋았고 물기를 잔뜩 머금은 돌멩이가 미지근하게 말라가는 게 좋았다. 비록 읽지는 못하더라도 식탁 위에 놓인 책을 베개 삼아 곤히 잠들어가는 게 좋았다. 과묵하고 소심한 걸음걸이로나마 내가 좋아하는 것들을 마음껏 좋아하며 살아가고 싶었다. 그렇게 조금씩 천천히 내 삶의 애독자가 되어가고 싶었다.

집에 돌아와 방문을 닫기가 무섭게 콧물이 나고 재채기가 났다. 비말이나 감염이나 격리 같은 단어가 내 머릿속에 윙윙거리는 동안 작은 은오에게 다음 주부터 학원 스케줄을 변경해야 할 것 같다는 문자가 왔다. 'Sorry grows on me'라는 뜻을 알 수 없는 문장도 함께였다. 소리가 내 위에서 자라난다? 얘가 무슨 헛소리람.

— 쌤. 저 어제 영어 학원에서 이 문장 배웠어요.

— 은오 너 영어 학원도 다녀?

— 피아노 학원도 다니는걸요.

— 나야, 영어 쌤이야, 피아노 쌤이야.

— 진짜 유치한 거 알죠, 쌤?

— 그래서 누군데.

— 음…… 아직은 피아노 쌤이요. 그래도 점점 좋아지는 중.

나는 점점 더 내가 싫어지기만 하는데 정작 내가 점점 좋아지고 있다는 은오에게 나는 쩜쩜쩜, 하고 답을 보냈다. 애가 아직 뭘 몰라서 그렇지 서른이면 한창 유치할 나이였다. 이런 내가 우습고 가여워서 혼자 낄낄거리는데 살짝 열린 문 틈새로 엄마가 빼꼼 고개를 내밀었고, "혼자 뭐가 그렇게 웃기니?" 했다가 내가 울고 있는 걸 보고는 이러지도 저러지도 못한 채 서 있었다. 엄마는 왜 우냐고 묻거나 은오랑은 완전히 쫑 난 거니, 세상에 남자는, 아니 여자는 쌔고 쌨다, 하고 어쭙잖은 위로를 건네는 대신 "소리야, 밥하기도 귀찮은데 이따 마상이나 시켜 먹을까?" 하고 물었다.

"엄마, 그걸 어떻게 먹어."

"얘, 소리 넌 젊은 애가 마라샹궈도 안 좋아하니?"

마음의 상처와 마라샹궈. 엄마는 대체 어디서 저런 말을 배워온 걸까. 어쩌면 마음의 상처도 마라샹궈처럼 먹어치우면 전부 소화돼 똥으로 나오는 걸까.

마라샹궈는 예상 배달 시간보다 훨씬 늦게 도착했다. 똑똑, 문을 두드리는 소리에 황급히 마스크를 쓰고 나갔지만 배달원은 문고리에 음식을 걸어놓고 이미 사라진 뒤였다. 튀긴 꽃빵을 같이 시켰는데 봉지 안에는 꽃빵이 없었다. 마상에는 꽃빵이고 꽃빵에는 마상인데. 있는 걸 없다고 생각하기가 조금 어렵다면 없는 걸 있다고 생각하는 건 세상 더 어려운 일이었다. "전화해서 뭐라고 한 소리 할까?" 내가 묻자 엄마는 괜찮다고 했다. "꽃빵 대신 이게 있잖아" 하면서 본인 얼굴에 꽃받침을 만들었다. 재미도 영양가도 없는 말이었는데 이상하게 웃음이 터져 나왔다. 그런 내게 옮았는지 엄마도 큭큭 웃기 시작했다. 나도 참 나였고 엄마도 참 엄마였다.

"신이 나를 만들 때 뭘 넣었을까 엄마?"

내 물음에 엄마는 자긴 신 같은 거 일절 안 믿는다 하면서도 호박고구마랑 계란 노른자? 하고 대답했다.

"왜냐고 물어보면 마음만 상하겠지?"

"그래도 물어봐 봐."

"왜 그런데?"

"소리 너 방귀 냄새가 지독하잖아."

나는 여러모로 지독한 딸이라 미안하다고 말하면서 불어 터진 분모자를 집어 먹었다. 기다림이 무색하게 슴슴하고 싱겁고 어딘가 텅 빈 듯한 맛이었다. 얼굴만 봐선 모르겠는데 뒤통수를 봐서는 아마 엄마도 같은 마음인 것 같았다.

"잠깐만 있어봐, 엄마."

주방 찬장 깊숙이 처박힌 고춧가루 통을 가지고 돌아와보니 그사이 엄마는 신호가 아주 제대로 왔다며 화장실에 틀어박혔다. 무슨 바람이 들었는지 이번에는 문을 닫아두었고, 나는 굳게 닫힌 문 앞에서 이러지도 저러지도 못한 채 가만히 서 있을 뿐이었다. 식기 전에 빨리 나와. 문 너머의 엄마에게 소리치면서 나는 너무 오랫동안 방치해둬 꿈쩍도 안 하는 병 뚜껑을 힘주어 열었다. 그러곤 매운 걸 잘 못 먹는 엄마를 위해 마라샹궈에 고춧가루를 크게 한 숟갈 떠 넣었다. 마음 같아서는 두 숟갈이었다.

생사람들

손이라도 녹일 겸 편의점에서 호빵을 두 개 샀다. 정확히는 야채 호빵만 계산하고 팥 호빵은 주머니에 슬쩍 쑤셔 넣었다. 들키고 싶기도 안 들키고 싶기도 했다. 어릴 때부터 나는 호빵맨을 좋아했다. 찐빵같이 생긴 호빵맨의 조력자 잼 아저씨가 갓 구운 호빵을 던지면 짜잔, 과장된 효과음과 함께 호빵맨의 헌 대가리가 새 대가리로 교체되었다. 그 장면을 볼 때마다 나는 부러움에 벽에 머리를 박았다. 손발이 찬 사람이되었다. 나도 누가 대가리를 갈아 끼워줬으면 정말 좋겠네, 정말 좋겠어. 그럼 이 지긋지긋한 4수생 생활도 진즉 청산했을 텐데.

　양손에 호빵을 쥐고 돌아가는 길엔 놀이터에서 엘사 눈사람과 눈이 마주쳤고, 마주치는 눈빛이 무엇을 말하는지 모르겠어서 눈싸움을 하다가 찔끔 눈물을 훔쳤다. 진짜 화가 나.
나는 엘사의 머리만 똑 떼어내 발로 정성껏 밟고 또 밟았다.
그렇게 스물두 번쯤 밟았을 때 인기척도 없이 시소를 타던 옆
집 여자애와 눈이 마주쳤다.

혼자니?

네.

박세영.

네?

언니 이름이야.

네.

같이 호빵이나 먹을까 했는데 집엔 아무도 없었고 이제 나
홀로 있었다. 혼자 있는데도 더 혼자이고 싶어서 나는 방문을
잠근 뒤 바닥에 엎드려 누워 수능특강 책을 펼쳤다가 도로 덮
었다. 내가 지금 이런 거나 할 때가 아니지. 오늘은 수능 예비
소집일이었고 나는 한 번도 수능을 본 적이 없었다. 하루는
늦잠을 잤고 하루는 엿을 먹다가 배탈이 났고 하루는 조선시
대가 배경인 좀비 영화를 찍으러 갔다. 쟤 진짜 잘 뒤지네. 감
독은 피 칠갑을 한 엑스트라들 사이에 큰대자로 뻗은 나를 가
리키면서 앞으로도 계속 그렇게만 하라고 했다.

앞으로도, 계속, 그렇게.

그래서 나는 늘 해오던 대로 유서 깊은 비밀 노트를 펼쳤

다. 하루 온종일 할머니가 아이스크림을, 엄마가 언니의 무사 출산을, 언니가 야식 메뉴를 생각하듯이 나는 매일 하루도 빠짐없이 죽고 싶다는 생각을 했다. 지나가듯 생각하지 않고 한 자리에서 오래도록 생각했다. 벨트에 목을 매거나 손목을 긋거나 빌라 옥상에서 뛰어내리는 건 너무 아프고 번거로우니 패스하고, 그저 살아 있음에서 살아 없음의 상태로, 게임의 다음 스테이지로 넘어가듯 부웅 쉬잉 날아가고 싶다. 나는 바닥에 딱 붙은 자세로 전기장판 온도를 최고로 올렸다. 엄마가 보면 벌써 전기장판을 틀면 어떡하냐고 잔소리를 늘어놓겠지만 상관없다. 나는 곧 이 세상 사람이 아니지 죽어서 더는 자살이 마렵지 않은 귀신이 되면 엄마 어깨에 옆구리에 허벅지에 꼭 달라붙어 있을 거니까.

그러니까, 나는 오늘도 살아 없기로 했다. 오른손으로는 A4 노트를 받치고 왼손으로는 4B 연필을 쥐었다. 잘 깎인 연필심과 흰 종이가 만나면 사사삿 스스슷 죽기 좋은 소리가 났다. 그 소리를 듣고 있으면 그래 이 맛에 사는 거구나 나 아직 존나게 살아 있구나…… 싶었다. 그런데 이상하지. 마음과는 달리 텅 빈 종이 앞에만 있으면 머릿속이 새하얘졌다. 죽으면 호빵이 먹고 싶어, 라고 쓸 수도 없고, 오동나무 관에 전기장판을 넣어줘, 쓸 수도 없고, 나무아미타불 관세음보살, 쓸 수도 없고. 죽지 못해 서럽다는 게 이런 걸까. 갑자기 울고 싶어졌지만 눈물은 안 났다. 울고 싶을 때 바로바로 눈물이 나면 내가 진짜 배우를 하지 사수를 하겠나. 나는 장롱에서 이불 하나를 더 꺼내 덮었다. 이불이 두 겹이라 그런지 두 배로 따뜻하다. 좋다. 꼭 죽어야겠다.

마음을 다잡고 책상에 앉아 스탠드 전원 버튼을 눌렀다. 불빛을 세 종류로 설정할 수 있는 저가형 모델이었는데 내가 애용하는 건 아주 흰 것과 조금 누리끼리한 것과 아주 누리끼리한 것 중 조금 누리끼리한 거였다. 그런데 하필 지금 그 모드가 먹통이었다. 곧 죽는 마당에 조명이 무슨 상관이냐고 묻는다면 그건 진짜 빡대가리 같은 소리였다. 죽기 좋은 온도, 죽기 좋은 습도, 죽기 좋은 조명. 삼박자가 다 맞아야 하지만 그중에서도 제일 중한 건 조명이었다. 안 그래? 나는 단축번호 99번을 눌러 하우에게 전화를 걸었다. 보통 신호음이 스물두 번 울리고 끊겼다면 웬일인지 오늘은 곧장 뚝 끊겼다. 나는 소리샘으로 연결된 휴대폰에 대고 너 지금 일부러 그러는 거지? 하고 물었다. 하우가 들으면 괜히 생사람을 잡는다며 식어빠진 호빵처럼 하얗게 웃어 보일지도 모르겠지만.

밤 11시, 아무도 없는 줄 알았는데 거실에는 엄마랑 언니랑 할머니가 자고 있었다. 아까는 왜 몰랐을까. 아까 몰랐던 걸 지금 알 리가 없어서 나는 전자레인지에 호빵을 데운 뒤 손에 쥐기 알맞은 온도가 될 때까지 식혀두었다. 곧 나올 것 같아! 아침까지만 해도 언니는 배가 아프다고 악을 쓰며 소리를 질러댔다. 거기다 대고 똥이? 했다가 나는 엄마한테 옷걸이로 등짝을 얻어맞았다. 너 계속 그러면 세탁기에 넣고 확 빨아버린다! 누가 세탁소 주인 아니랄까 봐 엄마가 큰소리를 쳤고, 정말이지 나는 세제와 섬유유연제를 왕창 때려 넣은 세탁기에 급속 코스로 돌려지고 싶었다. 그럼 얼룩도 찌든 때도 없는 새사람이 될 수 있을지도 모르니까. 안 그래? 과발효된 반죽처럼 부풀어 오른 언니 배에다 대고 말했다가 나는 그만 언니 배꼽과 눈이 마주칠 뻔했다. 희고 맑은 팥 배꼽과 달리 언니 배꼽은 한눈에 봐도 더럽게 시커멨다. 그래서일까, 애 아빠가 누군지 모르겠다고 언니가 고백했을 때 나는 낮 새도 밤 쥐도 듣지 못할 만큼 아주아주 작은 소리로 지워버려, 했다. 지워버려. 지워져버려. 그건 언니한테 하는 말인 동시에 나한테 하는 말이었다. 언니 얼굴이 곧 내 얼굴이라면 언니 아이가 얼마간 나를 닮았을 거고 날 빼닮은 사람이 세상에 또 있다고 생각하면…… 화가 났다. 몸속 깊은 곳에서부터 공그른 차지고 단단한 화였다. 나는 흉하게 말려 올라간 언니의 티셔츠를 획 내리며 소리쳤다.

야, 박세영! 일어나서 호빵 먹어.

*

손에 사람 쥐고 한입에 삼키기.

내게 그 비법을 물려준 건 아빠였고 아빠에게 그 비법을 물려준 건 할머니였다. 지금 내 나이보다 어렸던 할머니가 일본 오키나와에 머물며 익힌 비결이라 했다. 그 나라 사람들은 온갖 사물마다 신이 깃들어 있다고 믿었다. 화장실에도 변기에도 뚫어뻥에도. 그러니까 슬프거나 우울하거나 긴장될 때마다 손에 사람 인 자를 쓴 뒤 꿀꺽 삼키면 작고 조글조글한 손바닥 신이 슬픔도 우울도 긴장도 씻은 듯 없애준다는 거였다. 말도 안 되는 소리. 그렇게 말하긴 했지만 지금껏 나는 셀 수 없이 많은 사람을 삼켰다. 손바닥에 찍찍 두 선을 그을 때마다 속으로 중얼거렸다. 이건 할머니, 이건 엄마, 이건 언니.

언니로 말할 것 같으면 나보다 고작 2분 22초 빨리 태어났고 나처럼 코끝에 왕점이 있지만 나와 달리 그 점을 부끄럽지 않아 했다. 반 애들이 못생겼다며 언니를 놀릴 때마다 나는 거기에 백번 동의하면서도 끓어오르는 화를 주체하지 못했다. 불량한 애들의 뒤통수를 냅다 갈긴 뒤 언니 손을 잡고 시내 피부과로 향했다. 그러나 우리를 우리일 수 있게 만드는 그 점을 차마 빼낼 수 없었기에 우리는 서로 약속이라도 한 듯 갔던 길을 그대로 되돌아왔다. 이상하지, 그날 날씨가 어땠는지, 무슨 색 옷을 입었는지, 몇 번 버스를 탔는지는 모두 기억 속에서 희미해졌지만 말 못 할 정도로 엉덩이가 시리고 아팠던 감각은 여전히 생생하다.

그날 밤 엄마가 실종 신고까지 하면서 난리를 피우는 동안 우리는 집 근처 놀이터에서 시소를 탔다. 내가 몸이 붕 떠오르는 순간을 좋아했다면 언니는 몸이 쿵 내려앉는 순간을 좋아했다. 서로 좋아하는 게 달라 같이 시소를 타기 좋았다. 하긴 엄마 배 속에서도 언니와 나는 머리 방향이 정반대인 역아 쌍둥이였다. 출산일을 무려 두 달이나 앞두고 태어난 조산아였던 우리는 딱 그만큼 인큐베이터 신세를 져야 했다. 그리고 긴긴 기다림 끝에 두 딸을 처음 품에 안은 아빠는 이렇게 외쳤다고 한다. 이거 완전 데칼코마니잖아! 엄마는 이게 무슨 덜떨어진 소리인가 하면서도 사랑하는 사람에게 잘 보이고 싶어 하는 아빠를 위해 어렴풋이 웃어 보였다.

작고 건강하지 못한 두 딸의 보호자이자 심마니였던 아빠는 어느 가을 감악산에 산삼을 캐러 갔다가 추락사했다. 정확히는 뒤통수를 바위에 정통으로 박는 바람에 머리가 하트 모양으로 부풀어 올랐고, 머릿속에 고인 피를 빼내는 대수술을 치르다 죽었다. 아빠가 마지막으로 캐낸 산삼으로 술을 담그면서 엄마는 어떤 기분이었을까? 절벽에서 떨어져 정신을 완전히 잃기 전까지 아빠는 몇 번이나 사람 살려! 하고 외쳤을까? 살면서 나는 사망 선고를 받다 말고 벌떡 일어나 이렇게 외치는 아빠의 모습을 상상해보곤 했다. 머리를 조금만 더 살살 박았다면 살 수 있었을 텐데!

병원에서 온 전화를 받았을 때 엄마는 당황하지도 울지도 집에 지갑을 두고 나오지도 않았다. 오히려 평소보다 훨씬 담담한 얼굴로 택시를 잡아탈 뿐이었다. 달리는 차 안에서 엄마는 나와 언니의 손을 꼭 그러쥐며 말했다. 앞으로는 매일 호빵을 먹을 수 없더라도 너무 많이 슬퍼하면 안 돼. 그때 나는 하루라도 호빵을 먹지 않으면 입에 가시가 돋는 애였는데 어째서인지 순순히 고개를 끄덕였다. 손을 조금만 살살 쥐어달라고 말하고 싶었지만 꾹 참았다. 그러나 말은 잘 참아도 오줌은 잘 못 참아서 나는 축축하게 젖어드는 자리를 매만지며 말했다. 엄마, 나 쌌어. 두 딸 앞에서 눈물 한 방울 보이지 않던 엄마는 그제야 서럽게 울기 시작했다. 기사 이름이 아빠랑 똑같아서도, 시트 세탁비로 10만 원을 변상해야 해서도 아니었다. 그럼 나 때문이었을까. 돈이 모자랐던 엄마가 5천 원만 깎아주면 안 되겠냐며 기사에게 사정사정하는 동안 나는 살짝 열린 창 틈새로 풍겨오는 은행 냄새를 맡았다. 진짜 화가 나. 암만 코를 틀어막아도 냄새가 너무 지독해서 화가 났고, 지린내보다 지독한 서글픔이 내게 영영 배어버릴까 봐 더더욱 화가 났다. 내 배꼽은 탁하고 못생긴 참외 배꼽이었다.

안 그래? 나는 엉킨 타래 꼴로 잠든 여자들 사이에 굳이 몸을 비집고 드러누우며 중얼거렸다. 아가, 망설임 한가득히 품어 왔냐? 어느새 잠에서 깬 할머니가 물었고, 나는 편의점에 설레임이 다 떨어져서 호빵을 대신 사 왔다고 둘러댔다.

그럼 엄동 배꼽에 흰 때가 소복이 꼈겠네.

꼈네 꼈어.

취이 입김 띄우다 글쎄 실이 내 쪽으로 엉커버렸네.

엉켰네 엉켰어.

도통 알아먹을 수 없는 말들을 할머니가 주워섬기는 동안 나는 언니의 무르팍을 쓰다듬었다. 무릎 한가운데 5백 원짜리 동전만 한 흉터가 있었는데, 언니가 아홉 살 때 생겼으니 사람 나이로 치면 열네 살인 셈이었다. 흉터는 물기 머금고 잔뜩 울어버린 종이 감촉과 흡사해서 자꾸만 손이 갔다. 할 수만 있다면 몰래 훔쳐오고 싶었다. 내가 다리를 잡아당기는 바람에 책상에서 고꾸라진 언니는 피를 뚝뚝 흘리면서도 아무렇지 않다는 듯 엄마에게 이렇게 말했다. 그냥 한번 떨어지고 싶어서 떨어져봤어. 거짓말쟁이 언니가 응급실에서 무릎을 열한 바늘이나 꿰매는 동안 나는 병원 로비 벽에 머리통을 열한 번 박았다. 쿵 쿵 쿵쿵쿵 쿵쿵쿵쿵 쿵쿵. 눈에는 눈 이에는 이 무릎에는 무릎이 아니라는 게 부끄러웠다. 언니는 다리에도 허벅지에도 무릎에도 털이 무성한 게 콤플렉스였는데 흉터 부위에만 털이 나지 않아 유독 도드라졌다.

나쁜 년. 나는 유성펜으로 언니 무릎에 털을 몇 가닥 그려주었다. 찍찍 선을 그을 때마다 간지러운지 언니가 털털하게 웃었다. 그런데 그때 왜 거짓말했어? 내가 물었고, 돌아오는 대답은 언니 배 속에서 나는 꼬르륵 소리뿐이었다.

세윤아.

깜짝이야, 언제 깼대.

오늘따라 산낙지 먹고 싶지 않아?

난 산낙지 별로.

내가 아니라 오수가 먹고 싶대서 그래.

오수는 동네 돌팔이 작명소 할아버지한테 5만 원이나 주고 지어온, 언니 배 속에 있는 애 이름이었다. 밝을 오에 닦을 수. 사수 중인 나에겐 영 찜찜하고 불길하기 그지없는 네이밍이었다. 물론 오수 같은 거 하기 전에 나는 이미 세상을 뜨겠지. 언제 그랬냐는 듯이 눈 녹듯 사르르 없어져버릴 테지만.

난 오수도 별로.

야.

응?

난 네가 제일 별로야.

언니.

응?

실은 나도 그래.

밤이 깊어지면 깊어질수록 호빵이 식으면 식을수록 오줌이 마려우면 마려울수록 나는 졸렸고 졸리면 졸린 대로 하우 생각을 했다. 예전에는 매일 시도 때도 없이 했다면 요즘엔 문득문득 드문드문 했다. 사람이 돼서 그러면 안 되는 건데 그렇게 됐다. 하우. 하우. 하우. 텅 빈 이름을 계속 부르다 보면 내가 하우를 이리로 잠깐 훔쳐온 것만 같았다. 하우와는 같은 초중고를 나왔고 함께하면 할수록 함께 있기가 힘들어졌다. 우리가 사귀는 사이라는 소문에 하우가 아랑곳하지 않았다면 나는 힘닿는 데까지 아랑곳했다. 불결하니까 저딴 애랑 엮지 말라며 재활용 불가능한 쓰레기를 자처했다. 왜 그랬냐고 묻는다면 잘못했다고 용서를 빌 생각이었는데 하우는 말 한마디 없이 학교를 자퇴했다. 원래대로라면 함께 바다에 가기로 약속했던 날이었다. 얼마 뒤 검정고시를 치른 하우가 개명에 성형 수술까지 했다는 소식을 듣긴 했지만 굳이 수소문하지는 않았다.

그러다 3년 전 겨울 한파 특보가 내려진 날, 을왕리 해변에 쭈그려 앉아 눈덩이를 굴리는 사람을 보자마자 나는 몰라보게 달라진 하우를 알아보았다. 그전까지 내가 매일매일 혼자 유서를 쓰고 죽지 못해 살았다면 그날부로 우리는 매일매일 함께 유서를 쓰고 죽지 못해 살았다. 69번과 96번 좀비로서 같이 영화 촬영도 하러 다니고 전기장판에 나란히 누워 귤도 까 먹고 어릴 때처럼 서로 쓴 유서를 연애편지마냥 교환하기도 했다.

하우는 사람이 살면서 총 두 번 죽는다고 믿었다. 말 그대로 죽었을 때 한 번, 사람들에게 눈 녹듯이 잊혀졌을 때 한 번. 그러니까 만약 내가 너보다 먼저 죽더라도 나를 두 번 죽이지는 말아줘. 삐뚤빼뚤 못생긴 글씨로 적힌 하우의 교환 유서 끝자락에 나는 응, 이라고 썼다. 죽어서 귀신이 돼 또다시 죽을 것 같은 기분이 들면 언제든 나를 찾아오라고도 덧붙였다. 하우야. 그날 나는 내 옆에서 곤히 잠든 하우의 이름을 불러보았다. 옛날 이름으로 부르지 말래도 꿋꿋이 하우라고 불렀다. 그럼 하우가 좀 더 하우인 것처럼 느껴졌다. 나보다 49일이나 늦게 태어난 하우. 윙크할 때 양쪽 눈이 다 감기던 하우. 나랑 다르게 외롭고 슬프고 긴장될 때마다 가기구게고 나니누네노 다디두데도…… 속으로 중얼거리던 하우. 눈이 오나 비가 오나 아무것도 안 오나 이제 더는 내 곁에 없는 하우.

고요하구나. 냉장고 모터 돌아가는 소리도 벽시계 초침 소리도 사람 숨소리도 일절 없이 고요하구나. 세상이 벙어리가 되고 내가 귀머거리가 된다면 꼭 이런 느낌일 것 같았다. 그러나 간만의 고요도 그리 오래가진 못했다. 바깥에서 누군가 사람 살려! 하고 외쳤기 때문이었다. 사람 살려! 그런 소리를 들었을 때 사람들의 반응은 크게 셋으로 나뉘어졌다. 자기도 똑똑히 들었으면서 남한테 들었냐고 묻거나, 들었지만 직접 나가보지는 않거나, 아예 딴소리를 하거나. 물론 이제 곧 사람이기를 그만둘 나는 아무 데도 포함되지 않았으므로 베개에 얼굴을 파묻고 숨을 참았다. 하나 둘 셋…… 그렇게 59초까지 참았을 때쯤 바깥에서 누군가 다시 한번 외쳤다.

사람 살려!

살려달라고 말하는 사람치고 꽤나 무미건조한 음성이었다. 언제 어디선가 들어본 목소리 같기도 했다.

방금 무슨 소리 못 들었어?

잠에서 덜 깬 엄마가 말했고 나는 못 들었다고 했다.

살려달라네.

한쪽 눈에만 쌍꺼풀이 생긴 언니가 말했고 나는 빨리 나가보라고 했다.

망설임 퍼뜩 오고 있다냐?

할머니가 설렘 가득한 얼굴로 말했고 나는 아이스크림이 오다가 얼어 죽었다고 했다.

빨리 112에 전화 좀 해봐. 엄마의 말에 언니는 112가 몇 번이더라? 바보같이 굴었다. 우리는 112에 전화를 걸어 누가 언제 어디서 무엇을 어떻게, 육하원칙에 맞게 상황을 설명한 다음 아무 일도 없었다는 듯 도로 누웠다. 그러다 좀 전에 '왜'를 빠트렸다는 걸 깨달았다. 진짜 화가 난다, 화가 나. 이 늦은 시간에 살려달라고 외친 사람한테 화가 났다기보다 매정하기 짝이 없는 스스로에게 화가 났다. 나는 바닥과 한 몸 같던 내 몸을 천천히 일으켜 세웠다.

나 잠깐 누구 좀 만나고 올게.

나는 살짝 땀이 밴 손에 사람 인 자를 쓰고 한입에 삼킨 뒤 밖으로 나섰다. 도어 클로저가 맛이 가는 바람에 문은 곧 요란한 소리를 내며 닫힐 예정이었다. 마침내 쾅, 하고 문이 닫히는 순간 언니는 세상 무너질 듯 다급하게 올 때 산낙지! 하고 외쳤다. 혀뿌리 가득 쓴맛이 고였다가 사라졌다.

*

양말이라도 신고 나올 걸 그랬나. 밤바람은 허기진 생물처럼 차고 집요했다. 좀 전까지 살려달라고 요란법석을 떤 게 무색하게 바깥에는 아무도 없었다. 담장 위에도 대형 폐기물 스티커가 떨어져나간 자개장롱 안에도 불법 주차된 아반떼 밑에도. 대신 고양이는 있었다. 필로티 구조의 빌라가 만든 응달 경계에 꼬리가 뭉툭하게 잘려나간 고양이가 고양이자세로 앉아 있었다. 머리부터 몸통까지는 상대적으로 어둡고 가로등의 영향권에 있는 몸통부터 꼬리까지는 밝았다. 나는 고양이를 좋아했지만 광합성하는 고양이는 어딘가 께름칙했다. 싫어하는 이유가 백 가지도 넘었다. 첫째, 눈부시니까. 둘째, 너무 눈부시니까. 셋째, 좀 과하게 눈부시니까. 넷째, 눈이 부셔도 씨발 존나게 눈부시니까…….

진짜 화가 나. 헛것을 들었나 하고 도로 집으로 들어가려는 순간 누군가 갑자기 튀어나와 내 앞을 가로막았고 나는 한껏 가로막히면서도 그럼 그렇지 역시 하우였네, 했다. 내가 설마 너를 잊었겠니? 적반하장으로 따져 물으려다 말았다. 그런데 이상하지. 마음은 보고 싶었다 말하고 있는데 입에서는 누구세요? 생뚱맞은 소리가 절로 나왔다.

세윤이 아니에요?

누구신데요?

282

하우요.

얘 좀 봐라. 개명까지 해놓고 거짓말을 하는 게 예쁘면서도 괘씸해서 나는 거짓말을 불러나갔다.

저 세윤이 언니예요. 딸랑 2분 22초 차이로.

아, 너무 똑같아서 몰라봤어요.

근데 좀 전에 소리친 거 그쪽이에요? 내 물음에 하우는 생전 처음 듣는 소리라는 듯 고개를 저었다. 자기는 아무것도 듣도 보도 외치지도 않았다고.

그래 인심 좀 썼다. 이왕 나온 김에 산낙지를 사러 가기로 마음먹었다. 이 시간에 열었을까 싶을 때에도 열려 있는 가게란 있기 마련이니까. 세발낙지가 아닌 이상 낙지 다리는 여덟 개, 내 다리는 더도 말고 덜도 말고 두 개. 나도 낙지처럼 다리가 여덟 개였다면 발이 네 배는 더 시렸겠지 그건 너무 끔찍하겠지. 속으로 중얼거리며 걷는데 한 발짝 뒤에서 나를 따라오던 하우가 근데 세발낙지는 다리가 세 개여서가 아니라 다리가 가늘어서, 가늘 세 자를 써서 세발낙지인 거 알아요? 했다. 그런 건 어떻게 귀신같이 알아가지고. 속으로 중얼거리자 하우가 귀신같이 안다는 말에는 사실 어폐가 있다며 퍽 진지하게 딴죽을 걸었다. 살면서 처녀 귀신 물귀신 동자 귀신, 귀신이란 귀신이랑은 다 친구를 먹어봤지만 걔네들도 실은 아무것도 모른다는 거였다. 심지어 자기가 왜 죽었는지조차 기억을 못 한다고. 그러니까 귀신같이 안다는 말은 사실 귀신같이 모른다는 말로 바뀌어야 마땅하다고. 믿어야 할지 안 믿어야 할지 모르겠다고 말하려는 순간 하우는 그거 아세요? 또 한 번 물어왔다. 나는 아무것도 모르고 싶다고 했다.

저는 고등학교 자퇴할 때까지 산낙지가 진짜 산에 사는 낙지인 줄 알았지 뭐예요. 산토끼나 산꿩이나 산다람쥐처럼. 사주에 목이 많아서 그런가.

그런데 세윤이 보러 온 거 아니에요?

그러긴 해요.

근데 왜 자꾸 따라와요.

그거 알아요?

몰라요.

저도 저를 잘 모르겠어요.

열려 있는 가게가 보이지 않아서 어쩔 수 없이 삼둥이네수산에 갔다. 사실 거긴 삼둥이네가 아니라 이둥이네였다. 막둥이가 유치원 차 사고로 죽은 뒤부터 맛이 영 별로라 발길이 뜸해진 곳이었다. 가족을 잃은 것도 안타까운 일이지만 나에게 가장 안타까운 건 참고등과 우럭과 그 맛있던 스끼다시가, 특히 콘 치즈가 맛없어졌다는 거였다. 기껏해야 오뚜기 통조림 옥수수에 연유에 마요네즈에 치즈. 재료도 간단하겠다 특출난 레시피도 필요 없겠다 맛이 없으려야 없을 수 없는 음식일 텐데 참 귀신이 곡할 노릇이었다.

세윤이 언니분, 근데 요즘 귀신들은 MZ세대라 곡 같은 거

안 할 거예요 아마.

하우가 내게서 한 발짝 떨어지며 말했다.

그냥 세영이라고 불러요. 나보다 생일도 별로 안 늦으면서.

나는 하우에게 한 발짝 붙으며 말했다.

그건 어떻게 아셨지.

난 모르는 거 빼고 다 알아요. 다 내 손바닥 안에 있어.

내가 손바닥을 쫙 펴 보이자 하우는 다짜고짜 내 손에 깍지를 꼈다. 언니분 태음인이시구나. 사람 손 치고 너무 차가워서 놀란 나는 순간적으로 몸서리를 쳤다가 이내 뭐 하는 짓이냐고 화를 냈다. 근데 언니분도 화가 참 많으시네요. 하우가 물었고, 나는 일평생이 불바다라 주변에 나무란 나무는 죄다 태워 죽일 사주라고 했다. 큰일이네. 하우가 지나가는 말로 나지막이 속삭였다.

혹시 산낙지 포장 돼요? 내가 묻자 주인아저씨는 너무나도 안 될 것 같은 톤으로 세상에 안 되는 게 어디 있나요, 하면서 곧바로 작업에 착수했다. 수족관 깊이 찔러 넣은 팔이 미세하게 굴절돼 보였다. 낙지는 고무장갑에 빨판을 딱 흡착시켜서는 암만 힘주어 떼어내려 해도 떼어지지 않았다. 이쪽도 필사적인데 저쪽도 못지않게 필사적이어서 어느 한쪽을 지지하고 싶다기보다는…… 화가 났다. 아줌마, 서비스 좀 팍팍 주세요. 사람은 사람대로 해물은 해물대로 무던히 애쓰는 동안 나는 기어코 아줌마한테 떼를 썼다. 저 이제 여기 못 와요. 진짜 마지막이에요. 아줌마는 그 말만 지금 몇 년째인 줄 아느냐면서도 까만 비닐봉지에 명태회무침을 조금 담아주었다. 보기 좋다고 다 먹기 좋은 건 아니었지만 맛있어 보였다. 쓰레기통에 곧장 처박고 싶을 정도로 구미가 당겼다.

언니.

응?

근데 음쓰는 음식물 쓰레기통에 버려야 되는 거 알죠.

그럼 인쓰는?

인쓰가 뭐예요?

알면서.

놀이터엔 아무도 없었는데 이제 있었다. 까만 비닐봉지를 든 내가 있었고 수중에 아무것도 없는 하우가 있었다. 우리는 벤치에 앉아 일회용 알루미늄 용기를 풀어헤쳤다. 토막 난 산낙지가 제 몸과 뒤엉킨 채 꿈틀거렸다. 과하게 싱싱하고 생생해 보였고 싱이나 생자가 들어간 것들은 너 나 할 것 없이 징그러웠다. 좀 먹어볼래? 내 물음에 하우는 지금 좀 배불러서 마음만 받아먹을게요, 손사래를 쳤다.

배부른데 마음은 어떻게 받아먹냐?

그게 마음 배는 따로거든요. 후식 배처럼.

싫음 말아, 하면서 나는 우레탄 바닥을 힘껏 발로 찼다. 구름사다리와 뺑뺑이와 미끄럼틀 주변을 서성이다 제풀에 지쳐 엉덩이를 시소 끄트머리에 안착시켰다. 기분 탓인가, 누가 좀 전까지 앉아 있었던 것처럼 기구엔 희미한 온기가 배어 있었다. 하우는 나와 정확히 대칭을 이루는 자리에 주저앉으며 자기가 미리 데워놨다는 둥 헛소리나 해댔다. 근데 혹시 세윤이 별명이 뭔지 아세요? 끼익. 박세균 아님 세균맨? 끼익. 어떻게 아셨지. 끼익. 그래도 꼴에 언니니까. 끼익. 좀 닮긴 했죠? 끼익. 좀 닮긴 했지. 얼굴도 까맣고 코도 크고 속도 시커멓고. 끼익. 근데 전 세균맨 좀 별로예요. 악당 주제 맨날 하히후헤호 웃기나 해대고. 끼익. 앞으로 죽을 때까지 웃지 말아달라고 내가 꼭 전해줄게. 끼익. 에이 무슨 말도 안 되는 소리를. 끼익. 근데 엉덩이 안 아파? 끼익. 좀 아파요. 언니, 아니 너는요? 끼익. 말도 안 되게 아파. 끼익. 아픈 김에 제가 재미있는 얘기해드릴까요? 끼익. 하지 말라고 해도 할 거잖아. 끼익. 세윤이를 닮아서 그런지 눈치가 빠르시네요. 끼익. 세윤이가 나를 닮은 거겠지. 끼익.

이상하지. 마음이 무거워진다고 몸이 무거워지지는 않을 텐데 무게중심이 점점 내 쪽으로 쏠리는 게 느껴졌다. 몸이 느꼈고 덤으로 마음이 느꼈다. 그럼 한번 들어보세요……. 공중에 둥실 떠오른 채로 하우는 이야기를 시작했다. 제 딴에 재밌는 얘기라고 해서 나한테까지 재밌는 건 아니겠지만 나는 한쪽으로 완전히 균형을 잃은 놀이기구처럼 하우의 얘기에 귀를 기울였다.

하우는 어릴 때 종종 반 애들의 물건을 훔쳤다고 했다. 작가가 꿈이었지만 재능이라곤 없던 애한테는 단풍잎을 코팅한 책갈피를 훔쳤고 야구를 하다 어깨 부상으로 관둔 애한테는 글러브를 훔쳤고 질 나쁜 애들에게 뺨을 맞아도 절대 울지 않던 애한테는 물방울 모양 자수가 박힌 손수건을 훔쳤다고. 하우는 잠시 뜸을 들였다가 말했다. 근데 세윤이한테는 뭘 훔쳐야 될지 고민되더라고요. 훔칠 만한 게 너무 많아서.

마음이라고 하면 어쩌나 걱정하면서 나는 대답했다.

……안 물어봤고 안 궁금해.

그럼 동네에 눈사람 살인마가 누군지도 안 궁금해요?

눈사람 살인마?

인간쓰레기처럼 눈사람만 부수고 다니는 사람이 있다던데.

그걸 내가 어떻게 알아.

알면서.

모른다니까.

에이, 저 완전 귀신이거든요.

나는 지나가는 말로 귀신 타령하고 자빠졌네, 했다. 말이 씨가 된다고 자리에서 일어나려다 발을 잘못 디뎌 중심을 잃었다. 하필 그 순간 얼마 전 종영한 예능 프로그램에서 한 패널이 뒤로 나자빠지는 모습을 슬로우 모션으로 보여준 게 생각났다. 우스꽝스러운 것들이 우스워질까 봐 웃음이 멈추지 않았다. 지나간 것을 지나간 대로 내버려두기. 암만 생각해도 그건 너무 어려운 일이라고 나는 뒤로 자빠지며 생각했다. 초등학교 받아쓰기 시간에 장래 희망을 장례 희망으로 잘못 적었던 걸 생각했다. 이담에 커서 꼭 의사가 될 거라는 내게 차라리 개그맨이 되는 게 빠르겠다던 아빠의 마지막 말을 생각했다. '나의 와중'이라는 제목의 글짓기를 했다가 분발하세요 도장을 두 개나 받은 것도 생각났다. 갓 잡은 생태를 얼리면 동태가 되고 말리면 건태가 되고 찬바람에 얼고 녹기를 반복하면 황태가 되는 것처럼 나도 나중에 뭐가 될지 궁금하다는 요지의 글이었다. 그리고 어느 모로 보나 지금 나는 우습게 자빠지는 사람이었다. 자빠지고 있다는 사실에 화가 났고 곧 엉덩이가 더러워지고 말 거라는 사실에 화가 났고 이렇게 한번 나자빠지고 나면 한동안 다시 일어나기 어려울 것 같다는 예감에 화가 났다.

　이상하다 이상해. 땅바닥은 이렇게나 냉골인데 엉덩이가 홧홧하게 아려왔다.

　괜찮아요?

　…….

　말하지 않아도 알아요. 이 노래 알죠? 초코파이.

　…….

　지금 내가 딱 그래.

*

가랑눈 숫눈 싸라기눈 복눈 자국눈 풋눈 함박눈. 어릴 때부터 언니랑 나는 눈 이름 대기 놀이를 즐겨했다. 같아 보여도 조금씩 다르다는 게 마음에 들었다. 아빠가 죽고 난 뒤 엄마가 혼자 세탁소에서 생계를 꾸리는 동안 우리는 더욱더 놀이에 목을 맸다. 눈이 오나 비가 오나 아무것도 안 오나 호빵을 칼같이 반으로 쪼개 나눠 먹었다. 서로 더 큰 조각을 먹겠다고 물고 뜯고 싸운 날에는 도둑눈이 왔다. 밤에 사람이 모르는 사이에 내린 눈. 왜일까 나는 도둑눈이 오는 걸 놓치고 싶지 않아서 있는 힘껏 잠을 설치고 밤을 샜다.

그러다 고등학교 졸업식 날 새벽, 어디선가 나를 부르는 소리에 일어나 보니 창밖에 눈이 오고 있었다. 세상이 하얗게 변해가는 모습을 숨죽인 채 지켜보다가 문득 깨달았다. 도둑눈이 아니구나. 온다는 사실을 알아버린 이상 그건 더 이상 도둑눈이 아니었다. 그 사실을 너무 늦게 알아버렸다는 사실에, 눈감아주고 싶어도 눈감아줄 수 없다는 사실에 화가 났다. 재빨리 다른 이름을 찾아봤지만 싸라기눈이라기엔 손쉽게 뭉쳐질 것 같았고 함박눈이라기엔 그다지 탐스럽지 않아 보였다. 그냥 '눈이 온다'고 말하는 건 죽기보다 싫었다. 손님이 세탁 맡긴 낡고 해진 교복을 엄마가 입학 선물이랍시고 가져왔을 때보다, 주인 없이 남겨진 하우의 연필과 노트에 내 이름을 새겨 넣었을 때보다 싫었다. 진짜 화가 나. 나는 슬금슬금 방으로 가 잠든 언니의 머리통을 한 대 때렸다. 눈에는 눈 이에는 이라니까 언니 손을 가져다 내 뒤통수를 더 세게 때렸다. 사이좋게 한 대씩 맞았고 한가득 아팠다. 그런데 어째서인지 지금은 엉덩이에 등에 머리에 덤으로 마음까지 아팠다. 모조리 새 걸로 갈아 끼울 수 있다면 얼마나 좋을까. 엉덩이가 안 되면 등이라도 등이 안 되면 머리라도 머리가 안 되면 마음만이라도 새로 갈아 끼울 수 있다면 얼마나 좋을까. 그럼 나는 조금 덜 죽고 싶어질까.

누워서 무슨 생각해?

아무 생각도 안 하고 싶다는 생각.

내 생각도 조금만 해주라.

너 하는 거 봐서.

근데 내일도 눈 온다던데.

제까짓 게 뭐라고 오긴 와.

그래도 이왕 오는 거 우리 모르게 오면 정말 좋겠네.

그럼 좋겠네.

그럼 빨리 가자.

천천히 가면 안 돼?

근데 있잖아.

응.

안 될 게 뭐 있냐고 말해도 돼?

생각보다 훨씬 더 천천히 하우는 나를 집까지 바래다주었다. 마른 은행을 우유갑에 넣고 렌지에 돌려 먹으면 그게 참 별미라고 말만 할 뿐 줍지는 않았다. 막상 집 앞에 도착해서는 이제 그만 가봐야겠다며 별다른 작별 인사도 오늘 수능 잘 보라는 말도 없이 매정하게 뒤돌아섰다. 나는 이제 어디로 가는 거냐고, 추운데 여기까지 오게 해서 미안하다고, 앞으로는 나를 보러 올 일이 절대 없게끔 하겠다고 말하는 대신 불이야! 하우의 뒤통수에 대고 외쳤다. 귀가 밝지도 어둡지도 않은 사람에게 너무 크지도 작지도 않게 외쳤다.

앞으로는 사람 살려 말고 불이야, 해. 살려달라고 하면 아무도 안 살려줘. 불이야, 해야 나 같은 사람들도 무슨 일인가 나와나 보지.

잘 안 들려.

불이야.

더 안 들려.

불이야.

*

산낙지는 죽고 가족들은 자고. 하긴 새벽 4시면 죽기에도 잠들기에도 적당한 시간이었다. 나는 엉망이 된 옷을 대충 벗어 던진 뒤 이부자리에 엎드려 누웠다. 내일은 진짜 수능을 보러 가야 되는데. 5수는 진짜 안 되는데. 수학 모의고사 점수도 계속 제자리걸음인데……. 그러나 수학에 약한 건 내 잘못이 아니었고 굳이 잘잘못을 따지자면 수학이 너무 강하기 때문이었다. 안 그래? 속으로 말했을 뿐인데 잠에서 깬 엄마가 왔냐, 하고 내 쪽으로 돌아누웠다. 빠딱빠딱 안 들어와서 실종 신고라도 해야 되나 싶었다면서 웃었다. 엄마가 웃는 바람에 언니가 깼다. 나만 기다리다가 결국 못 참고 산채비빔밥을 먹어버렸다며 트림을 했다. 언니가 트림하는 바람에 할머니가 깼다. 할머니는 울면 안 돼 울면 안 돼, 노래를 부르며 울먹였다. 다들 눈 하나 깜빡 안 하고 거짓말을 잘도 해서 눈물이 날랑 말랑했다. 문득 바다에 가고 싶다는 생각이 들었다. 죽었다 깨도 바다가 이리로 올 것 같지는 않아서 바다를 보려면 내가 직접 가야 했다. 제일 가까운 을왕리가 버스로 1시간 28분 차로 45분 도보로 5시간 반 조금 안 되게 걸렸다. 중간에서 만나자고 할 수 있다면 얼마나 좋을까. 조금만 이리로 와달라고 할 수 있다면 얼마나 좋을까. 그러나 얄짤없이 바다는 거기 있고 나는 여기 있고 그건 그 누구의 잘못도 아니었다.

오랜만에 바다 가고 싶지 않아? 내 말에 언니는 수영도 못 하는 게 무슨 바다? 했다. 엄마는 서울대에 못 가도 서울대에 가볼 수는 있는 것처럼 수영을 못 해도 바다에 갈 수 있는 거라고 했다. 내가 누구 때문에 수영을 못 하는데. 나는 입 밖으로 튀어나오려는 말을 간신히 꾹 삼켰다. 내가 비밀 얘기 하나 해줄까? 언니는 내가 비밀에 약하다는 걸 잘 알았다. 중2 무렵 하우가 색색의 형광펜으로 테두리를 칠한 노트를 건네며 교환 유서를 쓰자 했을 때도 나는 거절하지도 매정하지도 못했다. 예나 지금이나 누가 미끼를 던지면 덥석 물어주는 게 인지상정이었다.

너 물에 빠졌을 때 기억나?

기억날 수밖에. 내가 바다 한복판에서 마구 헤엄치고 있을 때 언니는 모래사장에서 두꺼비집을 만들고 있었다. 두껍아 두껍아 헌 집 다오 새집도 다오, 노래를 부르다가 물에 빠져 발버둥 치는 나와 눈이 마주쳤다. 내가 수면 위로 붕 떠올랐다가 가라앉기를 반복하는 동안 언니는 나를 멀뚱히 지켜보고만 있었다. 도와주세요, 라든가 사람 살려, 라든가 하다못해 불이야, 외칠 수도 있었을 텐데 애먼 두껍이만 찾았다.

그때는 너무 놀라서 발이 안 떨어지는 거야. 그런데 만약 발이 떨어졌다고 해도 물에 뛰어들지는 못 했을 것 같아.

그래서 어쩌라고?

그냥 그렇다고.

아주 대단한 비밀 납셨네.

그래도 아가미는 더 예쁘게 그려줄 자신 있어.

갑자기 웬 아가미?

기억 안 나?

안 났다. 수상구조대원에게 구조된 뒤 나는 온종일 잠만 잤

294

으니까. 언니는 내가 잠들어 있는 동안 내 몸 구석구석 아가미를 그렸다고 했다. 어깨에도 옆구리에도 허벅지에도 배꼽 밑에도.

난 누가 똥 같은 걸 그려놨나 했지.

너무하네.

누가 누구 보고 할 소리.

곧 죽을 마당에 유서에 쓸거리가 하나 더 생겼구나. 언니를 등져 누우면서 나는 생각했다. 이담에 언니가 물에 빠져 죽다 살아난다면 나도 아가미를 그려줘야겠다고. 이왕이면 잘 안 지워지도록 시키면 유성 매직으로.

엄마는 비밀인데 자기도 물에 빠져 죽을 뻔한 적이 있다고 했다.

내가 딱 너희들 나이만 할 때 한강에 뛰어내린 적이 있다. 그때 쓰던 휴대폰이 1996년에 나온 모토로라인가. 뭐가 됐든 일단 뛰어내리긴 했는데 내가 헤엄을 잘 쳐도 좀 잘 치냐? 물은 잔잔하고 달은 커다랗고 몸은 쫄딱 젖어 있고. 한참을 그러고 있는데 잘하면 진짜 망하겠구나 싶데.

잘하는데 어떻게 망해?

내 말에 엄마가 빵 터졌다.

원래 잘하면 망할 수도 있고 그런 거야.

원래 죽을 작정이었던 엄마는 어쩔 수 없이 119에 전화를 걸었다. 그때는 방수 기능이 없었는데도 웬일인지 멀쩡하게 신호가 갔다. 제가 지금 한강에 빠졌거든요. 못 믿으시겠지만 진짜거든요. 엄마가 말했고, 상황 접수 요원은 장난 전화인 줄 알고 전화를 뚝 끊어버렸다. 그날부로 엄마의 이상형은 자기 말을 무조건 믿어주는 사람이 되었다. 죽다 살아나 슈퍼 앞에서 물귀신 꼴로 무학 소주를 마시는데 어떤 남자가 그러다 속 버린다며 인삼 과자 한 봉지를 툭 내려놓았다. 남자는 엄마가 인천 앞바다에서 사이다를 100병은 족히 주웠다는 말도 IQ가 180이 넘는다는 말도 살면서 한 번도 거짓말을 해본 적 없다는 말도 곧이곧대로 믿어주었다.

그게 아빠였구나?

엄마는 계속 들어봐 글쎄, 하고 말하며 이불을 자기 쪽으로 끌어당겼다.

그 후로 엄마는 남자와 무려 1년을 연애했고, 이담에 결혼이란 걸 하게 된다면 마당에 이글루를 만들고 그 안에서 자식들과 같이 육개장 사발면을 먹자는 계획까지 세워두었다. 데이트를 나온 남자가 교통사고로 입원하기 전까지만 해도 모든 게 순조로웠다. 정확히는 병 수발을 들던 엄마가 남자와 같은 병실을 쓰던 다른 남자와 눈이 맞기 전까지는 그랬다. 머리로는 이러면 안 된다는 걸 아는데 마음은 그게 안 됐다고. 나 바람피웠어요. 때려 죽여도 할 말이 없어요. 물론 진짜 죽이라는 말은 아니에요. 퇴원을 하루 앞둔 날 엄마는 남자에게 솔직하게 털어놓았고, 남자는 처음으로 엄마한테 거짓말치지 말라며 화를 냈다. 엄마는 진짜 거짓말이 아니라고 적반하장으로 화를 내면서 남자를 두 번 죽였다.

진짜 못됐다.

언니랑 내가 이구동성으로 말하자 엄마는 그럼 좋은 얘기가 비밀이겠니? 하고 퉁명스레 받아쳤다. 하긴 맞는 말이었다. 편의점에서 호빵을 훔친 것도 동네 눈사람을 죄다 부수고 다니는 것도 딱히 좋은 얘기는 아니었으니까. 엄마는 아직 할 얘기가 남았다면서 이불을 휙 걷어찼다. 다짜고짜 이별을 선언한 게 못내 마음에 걸렸던 엄마는 마지막으로 병문안을 가기 전 육포를 샀다. 그것도 백화점에서 파는 제일 비싼 놈으로다가.

육포는 왜? 하고 물으려는데 엄마가 공기 씹는 시늉을 하면서 한번 맞혀봐, 했다. 곧장 알려주면 될 걸 사람들은 왜 답을 꽁꽁 숨기고 싸매지 못해 안달일까. 화딱지가 난 내가 입을 꾹 다물고 있던 반면 답을 구하지 못해 안달 난 언니가 말했다.

그거라도 씹고 뜯고 맛보면서 실컷 욕하라는 건가?

나는 언니가 정답을 말했다는 걸 알았다. 내가 구해낸 답과 정확히 일치해서 마음이 편치 않았다.

진짜 화가 나. 최고급 육포를 먹어치우지도 그렇다고 버리지도 못한 채 병실에 누워 있는 아저씨를 생각하면서, 나는 아저씨가 지금 뭘 하고 있을지 궁금해졌다. 죽었을까 살았을까 아님 죽지 못해 살고 있을까. 만약 살아 있다면 언젠가 아저씨랑 같이 육포를 씹고 뜯고 맛보고 즐기고 싶다. 나는 유서에 이렇게 한 줄 적어야겠다고 마음먹었다.

엄마는 속이 타서 안 되겠다며 냉수 대신 커다란 산삼주 병을 들고 왔다. 원래 딸년들이 사람 구실을 하게 되면 깔 생각이었는데 생각이 바뀌었다고 했다. 기분 탓인지 산삼은 예전에 봤을 때보다 싹이 조금 자라난 것 같았다. 안 그러냐고 해봤자 말도 안 되는 소리나 해댄다고 등짝을 때릴 게 뻔해서 나는 심봤다의 심이 무슨 뜻인지 궁금하지 않냐고 물었다. 엄마는 입을 꾹 다문 채로 한참 동안 내 가슴께를 들여다보고는 잔이 넘치도록 술을 따라주었다. 이상하지, 산삼주에서는 산삼 맛도 술맛도 아닌 아빠 손맛이 났다.

어느새 두 사람은 내 얼굴을 뚫어져라 쳐다보고 있었다. 기브 앤 테이크. 가는 게 있으면 오는 것도 있어야 하는 법이니 나 또한 비밀 하나를 내놓으라는 거였다. 까짓것 못할 건 없어서 나는 비장하게 심호흡을 한 뒤 말했다. 나는 매일 죽고 싶다는 생각을 해. 바깥으로 뻗는 소리가 아니라 안으로 먹는 소리였다.

그리고 나만큼이나 새까만 침묵.

뭐야, 3초 안에 다시 말 안 하면 죽어. 언니는 농담하지 말고 제대로 된 비밀을 말하라면서 어슴푸레 웃어 보였다. 언니가 웃자 마른 풀숲에 불이 번지듯 엄마가 웃었고 엄마가 웃자 할머니도 웃었다. 그리고 인심 좀 쓴 언니가 삼, 이, 일, 빵, 무려 1초나 더 시간을 주는 동안 나는 그때 왜 그랬냐고, 엄마에게 따져 묻고 싶었다. 매일 호빵을 사달라고 조르지도 않았는데 왜 나한테 맛없는 요구르트를 먹였냐고. 택시를 타거나 구급차를 부르면 될 걸 왜 그렇게 우리를 세게 안고 뛰었냐고. 갈비뼈가 다 으스러져서 진짜 죽는 줄 알았다고. 그러나 주어진 시간을 훨씬 넘긴 뒤에야 나는 가까스로 말할 수 있었다.

그냥 날 죽여라 죽여.

언니가 내 머리통을 베개에 더 세게 더 깊이 파묻는 동안 바깥엔 눈이 왔다. 말하지 않아도 보이지 않아도 알 수 있는 것들. 가끔은 내가 안다는 걸 모르고 싶었지만 내가 이토록 나인 이상 그건 불가능했다. 내가 잘못했어. 언니로부터 간신히 벗어나 참았던 숨을 몰아쉬는데 할머니가 부옇게 번진 창밖을 가리키면서, 이미 알고 있는 나를 너무나도 잘 알게 하면서 중얼거렸다.

저기 망설임이 어정어정 날 데리러 왔네.

*

밤을 꼴딱 샜구나. 예정일이 한 달이나 남았는데 갑자기 배가 너무 아프다는 언니와 엄마를 택시에 태워 보낸 뒤 나는 세탁소 문에 일신상의 이유로 쉽니다, 문구를 써 붙였다. 어둠 속에 고요히 매달린 꽈배기 니트와 애벌레 패딩과 떡볶이 코트를 보면서 일신상의 이유는 있는데 일심상의 이유는 없는 게 불공평하다고 생각했다. 그러거나 말거나 호빵은 사거나 훔치기 좋았고 할머니는 놀이터에서 눈사람을 만들었다. 머리가 몸통보다 큰 가분수라 좋다 말았다. 눈사람에겐 공평하지 못한 일이지만 나와는 상관없는 일. 내가 어김없이 눈사람을 때려 부수면 할머니는 크고 작은 눈 조각들을 그러모았다. 정성껏 빚은 흰 덩어리에 돌멩이와 낙엽과 나뭇가지로 눈코입을 만들어주었다. 그렇게 다시 내 차례가 돌아오자 할머니는 내 손을 감싸 쥐며 살살 해, 살살, 하고 속삭였다. 할 수만 있다면 나도 한 번쯤 살살 살아보고 싶었다.

문득 그 많던 호빵맨 대가리는 다 어디로 갔을까, 하는 생각이 들었다. 유통기한은 언제까지였을까. 팥을 좋아하는 까마귀가 팥만 파먹었을까. 마음씨 좋은 사람이 양지바른 곳에 잘 묻어주었을까. 땀이 다 나도록 주먹을 휘두르는데 맨발에 잠옷 차림인 옆집 여자애가 미끄럼틀 꼭대기에서 나를 내려다보며 어? 엘사 언니다, 했다. 나는 여자애를 올려다보았고, 마주치는 눈빛을 차마 지나치지 못했다.

오늘도 혼자니?

네.

박세윤.

네?

언니 이름이야.

네.

여자애는 경사면에 쌓인 눈 덕분에 잘 미끄러지지 않는 미끄럼틀을 타고 내려와 벤치에 쭈그려 앉았다. 자리 있어? 하고 묻자 있다고 했다. 좀 화가 나긴 해도 미련 없이 돌아서려는데 여자애가 옆으로 비켜 앉으며 자리 있다니까요? 재차 말했다. 있다고요. 비었다고요. 나는 작디작은 온기가 스민 벤치에 앉아 호빵 먹을래? 하고 물었다. 여자애는 잠시 쭈뼛대더니 말없이 고개를 끄덕였다. 나는 양손으로 호빵을 쥐고 조심조심 끄트머리를 갈랐다. 조금만 떼어줄 생각이었는데 어쩌다 보니 조금 많이 떼어버렸다. 더구나 내가 손에 힘을 빼고 여자애가 손에 힘을 주는 타이밍이 잘 맞지 않아서 호빵 조각이 눈 덮인 바닥에 훗 떨어졌다. 아이 참. 여자애는 눈가루가 골고루 묻은 호빵을 곧장 주워 들고서 호호 바람을 불었다. 먹음직스러워 보인다고 전부 먹을 수 있는 건 줄 알았다.

더러워 먹지 마.

3초 안에 주우면 괜찮대요.

그건 괜찮아본 사람들이 하는 얘기야.

그럼 그냥 이렇게 들고만 있을게요.

들고만?

네, 들고만.

근데 왜 맨발인지 물어봐도 돼?

안물안궁해요.

응?

안 물어보고 안 궁금해해도 된다고요.

나 그거 진짜 잘해.

근데 내가 눈사람 잘 만들지 못 만들지 궁금하지 않아요?

좀 전에 안물안궁하라며.

맞다. 그럼 그냥 이것만 좀 들고 있어주세요.

나는 좀 전에 내가 건넸던 호빵 조각을 돌려받았다. 자리가 있는 벤치에 식어빠진 호빵을 들고 앉아 눈덩이 굴러가는 소리를 들었다. 작고 어린 여자애와 작고 늙은 할머니가 어우렁 더우렁 눈사람을 만드는 풍경은 멀리서 보면 볼수록 보기 좋을 거였다. 안 그래? 단축번호 99번을 눌러보았지만 신호음이 스물두 번 울리도록 전화를 받지 않아 소리샘으로 연결되었다. 같이 눈사람 만들래? 노래를 불러줄 생각이었는데.

눈이 오니 몸살도 오려나. 문득 누가 매달린 것처럼 어깨도 옆구리도 허벅지도 무지근해졌다.

이제 갈까 우리? 가기 전에 눈사람 대가리를 부숴도 되냐고 물으니 할머니랑 여자애는 된다고 했다. 대신 바르고 고운 말을 쓰라는 조건을 내걸었다. 세종대왕 아저씨가 들어도 노하지 않을 만한, 대가리 머가리 대갈통 말고 뚝배기 같은 거. 나는 어김없이 눈사람의 뚝배기를 깼다. 평소처럼 잘 부서지지 않아 평소보다 분발해야 했지만 그냥 평소대로 했다. 참 잘했어요. 여자애의 말에 나는 조금 울었고 눈물 훔치지 않았다. 견딜 수 있을 만큼 무거워진 몸과 맘을 이끌고 가기구게고 나니누네노 다디두데도…… 속으로 중얼거리며 아까 왔던 방향으로 걸었다. 하히후헤호. 걸어서 갈 수 있는 거리를 살살 걸어서 갔다.

수치의 유산과 살아 있는 반전(半全)의 밤

전청림(문학평론가)

수치와 사랑

문학에서 작가가 다룰 수 있는 경제는 세 가지로 나뉜다. 우리가 몸담은 자본주의 경제, 사랑과 섹슈얼리티가 오고 가는 욕망의 경제, 말과 권력이 오고 가는 의미화 경제가 그것이다. 이선진의 소설은 이 세 가지 경제를 다루면서도, 흩어져 보이는 각각의 경제를 한데 그러모은다. 능란한 동시에 논리적이다. 돈과 사랑, 그리고 언어는 언제나 함께 맞물리며 복잡하게 작동하기 때문이다. 또한 이선진의 소설 속 인물들은 이 경제로부터 실패하고 마는데, 이 실패로부터 기인하는 긴장감과 불쾌감, 낭패감과 수치심이 소설집 전반을 지배하는 단단한 정서가 된다. 지금 여기를 살아내는 우리에게 결코 낯설지 않은 감정이건만, 유독 이선진의 소설에서 이 불안의 감정이 처음 보는 것처럼 생경한 이유는 왜일까? 인물들은 어째서 이토록 연민을 차단하고, 손쉽게 타인을 원망하면서도 스스로의 무결함과 정직함을 호소하는 것일까?

이선진 소설에 등장하는 인물들은 비정규직 노동과 거주지를 마련하기 위한 대출금으로 고통받고 있으며, 경제적으로 난감한 상황에 처해 있다. 국가로부터 창업 지원금을 받아도 도저히 빚을 변제해나갈 도리가 없고(「나나나기」), 무리하게 가벽을 세운 방에서는 타인의 목소리가 귀에 속삭이듯 전해지며(「무관한 겨울」), 공사 구분 없이 계속되는 업무의 연속은 정규직과 비정규직을 가리지 않는다(「부나, 나」). 주방 겸 화장실이라는 무리한 거주환경을 꾸역꾸역 만들어놓은 집은 먹고 싸는 행위를 한곳에서 해결하게 만들며, 주거인에게 생리적인 욕구조차 편안한 감정을 보장해주지 못한다(「보금의 자리」).

이선진의 소설에서 신자유주의 속 가난한 청년의 초상은 이처럼 두드러지지만, 이는 단순히 경제적 궁핍을 가시화하는 데서 그치지 않는다. 인물들은 가난의 상황 전반에서 스스로의 '수치심'을 인지하며 다양한 욕망의 배치 속에서 이를 드러내고 있기 때문이다. 예컨대 「보금의 자리」에서 가난을 '좋은 경험'으로 취급하는 애인에게 "돈 주고도 못 살 경험이라고? 그럼 어쩔 수 없이 평생 그런 경험만 하고 사는 사람들은 뭐야? 그 사람들은 뭐가 돼? 그리고 뭣보다, 너한테 나는 뭐야 대체?"(104~105쪽)라고 주인공이 말할 때, 그러니까 '돈'으로 시작해서 '너한테 나는 뭐야 대체?'로 끝나는 이 외침에는 가난과 사랑, 언어를 오가는 다층적인 수치의 결이 새겨져 있다.

흥미로운 것은 이와 같은 인물의 수치심이 이선진 소설 특유의 불안정하고 아슬아슬한 긴장 상황을 연출하고 있다는 점이다. 이는 수치심이 가진 양가적인 속성에 기인한다. 사라 아메드에 따르면 수치심은 "한편으로는 숨고 다른 한편으로는 드러나는 이중의 움직임"*으로, 주체가 타인 앞에서 어떻게 나타나는지에 관한 수수께끼를 설명해준다. 다시 말해 수치심은 타인의 눈에 띄고 싶은 마음, 끈질기게 세계와 연결되고 싶은 절박함, 말하고 관계 맺고 싶은 욕망이 어떤 시선에 의해 목격되었을 때 등장한다. 이 시선은 곧장 타인을 향한 애착과 열망을 가진 어떤 이를 붉게 달아오르게 만들고, 극도로 취약한 감정 속으로 숨어들게 한다.

이와 같은 수치심을 잘 보여주는 단편이 바로 「부나, 나」이다. 소설에서 '나'는 부나로부터 호감 이상의 감정을 받지만, 이제껏 "여자 대 여자로 어떤 '선'을 넘은 경험은 단 한 번도 없"었기에 부나를 욕망하는 동시에 밀어내는 양가적인 감정을 느낀다. 학창 시절 비슷한 상황을 겪기도 했던 '나'는 심

* 사라 아메드, 『감정의 문화정치』, 시우 옮김, 오월의봄, 2023, 229쪽.

지어 과거 자신에게 고백한 상대에게 "그건 조금 더럽지 않을까?"라고 말하며 "제일 악랄하고 악독"한 방식으로 거절을 했던 이력도 있다.

'나'는 이 멘트가 혐오 발언이라는 사실을 알고 있다. "더럽다는 단어를 택한 거로도 모자라 그걸 되물으며 확인 사살하는 구조로 문장을 끝마침으로써 내가 온전히 짊어져야 할 대답의 책임을 그 친구에게 모조리 전가한 꼴"(19쪽)이라는 걸 인식하고 있기 때문이다. 문제는 '나'가 소설 속에서 같은 멘트를 다시 한번 반복한다는 점이다.

부나와 함께 안면도로 향한 '나'는 그곳에서 부나의 아버지 '형씨'와 그의 애인인 '빠다'를 만난다. 어업을 하는 형씨를 따라나서며 '나'는 그리 깔끔하지 않은 방 안에서 죽은 생선이 풍기는 비릿함과 얼얼한 추위로 둘러싸여 "콕 집을 수 없는 불쾌"감을 느낀다. '나'를 감도는 공간의 거북한 공기는 형씨와 빠다의 애교 섞인 애정 행각으로 더욱 짙어지고, 앉은자리가 얼얼할 정도로 영문 모를 열기를 느낀 '나'는 자기도 모르게 "아, 존나 더러워"(28쪽)라는 말을 내뱉는다. 그리고 형씨와 빠다를 가까스로 스쳐 지나간 그 말은 정확히 부나를 겨냥해 둘의 관계에 넘어설 수 없는 여백을 벌려놓는다. 「부나, 나」라는 제목 속 '부나'와 '나' 사이를 가로막은 작고 단단한 쉼표처럼 말이다.

'나'의 입에서 튀어 나간 '더럽다'라는 말은 단순한 혐오 발언도, 타인과 깊이 연루되지 않기 위해 선을 긋는 것도 아니다. 여기에는 한 겹 더 면밀한 독해가 필요하다. 혐오 발언의 발화자로 '나'를 읽어내는 독법에서 서사는 한없이 단순해질 수밖에 없으며, 독자들은 '나'의 행위를 변호할 어떤 논리도 갖추지 못하게 되기 때문이다. 조금 더 세밀하게 읽어보자.

'나'는 '더럽다'는 말이 악랄하다는 사실을 알고 있으면서도 내뱉었고, 그리고 한 번 더 반복했다. 또한 '더럽다'라는 말을 내뱉기 전, 통제할 수 없는 신체적 변화를 느끼며 알 수 없는 기분에 사로잡혔다. "손발이 오그라듦과 동시에 … 선을 넘고 싶다는 강렬한 충동"과 주체할 수 없이 "떨리는 마음"(19쪽), "얼굴이 홧홧"하게 "들끓는 열기"와 "도무지 견딜 수 없는 열과 성"(28쪽)은 자신의 주변을 감도는 퀴어한 욕망에 무방비하게 노출된 '나'의 신체적 증상이다. 이는 사실 레즈비언 섹슈얼리티를 강하게 원하고 있지만, 그 사실을 아직은 자각하지 못한 '나'의 혼란스러운 수치심이라고 읽어봐도 좋지 않은가? 자기 자신도 알지 못했던, 그러나 타인에 의해 노출되어버린 자신의 욕망에 대한 긴장감과 당혹감 말이다. "나를 지켜내"기 위해 "그들에게서 벗어나야"만 하는 이유가 그들을 향한 혐오 때문이 아니라 "내가 감당할 수 없는 열과 성"(30쪽)이라는 뜨거운 감응 때문이라면, 그리고 그것이 "감추려 해도 감춰지지 않는 어떤 마음이, 자꾸만 질금질금 넘쳐흐르는 뭔가가 있"(29쪽)다는 걸 깨달은 '나'의 앞에서 더 없는 충격으로 펼쳐지고 있다면 말이다.

이런 독법에 힘을 실어주는 장면은 후반부에 등장한다. "나빴던 건 내가 아니라 너였다고. 그때 너는 내게 무슨 말이라도 했어야 했다고"(38쪽)라고 말하며 부나에게 책임을 전가하는 '나'의 이면에는 자신의 마음을 제대로 전달받지 못한 상대를 향한 애정 어린 원망이 있다. "내가 욕망을, 더 나아가 사랑을 느끼도록 만든 상대만이 내가 수치심을 느끼도록 만들 수 있"*기 때문이다. 사랑에 실패한 몸, 자신의 욕망을 충실히 발화하지 못한 몸이 느끼는 감정은, 수치심이 어떻게 아슬아슬한 긴장을 머금은 관계를 촉발하는지를 보여준다. 이상적인 사랑을 눈앞에서 상실한 인간의 불안이 숨어 있는 것이다. 마음을 준다기보다 "마음을 썼다는 표현이 적합"(11쪽)한 부나와의 관계 속에서 '나'는 자신에게 전해진 사랑을 부나에게 되돌려주지 못했고, 상대와 일치하고 결속하는 사랑의 실천에 실패한다. 이 욕망의 실패는 부나와 '나'를 둘러싼 관계의 체질과 생리를 모두 무너뜨리게 만드는 부정적 정동이 되어 '나'가 "다시는 회복되지 않을 상처"를 "실수로, 어쩌면 고의"(37쪽)로 부나에게 전가하게 만든다.

이와 같은 수치의 드라마는 「나니나기」에서 조금 더 직접적으로 등장한다. 짝사랑 상대였던 유미의 장례식장에서 "그

---

* 앞의 책, 232쪽.

래도 그때 네가 잘못했어"(75쪽)라고 말하는 '나'의 원망이 실은 도달하지 못한 사랑에서 기인하고 있기 때문이다. "나빴던 건 유미가 아닌 교통이었는데도 나는 유미가 나쁘다고 생각했다. 유미는 나는 안중에도 없고 언제나 다른 사람만 봤으니까."(65쪽) '나'는 유미가 자신을 봐주지 않아서 '나쁘다'라고 표현하지만, 실은 이 감정이 "그냥 내가 다 나빴고 나쁘고 계속 그럴 거"(75쪽)라는 죄책감의 뒤집힌 표현이라는 걸 서사는 감추지 않는다. 이선진의 소설 속 인물들은 사실 타인을 향하고 있는 부정적 감정이 "원 헌드레드 퍼센트 나"(40쪽)에게서 기인한다는 걸, "분명 나였으며 그 감정은 모두 진실했고 진심이었고 오직 나만의 것"(23쪽)이라는 걸 너무나 잘 알고 있는 멜랑콜리한 주체들인 것이다.

무관으로 유관해지는 역설

이선진 소설에서 인물들은 누구보다도 자기 자신이기를 버거워한다. 기대하고 실망하고 원망하는 이들의 수치심은 타인과 연루되고자 하는 욕망에 뿌리를 두고 있으며, 이 욕망의 실패로 등장한 수치심은 "퀴어한 느낌queer feelings"*이라는

---

* 앞의 책, 315쪽.

더없이 감정적이고 특정한 삶과 맞물린다. 말하자면 이선진의 소설에서 인물들이 겪는 퀴어한 느낌은 이성애 각본이라는 사회적 이상에 실패할 때 한 번, 사회적 재생산에 충실하지 못한다는 불편함 가운데 상대와의 사랑마저 실패할 때 또 한 번 새겨진다. 소설 속 인물들이 겪는 크고 작은 질병들은 이러한 부정적 정동의 신체적 증상과도 맞닿아 있는 것으로 보인다.

「고독기(考讀期)」에서 자기혐오를 겪는 '나'의 "순도 99.9퍼센트의 우울"(235쪽)은 "폭식과 거식"(236쪽)이라는 몸의 작용으로 발현되고, 지금껏 꾸려온 삶은 "박멸해야 하는 해충"(242쪽)처럼 여겨진다. "내가 너무나도 나라는 것" 자체가 "내 잘못"이 되고, "나 같은 건 그만하고 싶"(240쪽)은 부정적인 퀴어의 정동은 가난이라는 신자유주의 상황을 함께 순환하는 동시에 신체로 표면화되며 "몸이 단 한 개도 없었으면 좋겠다"(249쪽)는 인물의 문제적 발화를 이끌어낸다. 그러므로 코로나 바이러스와 팬데믹 시국을 배경으로 한 이 소설에서 문제가 되는 것은 "다른 사람과의 거리 두기"가 아니라 "나 자신과의 거리 두기"(240쪽)이며, 전염과 건강하지 못한 몸의 문제는 "나 자신을 겉돌"고 질기게 괴롭혀 "나를 가장 못살게 구는"(248쪽) '나'의 우울로 환원된다.

"나라는 독방에 꼼짝없이 갇혀 있"(256쪽)는 듯한 기분을 느끼는 '나'의 상황은 수돗물과 오줌만 존재하는 화장실에

17시간을 갇혀 있던 엄마의 일화와 맞물려, 감염과 오염이 사회적인 관계뿐만 아니라 주체의 은밀한 내면에서도 창궐할 수 있다는 것을 보여준다. 그러나 이 소설은 '고독孤獨'을 겪는 이에게 팬데믹 시국이 '고독考讀'을 위한 시간으로 전환되는 계기를 그리며 증오와 혐오로 꽉 찬 '나'의 내면이 천천히 비어가는 순간을 비춘다. 고독考讀, 즉 깊이 생각하며 읽을 때 "산에서 나는 소리"인 산소리는 "살아 있는 소리"(258쪽)가 되고, "운명을 사랑하라"라는 의미의 아모르 파티amor fati는 "사랑 파티amor party"(260쪽)가 된다. 정해진 독법을 이탈하는 이러한 "난독증"(237쪽)이 삶을 향한 태도가 될 때 "윤은오가 윤은오 했다. 윤주옥이 윤주옥 했다"(253쪽)라는 동어반복은 차이와 반복을 생산하며 빽빽한 낱말에 새 삶을 부여한다. 천천히 늘려 읽고 다시 생각해서 읽는 연습이 운명과 상황을 한번 더 전환하고 탐구할 기회를 선사하는 것이다. 바로 그 새로운 삶의 독법 속에서 '나'는 "마음의 상처"를 뜻하는 '마상'을 "마라상궈"(264쪽)로 바꿔 읽는 엄마와 함께 "슴슴하고 싱겁고 어딘가 텅 빈 듯한 맛"(265쪽)을 즐길 여유를 가진다. 축축한 혐오의 물기를 덜어낸 공백을 여유 삼아 "천천히 내 삶의 애독자가 되어"(263쪽)갈 가뿐한 마음을.

빈틈없이 들어찬 자아를 비워낸 공백과 텅 빈 자리는 이선진의 소설에서 때로 타인과 연루되기 위한 창구가 된다. 작가의 등단작인 「무관한 겨울」은 바로 이 공백을 통과해나가는 인물의 유연한 움직임을 보여준다고 말해도 좋을 것이다. 소설은 교통사고로 입원한 애인인 '영문'을 문병 가는 '나'의 이야기를 그린다. '나'에게 있어 세상은 너무도 무례해서 아예 무관하고 싶은 것투성이다. "거구의 여자 둘"(172쪽)을 애인 사이로 인정하지 않으려는 시선이, "머리가 짧은 여자"(162쪽)에게 직업도 예의도 허락하지 않는 불친절이 도처에 널려 있기 때문이다. 그러나 '나'의 애인 영문은 다르다. 어린이집에서 일하던 영문은 "원장이 CCTV가 없는 곳에서 아이의 발바닥을 수차례 바늘로 찔렀다는 사실"(160쪽)을 외면했던 자신을 처벌하기 위해 '나'에게 발바닥을 바늘로 찔러달라 부탁한다. 영문은 피부를 바늘로 깊숙이 찔리는 아픔에도 울지 못한다. "그건 의지보다 자격의 문제였고 영문은 자신이 그럴 자격이 없다는 걸 알"(158쪽)았기 때문이다. 그러니까 영문은 "생판 남이 저지른 일에 부러 죄책감을 독박"(164쪽)쓰고 있지만, 실은 유아 학대를 고의로 방관한 스스로의 인간적 자격을 심문하고 있는 것이다.

문득 영문이 고의로 자신을 처벌하기 위해 차도로 뛰어든 건 아닐까 의심하는 '나'가 등장한 순간 서사는 돌연 윤리의 시험대에 독자 모두를 끌어들인다. 죄책감이 얼마나 갈 수 있는지, 그러니까 타인을 생각하고 깊이 연루되고자 하는 마음이 과연 어디까지 확장될 수 있는지를 질문하고 있기 때문이다. 그런 점에서 세상과 척을 지려는 '나'에게 등장한 쌍둥이

미소미는 특별한 위치를 차지한다. 영문과 같은 404호 병실을 쓰는 일란성 쌍둥이 '미소'와 '소미'는 부모의 이혼으로 병원에 방치된 상태다. 장난기가 많고 서슴없이 욕을 입에 올리는 괴팍함도 가지고 있지만, 어른에 의해 원치 않는 상황에 처해진 어린아이라는 점에서 영문은 쌍둥이에게 일종의 채무감을 투사한다. '나' 역시 "못생김과 예쁨이 공존"(171쪽)하는 쌍둥이에게 점점 감화되어가지만, 영문의 퇴원이 가까워지는 동안 쌍둥이는 '나'에게 점차 관계없는 존재, 즉 무관한 존재가 되어버린다.

소설은 비록 쌍둥이와 '나'의 관계가 길게 이어지지 않을지 몰라도, 정말로 서로가 무관한 사이가 되어버릴지라도, 타인을 위해 열어둔 마음의 공간만큼은 소중하게 그려낸다. "가끔 생각나면 호떡 사 올게. 근데 안 올 수도 있어"(182쪽)라며 타인과의 연루됨을 이야기하는 가벼운 발화는 서로에게 폭 잠기는 사랑의 약속은 아닐지라도, "응원도 방관도 아닌 그 사이의 어중간한 형태"(174쪽)로 타인의 곁에 있고자 하는 노력의 표현이기도 하다. 그건 관계의 공백을 그대로 내버려두는 용기와 없음을 통해 있음을 희망하는 기다림이 동시에 필요한 일이기 때문이다. 이처럼 '무관'한 겨울이 지속되어야 타인과 '유관'해질 수 있다는 역설을 「무관한 겨울」은 무심하게 건넨다. 병원 앞 트럭에서 '호떡맨'이 건네주는 눅눅하고 미지근한 호떡처럼, '나'의 트라우마를 "내가 다 먹을 테다!"(170쪽)라고 장난스럽게 말하는 쌍둥이의 재잘거림처럼.

살아 있는 밤의 특권과 반전(半全)의 유산

　상처의 역사로 가득 찬 자신의 틈을 발견한 이선진의 소설은 이제 내부로 향했던 부정적 정동을 생의 기본자세로 갖추며 있는 그 자체로 생을 살아내는 법을 배운다. 「망종」과 「밤의 반만이라도」는 자신을 온전히 보듬을 수 없는 상황에 처한 인물들을 찾아 나서는 절실한 이야기로, 끔찍하고 불완전한 삶을 어떻게 껴안을 수 있는지를 묻는다.

　미진과 '나'의 연애 이야기를 그리고 있는 소설 「망종」에는 80대 유튜버 레즈비언 커플이 등장한다. '나'가 아홉 살일 무렵 할아버지와 사별한 할머니는 자식들을 불러 모아 우매 씨와 사랑하는 사이임을 선언하고, 갑작스러운 할머니의 커밍아웃에 '나'의 아버지 수철을 제외한 모든 자식들이 등을 돌린다. 이 광경은 미진과 연인인 현재의 '나'에게도 적지 않은 영향을 주어 자해를 일삼는 레즈비언 우울증을 촉발한다. 유년기에 경험한 이성애적 규범의 압박감은 퀴어한 욕망을 가진 '나'의 수치심으로 전환되어 삶의 정서를 장악하는 요인이 된 것이다.

　그러므로 할머니와 우매 씨가 보여주는 건강하고 젊은 연애는 '나'의 "매일매일의 우울과 분노와 체념"(126쪽)을 소거해줄 수 없다. "구독자 99명의 커플 유튜버"인 "80대 레즈비언 커플의 일상"(124쪽)은 세상에 놀랄 만한 파급력을 주는 것도 아니고, 퀴어에 대한 인식을 보기 좋게 변화시키지도 못한다. '좋은 가족'의 이상을 손쉽게 물려받을 수 있는 이성애 사회와 달리 퀴어에게는 물려받을 만한 세대론적 역사도 긍정적인 모델도 찾아보기 어렵다는 사실이, 그러니까 퀴어에게는 공적으로 편안한 이음새가 마련되어 있지 않다는 사실이 우회적으로 드러나고 있는 것이다.

'나'의 우울을 안에서 밖으로 꺼내는 방향 전환을 이끌어내기 위해 연인인 미진은 "오늘은 어디에 있어?"라고 반복해서 묻는다. 슬픔이 '나'의 내면이 아니라 흉작인 감자밭에서, 손님 없는 막국숫집에서 기인한다는 암시를 걸어 만성적인 우울을 전환하려는 노력이다. 진전이 미흡한 가운데, 문득 '나'는 할머니가 죽은 뒤의 삶을 덤덤히 살아내는 우매 씨에게 "우매 씨는 어디에 있어요?"(126쪽)라며 같은 질문을 던지게 된다. 우매 씨의 대답은 짧고 부정확하지만 해답의 범위를 무한정 확장해 '나'의 시야를 일순간 넓힌다. '사람이니까 그럴 수도 있는 거 아닌가'라는 단순하고 명확한 이해심이 늙고 우직한 우매 씨의 고고함 속에서 거울처럼 비치고, 막연하게 이어지는 우울과 분노 역시 긴 호흡의 시선 속에서 그 위력이 약화된다. 그건 얼음처럼 명징한 자기 이해로 이어져 유연함으로 성장한다. "사람이니까 욕도 하고 존버도 하고 자해도"(130쪽)할 수 있고, 조금 모자라거나 악한 행위도 할 수 있으며, 그런 서로를 이해하지 못할 수도 있다. 사람은 "말종"(125쪽)이 되면서도 "만능"(130쪽)이 되기도 한다는 사실을 「망종」에 '나'는 깨닫고 있는 것이다.

우울을 치유하는 방식에서 더 나아가 인간에 대한 유연함을 발견한 '나'는 이제 "추위를 추위로 더위를 더위로 다스리듯, 부끄러움으로 부끄러움을 넘어설"(141쪽) 방법을 강구한다. 그건 우매 씨의 연륜과 지혜가 전수해준 마음의 응용이다. 비녀 대신 머리에 꽂혀 있던 방짜 숟가락을 휘둘러 순식간에 팥빙수를 만드는 우매 씨의 마법 같은 유연함은 아픔을 다스리는 기술이 되어 '나'를 살게 한다. "미진이 없으면 미진이 없는 대로 우매 씨가 없으면 우매 씨가 없는 대로 나는 나대로. 이기지도 지지도 못하면 이기지도 지지도 못하는 대로"(145쪽) 살아갈 결심처럼 말이다. "오늘은 어디에 있어?"라는 미진의 물음에 침묵이라는 공백으로 답할 수 있게 된 '나'에게 마침내 한 귀퉁이의 출구가 발견된다. 사면이 슬픔이었던 '나'는 "삼면이 슬픔 한면이 너인 사람"(151쪽)으로, 그러니까 감히 '너'를 품을 그림자를 가진 사람으로 점차 변해간다.

이처럼 이선진의 소설은 갈등의 역동적인 해결이나 소란한 한방을 선사하기보다는, "슴슴하고 싱겁고 어딘가 텅 빈 듯한" 기운을 겉돌며 슬픔과 우울, 수치와 부끄러움과 끈질기게 대결하는 힘을 엿볼 수 있게 한다. 그 어디에도 마음을 둘 수 없지만 세상을 포기하지 않는 인물들의 사투에 애정이 가는 것은 물론이다. 표제작 「밤의 반만이라도」는 이러한 사투에 '반전半全'이라는 이름을 붙여, 이선진만의 이야기가 가진 독자적인 힘을 돋보일 수 있게 한다. "그 겨울, 우리는 어두워지는 데 일가견이 있었다"(187쪽)라는 문장으로 시작되는 소설은 전맹 시각장애인 '미수'의 딸인 '너'와 '나'의 유년 시절 이야기를 다룬다. 아버지의 외도, 레즈비언인 '헌엄마'와의 이별, 그리고 새엄마와의 만남 속에서 열세 살의 '나'는 "나로부터 최대한 먼 곳으로, 바다 건너 외국으로, 스물아홉으로, 이야기 속으로"(191쪽) 떠나고 싶은 성장의 욕구를 강하게 느낀다. 그러나 '나'는 결코 온전한 성장을 성취하지 못한다. "여자는 남자와 하나가 되"는 이성애의 규범에 복무할 수도 없고, 부계 사회와의 갈등을 겪어내며 세계와 "하나의 덩어리"(201쪽)로 뭉쳐질 수도 없기 때문이다. 명확한 그림이 그려지지 않아 텅 빈 도화지가 되어버린 '나'의 미래는 이성애적 규범의 시스템 바깥에 위치한 퀴어에게는 성숙의 척도조차 부재한다는 사실을 깨닫게 한다.

어머니 미수를 닮아 시력을 점점 잃어가고 있는 '너'는 '나'의 짝사랑 상대로, 사랑이 "거시기한 것"(196쪽)에 가깝다는 걸 알려주는 인물이다. "이것도 아니고 저것도 아닌, 양쪽에 애매하게 걸쳐진 것들을 지칭하는 참 쓸 데 있는 단어"(197쪽)인 '거시기'는 이내 '나'의 불확실한 삶을 단숨에 봉합하는 주인 기표가 된다. '너'를 사랑하는 동안 '나'는 "반쪽짜리 삶과 사랑을 간절히 바라면 바랄수록 몸과 마음에 피가 도는 아이러니"(206쪽)를 경험하고, "양자택일은 개나 주고 양다리를 걸"치며 "반신반의"(199쪽)의 생을 즐긴다. 이 퀴어한 느낌은 유쾌하고 즐거운 동시에 두려움이 되는 역설적 상황 속으로 '나'를 몰아넣는데, 이 '거시기'한 성장의 과정은 미수가 들려주는 이야기 속에서 "나만의 밤"(204쪽)으로 정체화된다.

"그거 아니? 사람들은 누구나 밤을 갖고 태어나. 갓난아이 속에 갓 난 어둠이 있는 셈이지. 그런데 사람의 몸속에 밤이 심겨 있는 건 아주 잠깐뿐이야. 보통 사람들은 탯줄처럼 밤과 연결되어 있다가 밤에게 버림받아. 너도 그렇고. 그런데 나랑 내 딸은 버림받지 않았단다. 밤이 우리 안에 뿌리내리기를 선택했고, 내가 계속 밤을 품고 있기를 선택한거야."(203~204쪽)

전맹 시각장애를 '밤을 품는 특권'으로 정체화한 이 아름다운 언어는 서사 속에서 유일하게 이야기의 능력을 가진 미수 씨의 입에서 전해진다. 세계가 "보여야만 할 수 있는 일과 보이지 않아도 할 수 있는 일"(190~191쪽)로 나뉜다면, 미수 씨는 시각장애인 보조 기구로 소설을 쓰며 '보이지 않아도 할 수 있는 일'에 헌신하는 인물이다. 그리고 이 비밀스러운 힘은 절실히도 이야기를 필요로 했던 '나'에게 성장이 온전한 보물찾기가 아니라 "반쪽짜리 여정"이자 "실패담"(209쪽)이 될 수도 있다는 깨달음을 전해준다.

'나'와 '너' 그리고 미수 씨가 함께 보물을 숨기러 떠난 여정에서 '나'는 숨겨야 할 보물의 존재조차 까맣게 잊어버리고, '너'는 보물을 꽁꽁 숨기는 대신 무연분묘 앞에 내버려둔다. 규범적인 재생산 시스템 안에서 한 사람의 생애와 성장이 반짝이는 보물을 찾아 헤매는 여정이라면, "짝 안 맞는 양말이나 장갑처럼 외따로 혼자 남겨진"(218쪽) 이들에게 보물은 이미 스스로의 내면에 탯줄처럼 뿌리내린 '자기만의 밤'으로 자리 잡고 있기 때문이다. 생의 조건처럼 밤을 받아들이는 일은 커다란 틈을, 부정성을, 실패를, 반쪽짜리를, 그러니까 온전하지 못한 그 어떤 것을 생의 조건으로 허용하는 일이 된다. 미수 씨의 쓰다 만 소설도, 중간에 뚝 끊겨버린 바로 그 유산을 물려받아 쓰는 '너'의 소설도 모두 이야기가 될 수 있는 것처럼 말이다. 그러므로 이제 '너'와 '나' 사이에 풍문으로 전해지는 그 이야기는 "전개가 일순간에 뒤집히면서 보는 이의 시선을 낚아채는 반전"이 아니라 "반만 온전한 상태로 뚜벅뚜벅 걸어가다 맥없이 끝나버리는 … 반전半全"(227쪽)이 되어 온전穩全하지 않아도 삶이 지속될 수 있다는 "나 자신의 스포일러"(216쪽)가 된다.

그렇게 이선진은 퀴어 부정성queer negativity의 역사만이 발굴해낼 수 있는 '밤'의 가치를 본다. 손쉽게 애도되는 것이 아니라 정석적·경험적 자원의 핵심이 될 때 퀴어한 삶의 부정성은 삶 대신 죽음을, 의미 대신 모순을 택하는 반직관주의의 실천*이 된다. 수치와 부끄러움, 우울과 분노를 오가던 인물들이 무한한 어둠을 품은 각자의 밤에서 "무섭지만" 살아내는 것이 아니라 "무서운 채로"(216쪽) 살아남는 방식을 보여주고 있기 때문이다. "참을 수 없을 만큼 불쾌"(219쪽)한 어두운 밤은 반드시 빛의 한가운데에 뿌리내릴 수밖에 없으며, 그 틈과 밤이 있기에 "동의어"와 "반의어"(206쪽) 사이의 '양자택일'은 결코 완전完全하지 않을 수 있다고 이선진의 소설은 말한다. 퀴어한 느낌, 즉 퀴어한 욕망의 부정성을 구태여 긍정성으로 뒤집거나 온전한 욕망으로 낚아채지 않아도, 자기만의 밤을 심장에 새긴 인물들은 매일의 갓 난 어둠을 끈질기게 살아낼 수 있다고 말이다.

우리 안에 심겨 있는 섬세한 밤의 언어와 정동을 발견해 "너는 밤나무 나는 너도밤나무"가 되는 꿈. 그 밤나무들의 가지가 엮여 텅 빈 공백과 틈을 만들어내고, "손에 잡힐 듯한 바람"(230쪽)을 통과시키는 힘. 이선진이 발명해낸 그 밤나무 사이의 풍경은 "살아 있음에서 살아 없음의 상태"(271쪽)로

---

* 이연숙, 『진격하는 저급들』, 미디어버스, 2023, 12~15쪽 참조.

나아가길 꿈꾸는 삶의 부정성조차 "'나의 와중'이라는 제목의 글짓기"(289쪽)가 되는, 살아 있는 반전反全의 유산이다.

불화하는 삶의 우울과 정동을 퀴어의 존재 양식으로 의미화하는 이 전유 속에는 자기 확신이라는 허구적 규범성과 타협하지 않는 이선진의 끈질김이 숨어 있다. 살아 있다는 것, 그 사실 자체가 불러오는 긴장과 불안을 끈질기게 물고 늘어지며 불확실한 삶을 감당해나갈 때 우리는 내면에 우울이 거주할 자유까지도 확보할 수 있다. 그리고 우울이 마침내 삶의 조건과 자유가 되었을 때, 퀴어, 세대, 장애를 종횡하는 이선진의 세계는 수많은 퀴어들이 이성애 규범 속에서 경험해온 수치심과 부정성의 유산을 자원으로 삼아 미리 정해진 이야기의 각본을 반전시킨다. 우리를 앞선 불행을 기억하고 품는 이 온기는 이선진이 보여줄 수 있는 최상의 존중이자 떠밀리고 잊힌 유산을 온몸으로 잇는 최후의 기록이라 해도 좋을 것이다.

   나는 언제나 잘나기보다는 잘 나고 싶었다. 무엇을? 하고 묻는다면 나 자신을.

   돌이켜보면 20대의 나는 내 못생긴 마음을 들키지 않으려고 늘 발버둥 치고 있었던 것 같다. 내가 다른 누구도 아닌 '나'라는 사실에서 오는 슬픔이 나를 압도할 때마다, 마음이란 걸 조금씩 소분해 아무도 지나다니지 않는 거리에 몰래 버려두고 싶었다. 물론 나는 차마 그러지 못한 채 어떻게든 나와 최대한 멀어지고 싶다는 마음으로, 힘닿는 데까지 나와 무관해지고 싶다는 마음으로 소설이란 걸 쓰기 시작했다. 소설 속에서 나는 1인칭 '나'라는 탈을 쓰고서 마음껏 세계를 쏘다닐 수 있었으니까. 그러나 '무관하다'라는 단어가 '관계나 상관이 없다' '서로 허물없이 가깝다'와 같이 상반되는 두 가지 의미를 모두 품고 있듯, 소설을 쓰는 동안 나는 나 자신과 감히 단 한 발짝도 멀어지지 못했다.

네 소설 속 인물들은 왜 그렇게 마음을 숨기는 거야? 사실 아무렇지 않지 않으면서 왜 자꾸만 아무렇지 않은 척하는 거야? 그런 말을 들을 때마다 나는 그 질문이 마치 나를 향한 총부리 같아서 뭔가를 잘못한 사람마냥 하염없이 작아지곤 했다. 사실은 간절히 들키고 싶어서 숨었다고, 아무렇지 않지 않다는 걸 알아봐주길 바랐기에 아무렇지 않은 척을 했다고 대답하지 못하고 조용히 고개를 떨궜다. 고개를 떨군 채 계속 소설을 썼고, 어느새 나는 서른이 되었다.

내 소설 속 인물들과 나는 이름도 성별도 처한 상황도 모두 다르지만, 때로는 그것 때문에 가짜 이야기를 썼을지도 모르겠다는 자괴감에 빠지기도 했지만, 그럼에도 20대를 사는 내내 나는 어떤 방식으로든 소설 속에 나를 담아내기 위해, 앞모습까지는 아니어도 옆모습이나 뒷모습 정도는 흐릿하게나마 담아내보려고 애써왔던 것 같다. 더 나은 사람은 못 돼도 더 '나'인 사람은 돼보려고 애써왔던 것 같다.

그래서 바라건대, 이 한 권의 책이 누군가에게 작은 인기척으로 가닿았으면 좋겠다. 삐뚜름하게 비켜서서 정면을 보여주지 않더라도, 때로는 차갑게 등 돌린 뒷모습으로 일관하더라도, 기어코 나 여기 없다! 하고 말도 안 되는 거짓말을 일삼더라도, 소설 속에 내가 꾹꾹 눌러쓴 인물들의 깊고 어두운 뒤척임이, 꽁꽁 싸맨 진심을 그 누구에게도 내보이지 않으려는 뾰족하고 단단한 웅크림이, 자꾸만 밖으로 새어 나오려는 신음을 가까스로 삼켜내는 외롭고 미지근한 안간힘이, 실은 1인분이나 다름없는 여덟 편의 소설 속 8인분의 애씀이 누군가 단 한 사람에게라도 작지만 분명한 인기척으로 가닿았으면 좋겠다. 다른 누구도 아닌 '나'의 인기척으로 가닿았으면 좋겠다.

오늘은 눈이 내렸고, 내리는 눈을 맞으며 동네 한 바퀴를 거닐었고, 그렇게 다시 원래의 자리로 돌아왔을 때 나는 문득 생각했다. 겨울을 잘 나기 위해서는 너무 추운 겨울과 내복이, 밤을 잘 나기 위해서는 너무 캄캄한 밤과 이불이 필요하듯, 나를 잘 나기 위해서는 나와 나를 둘러싼 세계가 필요하다는 걸. 남부끄러이 망가져버린 세계일지언정 그 안에서 나는 나로서 얼마든지 잘 살아갈 수 있다는 걸.

그러니 이제 그만, 나는 나를 바래다주고 새로운 나를 마중 나가려 한다. 지난 이야기를 바래다주고 다음 이야기를 마중 나가려 한다. 그렇게 한 걸음 한 걸음, 한 문장 한 문장, 계속 나를 살아보려 한다.

앞으로도 옆과 곁에서 이런 나의 삶을 묵묵히 지켜봐줄 모두에게, 맨손으로 꼭꼭 뭉친 눈덩이처럼 춥고 예쁜 사랑을 보낸다.

2024년 1월, 나의 와중에서
이선진

수록 작품 발표 지면

부나, 나
『자음과모음』 2021년 여름호

나니나기
『무트로mutro』 2022년 vol.2

보금의 자리
『전세 인생』(앤드, 2023)

망종
『릿터』 2022년 2/3월호

무관한 겨울
『자음과모음』 2020년 여름호

밤의 반만이라도
『문장 웹진』 2023년 12월호

고독기(考讀期)
'코로나19 예술로 기록'(한국문화예술위원회, 2022)

생사람들
『여덟 개의 빛』(은행나무, 2022)

밤의 반만이라도

© 이선진, 2024

초판 1쇄 인쇄일 2024년 1월 19일
초판 1쇄 발행일 2024년 1월 26일

지은이   이선진
펴낸이   정은영
편집   방지민 장혜리 최찬미
디자인   이선희
마케팅   이언영 연병선 한정우 윤선애 이유빈 최문실 최혜린
제작   홍동근

펴낸곳   (주)자음과모음
출판등록 2001년 11월 28일 제2001-000259호
주소   10881 경기도 파주시 회동길 325-20
전화   편집부 02) 324-2347, 경영지원부 02) 325-6047
팩스   편집부 02) 324-2348, 경영지원부 02) 2648-1311
이메일   munhak@jamobook.com

ISBN 978-89-544-4994-6 (03810)